一路向西
东西方**3000**年

[日] 陈舜臣　著

范宏涛　译

台海出版社

图书在版编目（CIP）数据

一路向西：东西方 3000 年 / (日) 陈舜臣著；范宏
涛译 . —— 北京：台海出版社，2020.6

ISBN 978-7-5168-2544-0

Ⅰ.①—… Ⅱ.①陈… ②范… Ⅲ.①游记—作品集
—日本—现代 Ⅳ.① I313.65

中国版本图书馆 CIP 数据核字 (2019) 第 286585 号

北京市版权局著作合同登记号：图字 01-2019-7377

简体中文翻译版权由创译通达（北京）咨询服务有限公司独家授权代理

一路向西：东西方 3000 年

著　　者：[日] 陈舜臣	
译　　者：范宏涛	

出 版 人：蔡　旭	封面设计：吴黛君
责任编辑：俞滟荣	

出版发行：台海出版社

地　　址：北京市东城区景山东街20号　　邮政编码：100009

电　　话：010-64041652（发行，邮购）

传　　真：010-84045799（总编室）

网　　址：www.taimeng.org.cn/thcbs/default.htm

E - m a i l：thcbs@126.com

经　　销：全国各地新华书店

印　　刷：三河市嘉科万达彩色印刷有限公司

本书如有破损、缺页、装订错误，请与本社联系调换

开　　本：620 毫米×889 毫米	1/16		
字　　数：230千字	印　　张：19		
版　　次：2020年6月第1版	印　　次：2020年6月第1次印刷		
书　　号：ISBN 978-7-5168-2544-0			

定　　价：79.00元

帕米尔高原

喀什老城区街景

目 录

第
一
部
分

玉石一般的地方

开启西域之行　　/002

边城喀什与丝绸之路　　/019

从张骞到帖木儿　　/034

帕哈太克力的午饭　　/061

东西方的角逐　　/080

香妃传说　　/094

天生的好客者　　/119

第
二
部
分

从喀什到和田

最后的巡礼　　/140

穿越喀喇昆仑山　　/156

中转站叶城　　/170

古城和田　　/185

I

第三部分　东西方的碰撞与融合

库车迷思　/204

硝烟中的西域　/226

高昌与高僧　/246

寻找失落的文明　/263

龟兹往事　/277

后记　/293

第一部分

玉石一般的地方

开启西域之行

01

终于来到了西部边城——喀什。

在飞机下调高度计划落地时，我就开始琢磨旅行游记的卷首语，左思右想，觉得"边城"这一称谓最为合适。

就这样刚想好，飞机便降落在了喀什机场上。驾驶员技术很是娴熟，这架搭载着二十四人的小型飞机落地时并没有产生多大的颠簸。

从乌鲁木齐开始就和我们同行的阿布都拉最先走下舷梯，和前来相迎的人一一握手。阿布都拉先生是维吾尔族人，目前在乌鲁木齐工作，是新疆维吾尔自治区外事接待处处长，不过他的故乡就是喀什，而且他也曾在喀什任教，所以此次他也称得上是因公返乡了。到机场迎接的人，似乎都是他的旧识。

我也迅速走下飞机，在阿布都拉的介绍下，和前来相迎的喀什外事处主任刘家祥、妇联主任阿伊姆哈等人亲切握手。我这次是和妻儿一起过来的，因为有女客，当地特意安排了女干部前来接待。

"一路辛苦了。"刘主任问候道。

其实我并没有感到辛苦，反倒有一种喜悦之情奔涌而出。踏上天山南路的土地，是我三十年前学生时代的梦想。如今来到这里，虽然人还站在水泥铺就的机场路上，但心早已飞到喀什的热土上了。

于是我回答道："没有没有，一点儿也没有，很高兴能来到这里。"

"下次您再来的时候，情况会更好些。"刘主任一直在留意我的表情。说完，他开始环顾四周。我也随着他的视线望去，发现机场跑道正在施工扩建。

"10月开始就可以起降大一点儿的飞机了。"刘主任补充道。

后来我才知道，刘主任所说的大飞机就是指载客量可达四十八人的机型，正好是这次我们所乘坐飞机客容量的两倍。载客量二十四人的是小型机，四十八人的是中型机，二者有着天壤之别。小型机不能飞太高，也无法飞越天山山脉。乌鲁木齐到天山南路是西南走向，从地图上就可以看到两地之间有海拔超过四千米的高山横亘绵延，因此，从乌鲁木齐起飞的小型机必须先要绕飞东南方向。由于选择了穿越山岭的航线，所以虽说是空中飞行，实际上和以前的商队行走路线并无二致。如果是中型飞机的话，就可以选择最短路线，悠然地飞越天山，也不会像小型飞机那么颠簸。

现在，从乌鲁木齐到天山南路有两条民航线路——

A. 乌鲁木齐－阿克苏－和田

B. 乌鲁木齐－库尔勒－库车－阿克苏－喀什

A为中型飞机航线，B为小型飞机航线。所以，飞往喀什只能乘坐小型飞机了。

这天是 7 月 23 日，正好是农历大暑，塔里木盆地上空的云雾比平时更加厚重。就连中途经停的机场也在播放"今天因天气原因可能会导致飞机颠簸，请各位旅客注意安全"的提示。想必刘主任已经了解了当日的天气情况，他口中的"辛苦"应该暗含这层意思。

不管是坐赛斯纳机还是软座红蜻蜓机，也许是因为我带有一颗欢愉之心的缘故吧，虽然飞行有点儿颠簸，但我却并未因此放弃前行的计划。当我们落地后，才发现容易兴云起雾的天空却一片晴朗，我的心也随之更加豁然。

我激动得吞咽了几下，只是想着自己来到了满怀憧憬的位于天山南路的西部边城喀什，便禁不住内心翻腾。我下意识地抑制住内心的激动，思绪从现实世界抽离，脑海中开始浮现出一件件往事。

02

从日本出发的时候，我并没有决定前往喀什，而是想到景德镇看看。景德镇是中国最负盛名的"瓷都"，我正好在酝酿一篇陶瓷之都的游记。就在出发的前一天，我还在阅读《景德镇陶录》。

虽说航班不多，但我知道从北京可直飞南昌，而上海到南昌的航班更多。此外，我还了解到景德镇当地就有机场，可以起降小型飞机。对于同在江西省的庐山和井冈山，我都有意前往。如果条件允许，我还计划从九江坐船畅游南京或上海。

实际早在四年前，我就曾到过新疆。当时并不熟悉流程，所以并未在国内提前申请签证，到北京之后才开始办理相关手续，因此当我拿到签证时，留给我的有效时间已所剩不多。后来，当我游览了乌鲁木齐、吐鲁番、天山博格达峰之后已经没时间了，于是我不得不回到日本尽快完成即将到期的杂志约稿。

"这次去不了南疆了。"陪同的人告诉我。

"确实太可惜了，那就下次。"我说。

南疆主要包括喀什、和田等地方，其中喀什离苏联[1]只有百十公里。也许是我个人的揣测，对一般旅行者来说，此类签证确实很难申请。陪同之人提到南疆，大概是考虑到时间问题而做出的礼貌性安慰，对此我也谦恭地告诉他下次再来也行。

回国后第二年我去了东北和大寨；第三年又远涉敦煌；今年，我本打算去趟景德镇。这时，脑中突然起了"也不知道能否申请到签证，但明年还是想要去南疆一趟"的念头。

不过，这次到北京之后，旅行社的负责人告诉我："您之前曾说过下次去南疆，南疆那边还在等您的消息呢！"

"南疆那边？"我有点儿诧异，于是又问，"现在能去南疆吗？"

"是的，可以，什么时候都可以的。他们可都在等着您呢！"他告诉我。

"行，那我就去南疆。"我爽快地答应道。

"不过，从南疆归来之后再去景德镇的话，就没有时间了，怎么办呢……"我又踌躇起来。

旅行社让我二选一，看来真是鱼与熊掌不可兼得。从旅行心理来说，集中去几个景点才是上佳选择，于是几经思考我选择了南疆，景德镇

---

[1] 作者写此书时是 1977 年，当时苏联尚未解体。此书尽量保持原著风貌，未作改动。

之行就等下次吧！去景德镇什么时候都可以，而且加藤唐九郎[1]先生如今就在那里观光。与之相比，近代到过喀什的日本人是大谷探险队的一位名叫吉川小一郎的人，而当时是大正二年（公元 1913 年），距今已经六十四年了。

当然，这样突然变更旅行路线也不是完全没有问题的，费用就是其一。来之前，我只准备了到景德镇的旅费，但要去一趟西部边境，着实还得花上一笔。到中国旅行并非因公，一切费用都是自理，这一次也不例外。经验告诉我，中国物价虽低，但相关"奢侈品"却绝不便宜。其中，出租车费就十分昂贵，普通老百姓大都骑自行车或坐公交车。边境地区公交车无法通行，那出租车费又会有多高呢？虽然我觉得自己可能会有点儿拮据，但我还是高高兴兴地将景德镇之行改为南疆。回到宾馆之后，我开始和妻子商量费用的问题。

"旅费问题不大，但那个东西就买不了了。"她算了算告诉我。

"买不了吗……看来是无缘。"我不由地感叹了一下。也许大家不明白我们在说什么，但我们夫妇之间提起"那个东西"时却是心照不宣的。

"那个东西"是黄宾虹[2]的画。

黄宾虹是享誉中国的大画家，1955 年以九十岁高龄辞世，生前和齐白石齐名。他的画风继承了吴派[3]正统，同时融入了新时代的元素。

两年前我到北京的时候，在旅行社工作人员谢先生的带领下去了趟琉璃厂的荣宝斋，看到了黄宾虹的小件作品。

---

[1] 日本昭和时期著名陶艺家、陶瓷史研究家、陶艺理论著作编纂家。
[2] 中国近现代国画家，擅画山水，为山水画一代宗师。
[3] 也称吴门画派，是中国明代中期的绘画派别。

"就要这个了。现在要去敦煌，等回来后再取。"当时我就决定购买。听说可以取画的时候再付费，所以我没多想就去了敦煌。从敦煌返回北京后于9月8日入住北京饭店，10日一早就得乘机返回日本，在北京的时间满打满算只有一天，而且还需要见亲戚、朋友等，并出席廖承志 [1] 夫妇的招待宴会，实在没能挤出时间去荣宝斋履约。

后来我一直想着还得再趟北京，但两年间却一直未能抽出身来。此次一到北京，我就先坐出租车来荣宝斋，在我看来，比起买画，信用更为重要，无论如何我也得表示由衷的歉意。店主想起了两年前的约定，但他还是微笑地告诉我画已经被买走了。

当时只是口头约定，如今两年已过，荣宝斋这么做也合情合理，我也因此松了口气。

"还有黄宾虹的其他画作吗？"我略带遗憾地问道。

"现在刚好有两幅。"店主拿来两幅挂轴，打开让我欣赏。其中一幅是黄宾虹八十四岁时所作，上面还有他的亲笔诗文。两幅都是山水画，且大小相当，但前者价格是后者的两倍。对此，我还是有点儿囊中羞涩。前者的价格虽然高很多，但画作力道遒劲，是山水画中的精品。黄宾虹晚年的画作越发活灵活现、趣味盎然。也许是因为他当时已经声名远扬，所以画中更能体现出大胆创新的尝试。

人总有办法说服自己。通过对比，我开始觉得黄宾虹八十四岁时所做的那幅画也许是感到自己已近暮年，刻意在运笔上凸显遒劲。所以，我自然就选择了那幅创作年代不明的山水画。

"我就要这幅了。"我们约好在我旅行回来后现金交易。

---

[1] 作者来华参观时，廖承志时任中日友好协会会长。

后来，没想到我却变更了旅行地点。虽然从日本出发前准备了充足的费用，但毕竟是为了去景德镇而准备的，如今要去天山南路，自然是所剩无几。

这次又要失之交臂了，看来确实和黄宾虹的画作无缘啊！

03

这种被我们戏称为"站站停"的小型飞机于 7 月 23 日上午九点半从乌鲁木齐机场出发，一个多小时后到达库尔勒。机舱内年轻的空姐就像壁画上的菩萨一样相貌端庄，飞机上有广播提醒乘客乌鲁木齐和库尔勒之间飞行里程约三百五十公里，库尔勒的地面温度为 32℃。不，其实说不上是广播，因为她们并没有使用麦克风。机上的乘客总计只有二十四人，她们那银铃般的声音大家都能听得清楚。

库尔勒的机场大楼，感觉就像农村的等候室一样。定好的半个小时休息时间，不到二十分钟便被告知"马上出发了"。如此匆匆，甚至都没来得及感伤一番。

库尔勒这个地名虽然是用汉字写成的，但我对片假名"コルラ"这三个字更为熟悉。1934 年的三四月间，斯文·赫定曾被监禁在此处长达二十多天。当年他来罗布泊探险，途中不幸被卷入马仲英事件，不仅卡车被夺走，而且还惨遭禁足。关于此事的详细经过，可参见他的著作《行走在战乱的西域》，该书的大部分内容都是以库尔勒为舞台展开描写的。在这本书中，我就曾多次读到"库尔勒"这个地名。

马仲英是个年轻的回族将领。他曾在甘肃、青海等地生活。少年时代的马仲英也是个淘气的孩子，虽然也曾入南京军官学校学习，但比起学校训练，他更加向往真实的战场，于是退学后来到了西北。当时，乌鲁木齐地区连续出现因权力斗争而产生的武装政变和阴谋反叛，马仲英感觉到这是天赐良机。他想要在丝绸之路上建立独立王国，成为第二个拿破仑，于是在甘肃举兵，随后攻打新疆。不过他在一系列激战之后节节败退，后来不得不退守喀什，最终亡命苏联。

斯文·赫定就是被马仲英败军在喀什捕获的。马仲英的失败，主要原因是对当时的形势做出了错误的判断。当时，乌鲁木齐的实权派人物盛世才依靠苏联的支持，获得了大量军事援助。乘坐在从斯文·赫定那里抢来的卡车上，狼狈败逃的马仲英依然摆出一副威风凛凛的样子，大言不惭道："他盛世才要是没有苏联的飞机、装甲车和大炮，我们怎么可能失败呢？待我在天山南路重整旗鼓，日后必定占领新疆全境。"

其实即使没有苏联援助，当时乌鲁木齐的军事力量也远超马仲英的想象。"九一八事变"后，昨天还和日军交战且实战经验丰富的东北军便经西伯利亚"移驻"新疆。当时的马仲英不过二十五六岁，要是这样一个乳臭未干的青年实现了在丝绸之路建立独立王国的"梦想"，岂不等于说当时的新疆不堪一击？

20世纪前半叶，马仲英将新疆卷入战乱的泥潭，使新疆各地惨遭破坏，其负面影响完全可以和19世纪的阿古柏叛乱相提并论。

阿古柏出生于塔什干，是中亚浩罕汗国的将军。当时，北方帝政时代的沙俄不断扩张领土，中亚浩罕汗国也未能幸免，遭到了沙俄的进攻。阿古柏不敌，便占领喀什作为据点，随后又继续占领了和田、阿克苏、库车等地，并将势力向吐鲁番延伸，而且以托克逊为都城建立了独立王国。虽然当时清朝国力衰微，但绝不允许有国中之国，于是朝廷派遣左宗棠远征西北。

当时的阿古柏依靠沙俄，加上英国的支持，可谓横行无忌。而俄、英都是帝国主义阵营里的侵略急先锋，他们也想借助阿古柏达到入侵中国西部的目的。不过，此时的阿古柏犯了一个致命的错误——他想获得"埃米尔"称号，而当时只有奥斯曼土耳其帝国的国王才能授予他这份荣誉，于是他和土耳其建立了所谓的邦交关系，却不想引发了和土耳其敌对的沙俄的强烈不满。当上"埃米尔"的四年后，阿古柏便受到了左宗棠率领的清军围剿，当他再向沙俄求援时，遭到了沙俄的拒绝。

在吐鲁番失守、都城托克逊沦陷之后，阿古柏再次败逃，不久便死在了库尔勒。关于其死因，有"自杀说""暗杀说"和"病死说"多种，但他死的那年正好爆发了俄土战争，所以时间应为 1877 年无疑。

"哦，今年正好是他去世一百年。"我边想边急匆匆地从候机厅走向机场摆渡车。

回想起斯文·赫定、马仲英、阿古柏这些早已逝去的历史人物时，库尔勒在我的大脑中反复回荡。古代这里曾被称为"焉耆"。如今，在库尔勒东北地区还有一个名为"焉耆"的回族自治县。

玄奘的《大唐西域记》中有"焉耆尼国"的记载，而且还特别加了"旧称焉耆"的注释。焉耆片假名为"カラシャール"，但我却对汉字叫法更为熟悉。《汉书·西域传》中，"焉耆"这一名称赫然在列，所以不得不说这是一个历史悠久的地方。

把机场建在远离市中心的地方是全世界的惯用做法，从库尔勒机场到市区有三十多分钟车程。

"下机的旅客请乘车。"空姐提醒我们。

机场安排了接送车辆，下飞机后我发现那是辆吉普车，原来在库尔勒下车的只有四五个人，一辆吉普车就足够了。从空中俯瞰时，感觉山峦离我们很近，但落地之后才发现依然很遥远。当我问到市区在哪里时，阿布都拉不假思索地指着白杨林方向告诉我就在那边。

《西域水道记》一书中记载，库尔勒以北二十里有遮留谷，再往北便是要害之地，那里设有关隘，大概就是唐代大诗人岑参所写的"铁门关西月如练"一句中的"铁门关"吧！另外，《唐书·地理志》中也有"自焉耆西五十里有铁门关"的相关篇章。

岑参于天宝八年（公元 749 年）到安西都护府赴任，并在当地为官两年。因为都护府设在库车，所以岑参曾到过位于库尔勒以北的铁门也是情理之中的事。

就像"玉门"这个地名随处可见一样，铁门的叫法也不止一种。玄奘的《大唐西域记》中关于羯霜那国（位于乌兹别克斯坦撒马尔罕市西南约六十五公里处）的记载中就出现过铁门的名称："铁门者，左右带山。山极峭峻，虽有狭径，加之险阻，两傍石壁，其色如铁。"后来那里果真安了铁门，并在门上悬挂了铁铃。

在登上中转飞机之前，我一直不停地东张西望。那看不到的铁门，那在尘土中疾驰的马仲英的车辆，还有那阿古柏临死前的情景都在我的脑海中一直盘旋着。

04

"我们下一站将到达库车。从库尔勒到库车飞行二百六十公里，大约需要五十五分钟。"我被空姐柔美的声音所吸引，恍惚中听到了这样的提醒。

天空下，广阔的塔里木盆地和天山山脉相依。也许是塔里木河的支流，也许是从地下冒出的水又不知何时消失在了沙漠之中，其实，从飞机上并不能看到水流，而且即便是同一道河床，水路也会经常变化，有深有浅也有泛滥的痕迹。河床就像舞动着的宽丝带一样纵横交错，呈现出多种多样的奇妙图案。

这架苏联制造的小飞机确实很有特点，飞行过程中时有颠簸，但机舱内却没有配备安全带，机舱前方显示屏也没有"请系好安全带"或"禁止吸烟"的文字提醒，反而安装了一个大飞机中都不可能存在的东西——高度计。

炎热的沙漠上空，气象条件不好。高空气阱现象不少，所以时不时就有明显的下降感。虽然人并不能感受到气阱的存在，但高度计却能迅速感知，数字会发生明显的变化。总之，这样的颠簸确实不好受。我觉得在通常情况下，有高度计就更应该配置安全带——为了将视线从高度计上移开。

库车在史书中多以"龟兹"之名出现。"龟兹之乐"——我从地名联想到了音乐。从古至今，这个地方歌舞名家层出不穷。

曾有这样的说法：库车夏季异常炎热，晚上也多是持续高温，令人难以安睡，与其辗转反侧不能入眠，不如彻夜鼓噪音乐做伴，这样一来，漫漫长夜也就不那么煎熬了。后来，这里的居民就在夏季夜晚手持乐器，载歌载舞地欢愉起来，当地的歌舞音乐也因此得到了长足的发展。

在《大唐西域记》中，当时的库车被称为屈支国。作者玄奘法师如此评价：

管弦伎乐，特善诸国。

库车的候机大厅和库尔勒的差不多。大厅座椅背上铺着软绵绵的藏蓝色棉毯，感觉就像舒适的靠垫一样。我就像坐沙发一样坐下，不料只听见"咔嚓"声，没有丝毫弹性。原来只是普通长凳上铺了层棉毯而已，着实不能一股脑儿地坐下去。

我们原计划在这里游览两天，参观位于库车市中心以西三十五公里、坐落在丁谷山上的克孜尔千佛洞（又称克孜尔石窟）。

石窟分为几大块，总计有四五百个之多。因此，单是规模就完全可以和敦煌莫高窟相媲美，在新疆更是首屈一指。中国政府也将克孜尔千佛洞列入了"全国重点文物保护单位"。

遗憾的是，我们在乌鲁木齐商定此行计划时，发现通往克孜尔千佛洞的道路正在修建中，目前尚无法通行。千佛洞之行只好放到下次了。

"オアシス"的汉语意思为"绿洲"。新疆的产品商标以"绿洲牌"最为常见，其中有一种方糖就是绿洲牌的。新疆的甜菜栽培非常发达，所以用甜菜制成的方糖也十分常见。《大唐西域记》中对此地农作物和矿产都做了罗列：

糜、麦、粳稻、葡萄、梨、桃、杏……黄金、铜、铁、锡……

库车的富庶可见一斑。

所谓百闻不如一见，当飞机降低飞行高度即将着陆时，我才亲眼看到绿洲的面积有多么广袤。从飞机上看到的绿色海洋比阅读史书一百遍都有说服力。

原计划在这里停留半个小时，但实际上只有二十分钟，依然是没有时间体味这种匆匆的伤感。

"好不容易远道而来呀！"我的内心多少有些遗憾。

从日本来到这里，确实是不远千里。但幸运的是，连接库车和日本两地的纽带并非一点儿都不存在。《法华经》在日本佛教界具有极高的地位，多种《法华经》汉译本中，在日本影响最大的要数《妙法莲华经》，而《妙法莲华经》汉译者就是出身于库车的鸠摩罗什。

鸠摩罗什的父亲是印度人，母亲是龟兹王的妹妹。他幼时曾到印度学习，成年后回到库车，是远近闻名的高僧。他以向东方世界传播正法为使命，初到克什米尔学习小乘佛教，后到喀什学习大乘佛教，这样的经历促使他成了一名优秀的佛教传播大使。

4 世纪后半叶，中国正处在分裂时代，中原地区南北对抗激烈，统治北方的霸主苻坚以长安为都城，正准备和南方的东晋王朝一决雌雄。苻坚本是藏系氏族的首长，公元 383 年，他率领百万大军南下，在淝水与东晋军展开对峙。与此同时，为了消灭后方的威胁，他派遣大将军吕光征讨西域。

对于来犯大军，西域各国反应不一。焉耆开城投降，而龟兹却拼死抵抗。到后来龟兹城终于被攻破，而此时的远征主帅吕光却收到了皇帝苻坚在淝水大败的消息，他对自己的处境充满了困惑。

"龟兹乃肥沃之地，莫如在此自立为王。"他产生了这样的想法。

"不可，留此为凶，东行乃。"对于吕光的想法，鸠摩罗什提出了反对意见。

当时，让佛僧占卜吉凶是常有的事情，但这个结论并非是鸠摩罗什占卜所得。因为他的志向在于向东方弘扬正法，所以一旦被吕光扣留在库车（龟兹），他的宏远志向将毕生无法实现，所以才有了这样的谏言。他终于如愿以偿，随着吕光向东行进。

后来，吕光在甘肃建立了割据政权的"后凉"，但却被取代前秦苻坚而建立"后秦"王朝的姚兴所败。据说姚兴是为了将鸠摩罗什迎到长安才不惜大举进攻后凉的。当然，鸠摩罗什到长安后受到的欢迎之隆重更是不言而喻。

不仅仅是《法华经》，净土宗的主要经典《阿弥陀经》《金刚般若经》等鸠摩罗什的汉译本在日本也广受欢迎。此外，虽说玄奘译的《般若心经》短小精悍，颇为流行，但《金刚般若经》的翻译，鸠摩罗什的译本更有人气。《法华经》也一样，虽然前人早有翻译，但如今人们依旧将他的译本奉为圭臬。

这是为什么呢？是因为鸠摩罗什的译本简单易懂吗？那么为什么他的译本会是这样的风格呢？

鸠摩罗什是印度人和库车人的混血儿。据说库车人属于雅利安人种，其语言属于印欧语系。因此，他应该对印度语和库车语十分精通，但他的汉语学习应该是从跟随吕光开始的。他生于公元350年[1]，跟随吕光是在384年他三十四岁的时候。401年，姚兴将他迎到长安，至此，已经年满五十一岁的他开始了真正的佛经翻译事业。从不懂汉语开始，通过十几年的艰苦学习，他竟然可以用汉语翻译佛经，所以总体上他的译文不会过于生涩难懂。

不知道《法华经》和《阿弥陀经》改变了多少人的人生观，这些

---

[1] 另一说他出生于公元344年。

经典极大地塑造了人的精神世界，所以不能不说这是一种深深的缘分。由此看来，库车和日本的缘分，并非是我有意牵强附会地拼凑在一起。此时，我想起了一句诗词：山川异域，风月同天。

"我还会再来的，我一定要去看看克孜尔千佛洞！"当听到登机的通知时我这样告诉自己。

05

"库车距阿克苏二百三十五公里，需要飞行五十分钟。"空姐在提醒我们之后，给每位乘客发了一根冰棍儿。这是第二次配发，但我这次却没敢接受。因为这一段是整个旅途的关键，我担心吃坏肚子，再加上飞行途中比较颠簸，所以还是慎重了些。

因为安排了午饭，我们在阿克苏的休息时间相对较长，足足有一个多小时。阿克苏地区外事处的工作人员来接机，我以为他们会带我们到阿克苏市区。如前所述，阿克苏是通往喀什和和田的中转机场，算得上是交通要塞，所以比其他机场略微宏伟一些。

美味佳肴被依次端了上来，我并不太饿。我一边听着他们用阿克苏方言交流，一边慢慢地吃着东西。在维吾尔语中，阿克苏的"ak"是"白"、"su"是"水"的意思，阿克苏即"白水"。该地区下辖阿克苏、温宿、拜城、新和、库车、乌什、沙雅、阿瓦提和柯坪九县，所以库车县也属于阿克苏管辖。

阿克苏古称"姑墨"，最早应属于温宿国，东汉时期，阿克苏也曾攻占过温宿，隋朝时期隶属龟兹。姑墨的维吾尔语"kum"是"沙"的意思。在《大唐西域记》中，此地被称为"跋禄迦国"，梵语也是

"沙"的意思。阿克苏是沙漠中的绿洲城市，在古代受到"沙"的约束，而现代则更强调"水"的重要作用。托什干河和其他河流汇合之后形成阿克苏河，最终注入塔里木河。中华人民共和国成立后，这里修建了不少大坝，在这沙漠地带对水源的合理利用是十分重要的。

四年前曾做过我们向导的阿布都拉先生就是阿克苏人，和此次陪同我们的阿布都拉同名。在新疆，同名的情况很多，他们通常把父亲的名字加在后面予以区分。阿克苏出身的阿布都拉全名阿布都拉·拉依木，而此次陪同我们的阿布都拉先生是喀什人，全名是阿布都拉·哈迪鲁。之前在乌鲁木齐的时候，阿布都拉·拉依木先生字里行间流露着一种对家乡的自豪感，后来我才知道阿克苏确实是新疆最负盛名的农产区。从《大唐西域记》的记载来看，阿克苏的物产、气候、人情、风俗以及文字等，几乎都与库车相同。

阿古柏叛乱时，清朝将军左宗棠曾率麾下湘军在此屯田，并将湖南地区的农耕方式带到了这里。由于水田多，阿克苏的大米远近闻名。

"好吃吗？"吃饭的时候，阿克苏地区革委会的人问我，也许正是对当地的米饭颇感自豪吧！不过说实话，这里的米饭确实不错，只不过当时我腹中并非空空，所以也就没吃多少。

交流中，我们又提到了克孜尔千佛洞。原来千佛洞正面属于库车县，而山后的石窟群则在拜城县境内。后来，政府曾尝试对这座东汉时期的古老石窟进行地下挖掘，但一旦接触空气，壁画就会立即变色，相关文物也会变形，甚至损坏，所以在没有找到妥善的处理方法之前，政府决定控制挖掘进度。

清代的祁鹤皋（本名祁韵士）曾作《西陲竹枝词》百首。竹枝词是对当地风俗的咏叹，而西陲则是指西部边陲。对于阿克苏，他留诗：

边城岁岁乐丰年，

秋日黄云被野田。

土著头人衣帽整，

紫骝腰跨鹿皮鞯。

最后一句中的"紫骝"是指栗色名马，"鞯"是衬托马鞍的垫子。这是一幅描写沙漠绿洲居民骑马的典型画面——当地人跨上骏马，马鞍垫子由鹿皮制成，显得十分奢华，身上的衣服和头上的帽子也很讲究。这样的富庶生活自然是和当地农业繁荣、田野广阔密不可分的。

吃完饭后，他们向我介绍了此次掌勺的厨师长。我吃得不多，但飞机驾驶员、后勤、空姐等民航工作人员都吃得津津有味。

"从这里到喀什，途中难免颠簸，还请您忍耐。"多次往返这条路线的阿布都拉·哈迪鲁先生告诉我。

对于此次同行的阿布都拉·哈迪鲁先生，我们干脆去掉了他烦琐的名字，称他"老阿"。当然，这里的"老"并非指代年龄，而是一种亲切的表达。我对他的年龄饶有兴趣，于是多次询问，他只是微笑地说"我不知道"。但依照我的判断，他应该不到四十五岁。

阿克苏和喀什之间距离约四百四十六公里，飞行时间需要九十分钟。也正如老阿所说的那样，途中有两次颠簸得很厉害。

在阿克苏，我们的活动范围就在机场附近，并没有看到市区的样子，只能依据地名展开一些想象。不过马上就要从这里出发踏上天山南路的城市了，听老阿说，喀什机场距离市区比较近。

边城喀什与丝绸之路

01

我们入住了喀什宾馆。

"ﻗﺎﺷﻘﺎﺭ"汉字写作喀什噶尔，不过如今只取其前半部分，用"喀什"作为该地的正式名称。

"'喀什'是各色砖房的意思。"在喀什宾馆的会议室里，刘家祥先生向我们解释道。

形形色色的房子鳞次栉比，也许是为了彰显喀什物产的丰饶。

从《汉书》等史书的记载来看，喀什旧称"疏勒"。我在谈论阿克苏的时候曾经提过，维吾尔语中的水读作"su"，物产丰富的地方称作"luk"，所以疏勒应该是"su-luk"。此外，我之前曾说，阿克苏的古称"姑墨"即相当于维吾尔语中用来表示沙子的"kum"，而现在的维吾尔语中多沙的地方——沙漠也被称为"kum-luk"。当然，这些都是茶余之谈。"喀什"在现代汉语中读"kā shí"，但在我听来，当地人的发音似乎都是"hā shí"。

喀什地区位于中国最西端，下辖一市（喀什市）、十县（疏附、疏勒、伽师、巴楚、岳普湖、英吉沙、莎车、麦盖提、泽普、叶城）、一个自治县（塔什库尔干·塔吉克自治县）和十三个农牧场。该地区人口约两百万，其中大概有二十万居住在喀什市。区域内95%的人口都是维吾尔族，此外，也有塔吉克族、吉尔吉斯族、鞑靼族、回族以及汉族等多个民族。中国以市命名的行政区域并不在少数，但喀什市地处最西，所以称其为"西部边城"也许更加名副其实吧！

这里俨然是维吾尔语的世界。因为现在中国的民族政策认同各民族使用自己的语言接受教育、享受生活，所以政府公文也是由两种文字书写而成的。

我们到达喀什的时候，适逢中国共产党十届三中全会召开的第二天，因而街上到处都悬挂着"热烈庆祝党的十届三中全会胜利召开"的红色横幅，白色或黄色的标语中写着我们看不懂的维吾尔语。由此看来，不仅是政府公文，就连标语也得用两种语言书写。

我们到达的这片土地几乎不通汉语，但前来迎接我们的妇联主任艾沙姆哈的汉语口语还不错，只是在参观人民公社或工厂期间，为我们解说时有些力所不逮。于是，地委便安排了湖北武汉籍的汉族小伙方晓华担任我们的翻译。小伙子以前曾在乌鲁木齐学习维吾尔语，如今就职于喀什地委，我们都叫他"小方"。

由于我们乘坐的小型飞机会经停路过的各个机场，所以用了四个半小时才来到这里，大家都略感倦怠。不过话说回来，比起耗时数十天的驼群商队时代的旅程，如今轻易飞抵岂不是十分奢侈吗？

当天，在听了刘先生对喀什地区概况的解说后，我们休息了一会儿，然后参加了当地举行的欢迎宴会。

虽然这片土地因水源丰富而被称为"疏勒"，但这股清水在中华人民共和国成立前并没有得到很好的利用。当时，称得上大坝的设施只有两座；如今，这里的大坝已多达七十二座。此外，中华人民共和国成立前该地区道路全长仅七百公里，而今已绵延至五千四百八十公里。

"我们还得加倍努力。尽管道路长度已经增加了七八倍，但和北疆比起来，柏油路还很少。当地的民族干部比例仅占71%，还必须培养更多的有用之才。"刘先生的发言还是很谦谨的。

所谓民族干部，就是在各个岗位上履职的少数民族（这里主要指维吾尔族）干部。比方说，在这里建设现代化工厂时，都必须得从上海、天津、武汉等工业发达的地区聘请专业干部，而这些专业干部大部分都是汉族。所以，就人口数量来说，汉族干部的占比自然会更高。虽然国家不断培养维吾尔族干部以调整这种失衡的状况，但时至今日，这一比例才刚刚突破70%。由于当地维吾尔族人口占比95%，所以对应的干部比例还需大力提高。

听完刘先生的讲解后，时间尚早，还没到吃饭的时间，我们便走出宾馆，漫无目的地望着傍晚的喀什。这里绿意盎然、道路宽阔、白杨林立，只因风沙的侵袭，难免有些风尘仆仆。汽车、卡车穿梭往来，而最引人注目的当属毛驴了。孩子们安然地睡在驴背上，全然不担心掉下来。没有主人牵引，毛驴悠闲地走着，似乎自己知道目的地。

赫丁、斯坦因、杨哈斯本以及大谷探险队都曾到过此处，因为这里自古便是丝绸之路的歇脚处。

我的另一部作品《鸦片战争》中的英雄人物林则徐曾左迁新疆三年，在道光二十五年（公元1845年）因调任为南疆开垦督办一职而到过喀什。他在那年 1 月 11 日的日记中写道：

> 接子谦将军（布彦泰）初五来书并公牍，恭录上谕，知喀什噶尔
> 奏开地亩，亦蒙续交查勘（调查考察）……

当时，林则徐身患重病，所以日记中没有提及来喀事宜。他 16 日从乌鲁木齐出发，19 日抵达吐鲁番。如今三个小时的路程，在当时却用了三天。接着，他由吐鲁番经托克逊、焉耆，于 2 月 21 日到达库车，再于 3 月 8 日从阿克苏捎信至老家福建。当年 9 月，林则徐便结束了南疆开垦督办的任期，并于同年 11 月代任陕甘总督。因此，喀什就成了林则徐左迁期间最后的履职之地。

尽管眼前的景象和林则徐没有任何联系，但看着毛驴扬起的沙尘，我陷入了对林则徐的沉思中。

"马上开饭了。"在刘先生的提醒下，我们走进了宾馆。

02

飞往乌鲁木齐之前，我们在北京的"晋阳菜馆"受到了热情的接待。起初听说那里是一家山西饭店，对此我还充满了期待，没想到端上来的菜品中却有鱿鱼汤和爆炒海参，着实有点儿意外。汾河流经山西，省内的杏花村酒名扬大江南北。不过，山西并非沿海省份，为什么会有这么多海鲜呢？

来到新疆后，餐桌上也曾出现过鱿鱼、海参之类的菜肴，由于在乌鲁木齐已经见识并品尝过，当这些再次出现在喀什的欢迎宴上时，

我倒是淡然了许多。也许正因为远离大海，他们将海鲜视为美味佳肴，用于招待上宾。

欢迎宴会上，喀什地委副主任热合莫夫先生也赶到了现场。他是维吾尔族人，我们都称他"热副主任"。热副主任头戴一顶民族帽，是一位慈祥温和的老人。

餐桌上，鱿鱼、海参自不必说，新疆特色小吃羊肉串更是必不可少的美味。虽说味道鲜美，但也有人不喜欢羊肉的膻味，这时就需要多放一点儿香料。问过当地人才知道，一般只有山羊肉膻味较重，绵羊肉则较轻。不过话说回来，地道的羊肉饭若没有点儿膻味，也许还有点儿美中不足呢！日语中的烤羊肉串叫作"シシカバブ"，但和日本的做法不同，这里的烤串一律不加青椒或洋葱，烧烤签上只有羊肉。

"要说早些时候喀什的工业，似乎主要就是铁串、民族刀和铜壶制造了……哦，想起来了，还有马蹄铁……中华人民共和国成立前的喀什就像是个铁匠铺……"刘家祥先生一边大口吃着烤串一边告诉我。

这里每家每户都有一把铜壶。当有客人时，主人会在饭前和饭后用铜壶为客人倒水洗手。洗完手之后绝不可摆手，因为当地人认为洗完摆手就意味着把福报摆走了。当然，对摆手的忌讳与其说是崇尚洁净，不如说是珍视水源。因为无论是临近绿洲，还是身处沙漠，水在他们的生活中都扮演着极为重要的角色。

洗完手便开始上饭。虽然是菜饭，但看起来却很光亮。真不愧是用羊油炒好的，饭里的油很多，还有羊肉和葡萄干，吃起来有点儿像甜味饭团。

"这是抓饭。"热副主任用汉语告诉我。

"这样吃。"

老阿为我示范。他先轻轻地将食指、中指、无名指伸到饭中，然后用大拇指捏起来送入口中。他身材魁梧，但手指十分灵活。虽然餐桌上准备了筷子，但用手抓才是最地道的吃法。

"喀什的米饭是非常好吃的！"热副主任一边用手抓着米饭，一边告诉我。

"那我也试试看。"我也入乡随俗地抓了起来。

我看老阿和热副主任的抓法，觉得并无多大难处，但当自己真正尝试时，却发现并没有想象得那么简单。也许是没有捏紧，饭还没到嘴边就从指缝间掉了不少。

用餐的乐趣除了味觉体验外，还在于边吃边聊。席间，我们的闲谈可谓轻松愉快。

"这个宾馆之前可是苏联的领事馆。"热副主任告诉我。

"哦，原来如此。"我有点儿惊讶。

"您住的地方原来是总领事官邸，而我只能享受入住副领事宿舍的待遇。"老阿笑着说道。

其实，苏联总领事馆的前身应该是沙俄总领事馆。19世纪末，荣赫鹏和斯文·赫定曾来到喀什。在他们的著作中，我们可以找到当时的总领事彼得罗夫斯基的名字。日本明治四十四年（公元1911年），大谷探险队成员橘瑞超来到这里时，新任总领事为德斯特洛斯基。1915年奥利尔·斯坦因途经喀什时，时任总领事换成了梅斯切尔斯基公爵。1935年，到访喀什的《泰晤士报》特派员皮特·罗伯茨·弗莱明还曾在这个广阔的领事馆游泳池中畅游，对此，他后来的著作《穿越喀什》中有明确记载。

是不是历代的沙俄领事馆都位于这里呢？其实，沙俄在喀什设立领事馆属于《里瓦几亚条约》的一项内容，大概始于 1880 年。当然，跨越了百年，现在的建筑已非当年，只不过可能是在同一地点而已。

现在，已经没有人还记得起当年的事了。晚饭后，我独自一人在这座宏伟的宾馆里散步，却没有找到泳池的影子。是不是被填埋了？我询问了在宾馆值班的维吾尔族姑娘，她也不是很清楚。想来想去，我觉得如今的篮球场很可能就是以前的泳池。

宾馆宽阔的场地内，平顶房分散各处。我入住的虽然是间砖造建筑，但年代看起来并不久远，也许是中华人民共和国成立后中苏关系尚在蜜月期时改建的吧！不同时期的游记都曾盛赞沙俄领事馆建筑的精妙绝伦，我也觉得这里确实是喀什数一数二的好地方。

晚饭过后已是晚上十点多了。虽然喀什也使用北京时间，但这座西部边城的实际生活时间和北京相差两个多小时，所以北京的上班时间是八点，这里却是十点，晚饭八点半开始，其实相当于北京的六点半。当然，晚饭过后这里依然明亮，似乎没有暮色将要降临的样子。

在宾馆内转了一圈儿后，我便坐在了庭院的长凳上，和往来的人随意闲聊起来。虽然只在这里住了四天，但长凳杂谈却是每晚的惯例。热副主任、阿依哈姆女士、刘家祥先生、翻译小方、汉族青年李长惠以及宾馆工作人员老杨都曾和我相谈甚欢。方晓华看起来只有二十二三岁的样子，所以我称他"小方"，后来问过才知道他已经到了而立之年，早已是两个孩子的父亲了。

"啊，都十二点了，看来得早点儿睡了。"闲聊中我们完全忘却了时间，也忘却了时差。

"其实这边的十二点不过是刚刚天黑而已。"健谈的老杨似乎还不尽兴。

闲聊的人中，我从来没有碰到老阿的身影。也许是回到了家乡，门生故旧接踵而至，使他无暇脱身吧！

03

三藏法师玄奘取经归来时曾途经喀什。去时，他经阿克苏往西北方向走，翻过天山博格达峰后再沿伊塞克湖西进，返回时穿过帕米尔高原，后经喀什向东南方的长安行进。

《大唐西域记》中曾称喀什为佉沙国，并做注释如下：

旧谓疏勒者，乃称其城号也。

对于喀什，玄奘的评价近于苛刻。在他的记述中，虽然对喀什温和的气候多有赞赏，但对当地人民却并无好感：

人性犷暴，俗多诡诈，礼义轻薄，学艺肤浅。其俗生子，押头匾匾，容貌粗鄙，文身绿睛。

不过，清朝文献中的记录则与之大相径庭。比如乾隆后期的《西域总志·喀什噶尔列传》中记录如下：

皆知礼法，敬中国官长，不似阿克苏以东之悍然村野状。

意思是说，阿克苏以东的人粗野好斗，而喀什人则温顺、知礼。

从玄奘生活的初唐到清朝乾隆时期，岁月流经千年，风俗人情的变迁自然也如沧海桑田一般。

从地图上看，喀什因帕米尔谷道和印度次大陆相连，西接土耳其斯坦（某些外国人沿用的对里海以东广大中亚地区的称呼），南靠昆仑山脉，经和田、楼兰及敦煌，与中原相通。此外，喀什还紧邻塔克拉玛干沙漠北部的绿洲群。这里自古就是交通要塞，也是各色人等会集的场所。大谷探险队的橘瑞超在他的《中亚探险》中有如下表述：

喀什人种甚多，宛如种族市场。

"种族市场"的形成自然和当地不同民族之间相互通婚有关。根据白鸟库吉的《西域史上的新研究》记载，喀什居民主要有雅利安人、土耳其人和藏系人三种。

晚饭前，我曾站在喀什街道的某个角落眺望往来人群，果然是种族各异。虽然他们大都属于维吾尔族，但容貌各有特色。比如，老阿的长相就和汉族人几乎没有差别，但也有像宾馆中的一位服务员那样栗发碧眼，特征显而易见的人。此时此地，看着这些不同的人种交互往来，却丝毫没有感到任何隔阂和歧视。

之前清政府认为，风俗习惯不同的人住在一起容易引发矛盾，如果隔离开来就会减少冲突的发生，所以当时的民族政策以分住为主。小小的一座喀什城，被分成汉城和回城两块，即原住民住回城，新迁入的汉人住汉城。

我们现在所在的地方就是原来的回城，而汉城则在距此十公里以外的地方，现名为疏勒县，是一座后建的城区。不过话说回来，相距十余公里其实也没有发挥多大的隔离效果。

不管新城区如何建设，由于政府机构依然位于古老的回城，所以来自印度和西土耳其斯坦的商人都会聚集于此，沙俄和英国的领事馆也选址在这里。汉城依旧是汉城，一般多是天津商客住在那里，但他们的大宗货物交易依然集中在回城。此外，为了便于向汉族兜售日用品，汉城城门口还设置了一个维吾尔族专用的露天市场。

现在的英吉沙尔县就在城内建了一堵隔离墙，将一座城分成南北两段。不过通过严惩来禁止，确实是一种有违常理的极端做法。

04

到喀什后，我最先参观了当地的民族中医院。

在这之前，我一直以为中医只是汉族医学；但到这儿之后我才发现自己的想法有点儿偏颇了。其实，汉语也就是中国人使用的语言，既然作为少数民族的维吾尔族、蒙古族、藏族等各族人民都是中国人，那么维吾尔语、蒙古语、藏语自然也属于汉语的一部分。由于汉语所包含的范围较广，所以中国并不使用"国语"（日本是单一民族国家，所以国语仅指日语）一词，而是将以北京话为基础的标准语称为"普通话"，即普遍通用的语言。同理，中医就是中国人传统的医术。蒙古族、维吾尔族等都有各自民族独特的医疗方法，所以他们的医术自然也应该被称为"中医"。

当然，"民族"二字也曾用来指代"少数民族"，比如北京的"中央民族大学"，就是专为少数民族设置的大学。

至此，想必大家也对民族中医院了解一二了。这就是一所以维吾尔族传统疗法为主的医院，而且距离我们住的喀什宾馆并不远。

医院共有医护人员七十三名，其中维吾尔族就有六十八名。那么，维吾尔族传统疗法的来龙去脉又是怎样的呢？

维吾尔族的医学受到了阿拉伯的巨大影响，而被誉为撒拉森文化之代表的阿拉伯科技，也必不可少地摄取了希腊的精髓。另外值得一提的是，当今欧洲的科学技术并非完全继承于希腊，而是经过了阿拉伯的消化吸收，这一点已成定论。当时欧洲尚处在中世纪的黑暗时代，对于优秀的撒拉森技艺从西班牙传入欧洲这一国际文化传播行为，时人都用"灵光来自东方"来表达内心的喜悦。伊比利亚半岛的托莱多古城就曾是将阿拉伯语翻译成拉丁语的中心，号称"翻译学校"。"alkali"（碱）和"alcohol"（酒精）等现代欧洲语言中的化学名词多从阿拉伯传来，而这些单词中的"al"就是阿拉伯语中的定冠词。就连表示化学的"chemistry"也是从阿拉伯语中的"chemy"转化而来的，加上定冠词后变为"alchemy"，即冶金术的意思。

阿拉伯医学的集大成者当属伊本·西纳（Ibn Sina）（公元980～1037年），他同时又是一位大哲学家。在欧洲，他的拉丁语名"Avicenna"（汉语译为阿维森纳）更是妇孺皆知。他生于中亚的布哈拉，其大著《医典》（Qānūn）主要讲述保健、卫生之道。

在伊本·西纳之前，当地的医学以外科和化学药理疗法见长。

唐招提寺供奉的鉴真和尚是唐代高僧，为了向日本传播佛教戒律曾几度漂洋过海，甚至中途失明，但他仍旧不屈不挠，历经风雨十二载才终于到达日本。第五次渡航失败后，船舶漂到了海南岛。后来他从海南岛返回扬州的途中，曾经请胡人医生诊治他已经失明的眼睛，为此还接受了手术。这里提到的胡人，要么是波斯人，要么是阿拉伯人。也许是耽误得太久，手术最终未能成功。但对于鉴真将这种重要的手术委托胡人的做法，有人认为他的华夏思想淡薄，也有人觉得是因为阿拉伯世界的医学，特别是外科手术在 8 世纪的唐朝便已声名鹊起了。无论如何，继承了阿拉伯医学之衣钵的维吾尔医学被纳入中医，是件令人欣喜的事情。

中华人民共和国成立前，当地政府对民族医学毫不关心，维吾尔族医术几乎面临着灭绝的危机：一方面继承者少之又少，另一方面医疗体系几近混乱。民间的迷信疗法，也走偏到了极点。

相比之下，西医疗法则显得轻柔多了，因此广受好评。当时的基督教传教士大概也懂诊治之法。大谷探险队队员渡边哲信在《中亚探险记》中有如下记述：

这个地方的人认为穿西洋服饰者皆是医生，于是从四面八方纷至沓来。其中有的人受病魔折磨长达七八年，被人用担架抬到这里。不知是用了什么灵丹妙药，也许真是胜过普通药物百倍，或者是让某根神经发挥了什么作用，似乎他们什么病都能医治。起先，他们用准备好的药品施救，但后来由于求医者众多，他们竟用起了白兰地，最后甚至在高粱酒中加入樟脑，其效果似乎依然不减。

这是日本明治三十五年（公元 1902 年）的事情，当时中国仍在清朝的掌控之下。即使后来发生了辛亥革命，这里的情况依然没有得到改善。那时候，杰出的医学家玉素甫•阿吉全身心地投入到挽救濒临灭绝的民族医学中。虽然困难重重，但他仍然坚持不懈，最终将维吾尔医学从危亡的命运中挽救了回来。

1956 年，玉素甫·阿吉以维吾尔医学为根基建立了当地最早的医院，并致力于年轻医生的培养。后来，他的学生们也陆续开办了二十余所类似的医院，经过 1958 年的全面整合，便诞生了如今我们看到的民族中医院。

05

玉素甫·阿吉名字中的"阿吉"两字，是所有到麦加朝圣者都被赐予的称号，朝圣者也可借此获得其他人的尊重。不过玉素甫·阿吉受人尊重并非仅靠麦加之行。他构筑了维吾尔民族医学体系，并建立了专门的民族医院。在他的努力下，中华人民共和国成立前奄奄一息的民族医学得以重新焕发青春，中国政府也对他的工作给予了全面的支持。也许是终于看到民族医学空前发展，学术事业后继有人，玉素甫·阿吉安心地离开了这个世界。

他的贡献无疑是卓越的。他用维吾尔语创作的医学巨著《卡农且》（Qānūncheh）相当于医学界的《圣经》。11 世纪的阿拉伯医学家伊本·西纳曾著有《医典》（Qānūn）一书。不过，玉素甫·阿吉在"Qānūn"之后加上了词尾"cheh"，即维吾尔语"小"的意思，由此可见他为人谦逊。

"我们送您一本书。"医院的总务人员将玉素甫·阿吉的《小医典》（即《卡农且》）送给了我，书目下面用汉字清晰地写着：

敬赠台湾骨肉同胞陈舜臣先生。

——新疆喀什地区民族中医院

　　这是一本用维吾尔语写成的巨著，全书共二百九十页。学生时代，我曾学过阿拉伯语，时至今日，我依然能阅读这种表音文字，但对书中的维吾尔语却异常陌生，因此也无法理解书中的内容。不过作为珍贵的纪念品，我欣然接受。虽然我对书的内容不甚了解，但这本医学巨著似乎同时也带有家庭医书的启蒙性质，所以问世以来不断再版。医院送我的这本，出版时间为1975年。

　　民族中医院是座二层木制建筑，虽然不怎么起眼儿，但却没有发达国家医院那样的冰冷感，反而给人一种家庭的温馨感。医院是救死扶伤的地方，所以家庭的温馨感最为重要，而这也是民族中医院的典型特征。医院有总务、门诊、住院、药房四个部门，引导我们参观的是总务部负责人，他告诉我"这家医院现在更像专科医院"。这是因为医院收治的白癜风患者很多。我觉得，皮肤出现白色斑点，应该属于色素异常疾病。在西医极难根治、传统中医无能为力的情况下，维吾尔医学却能大显神通。因此，来这里求医问药的白癜风患者络绎不绝。不仅仅是当地为数众多的患者会慕名前来，就连新疆各地，甚至兰州、上海等地的患者也不远千里赶来。如今提起民族中医院，人们首先联想到的就是白癜风专科。

　　一名从乌鲁木齐来的小少年住进了医院，八九岁的光景，是个维吾尔族小孩儿，他正在病房一角的桌子上练习汉字书写。那也许是他的暑假作业吧！

　　医院里也有妇女专用病房。说是病房，其实有点儿像教室，只是把桌椅换成了六排病床。药房中，电炉灶上放着锅，似乎正在煎着什么药。从这一点来看，维吾尔医术和中医找到了契合点。

　　"民族中医院以普通药物居多，国内基本可以满足，只有极少一部分需要从国外购买。"总务负责人告诉我们。接着他又向我们说明了医院的方针：中医为主，西医为辅。也就是说，以民族传统医术为根本，但又不故步自封，同时适当引入西医作为辅助。

"中华人民共和国成立前，这里的人对白癜风误解很多，虽然这并不是传染性疾病，但当地人并不这么想。"白癜风患者家庭往往对外三缄其口，甚至不愿意就诊。此外，一般人也都不会和白癜风患者一起用餐，因为他们认为一旦同席就会染上这种不祥之病。

听完介绍，我觉得当地对白癜风的偏见远超过我的想象。但由于对白癜风的治疗投入了巨大的精力，所以维吾尔医术对这种顽疾的疗效和当地的偏见正好成正比。讳越深，人们就越想努力攻克。

此次对医院的参观，给我印象最深的就是我始终没能将女医生和女护士区别开来。不过区不区别对我来讲并没有什么关系，只不过日本医院将两者区别得很清楚，我有心留意而已。

和医院工作人员告别后，我走出院门，这时才想起来当天是周日。因为我的到来，让大家珍贵的休息天付诸东流，真是深感愧疚。问了阿依哈姆之后，她告诉我周日确实休诊，不过急诊例外。

医生和护士的宿舍都在医院里面，对病人来说，这也是一种随时可以依靠的信赖感。

周日的医院比平时安静许多，走出院门却是另一番景象。一到周末，住在近郊的人就会将从自家带来货物摆放在广场、道路及露天市场上，他们的马车、毛驴车、卡车甚至自行车上都堆满了货物，卖完自家货物后，人们常常会在其他摊点购买自己所需的东西。

人头攒动之下带来了远超平日的无限活力，我们一行只得随着人流缓慢前行。

从张骞到帖木儿

01

关于喀什的最早记载，始见《汉书·西域传》：

疏勒国，王治疏勒城，去长安九千三百五十里，户千五百一十，口万八千六百四十七，胜兵两千人。疏勒侯、击胡侯、辅国侯、都尉、左右将、左右骑君、左右译长各一人。东至都护治所二千二百一十里，南至莎车五百六十里。有市列，西当大月氏、大宛、康居道也。

所谓"市列"，就是店铺林立的地方，也可以理解为露天市场。关于市列，《汉书》中还有"坐市列，贩物以求利"的语句。

《汉书·西域传》分上、下两卷，上卷涵盖二十八国，下卷涵盖二十五国，但国中"有市列"者却只有疏勒一处。

汉代的疏勒人口不足两万，只能算得上是西域诸国中的中等国家而已。除人口三十万的大宛、四十万的大月氏、六十万的康居、六十三万的乌孙等大国外，分布在塔里木盆地的国家还包括只有八万人的龟兹、两万四千五百人的的姑墨和三万两千一百人的焉耆等。总之，比疏勒大的国家并非少数。但是，对于这些国家的描述，却没看到关于"市列"的只言片语。要说这些国家没有集市、店铺，当然是不可能的，也许是规模较小的缘故吧，典籍中只做了代表性的列举。

此外，《汉书·西域传》对西域其他各国也有相关评价。关于龟兹，说其"能铸冶，有铜"；对于姑墨，强调其"出铜、铁、雌黄"；提到且末国，夸赞其"盛产蒲陶（葡萄）诸果"……这些名物基本上都代表了上述各国驰名西域的特色。对于大宛国，"俗、嗜酒"的记载最为引人注目，我想，也许该国国民大都比较喜欢喝酒吧！

总之，在两千年前，喀什便以集市之盛而广为人知。

横卧在天山和昆仑山间的塔里木盆地，是一个东西长一千四百公里、南北宽五百公里的广袤之地。盆地中央是塔克拉玛干沙漠，周边国家呈环状绕其四周，喀什则正好位于环线的最西端。所以要想走出环线去境外，喀什就成了必经之地。

如果说西域的东大门是敦煌，那么西大门当属喀什无疑。从敦煌入西域，经楼兰后沿昆仑山脉西行至喀什和伊吾（即哈密）为一路；出吐鲁番，最后沿天山南麓至喀什为一路。分出两条不同线路，前者为西域南路，后者为西域北路。

不过，西域北路实际上是沿天山以南行进，因此也被称为天山南路。这种既是北路又是南路的说法，乍一听确实让人有些摸不着头脑。

我在这里还要赘述一句，《汉书·西域传》的开头称天山山脉为北山、称昆仑山脉为南山。

从喀什出环线向西行进，就能到达位于中俄边境的克孜勒苏柯尔克孜自治州。从乌恰县再往西走，便会到达伊尔克什坦这一边境小城。然后越过西北方的捷列克山，再从吉尔吉斯斯坦境内的奥什州经乌兹别克斯坦的安集延、费尔干纳，最后到达浩罕。这就是汉武帝的使臣张骞走过的线路。另外，由莎车经塔什库尔干，然后越过帕米尔高原，即通常所说的去往天竺的道路，也是由北路途经喀什。这样一来，利用地处交通要塞的优势，喀什的物资储备便借助集市贸易丰富了起来。和同级别的城镇相比，喀什的露天集市规模自然要大得多。

现在，喀什的传统集市依然存在，但这再也不是支撑当地发展的唯一途径了。时至今日，这里的现代化工厂早已不在少数。

集市上的物品或者摆满货架，或者依次摆放在铺了垫子的地面上。也许是正赶上了好季节，大蒜和油桃到处都是。油桃，就是把桃树嫁接至同属的李树后结出来的果子，比桃子略小，但果皮光滑，没有桃毛。

日本将这样的市场称为早市，这边的早市也是上午最为热闹。

02

要说"喀什小史"，就必须先写一写张骞出使西域途经此处的故事。虽说张骞并没有在喀什青史留名，但从他的出使路线推测，要说他未经过喀什无论如何是不可能的。借助露天集市将各地物品拿来交易，并通过收取交易佣金而过上平静生活的喀什，注定会登上历史的舞台，而张骞的到来正好为这里开辟了新生的道路。

那么，张骞是如何来到西域的呢？对此，我们不妨略做思索。他自然不是心血来潮地独闯天涯，而是接受了汉武帝的敕令。那么，汉武帝又为何要往西域派遣使者呢？

一直以来，西汉面临的最大问题就是匈奴的袭扰。随着秦朝一统中原，匈奴也随之在北方迅速崛起。秦始皇在统一天下的同时，也修筑了万里长城以御匈奴，匈奴之强大也可想而知。对于继承了秦王朝衣钵的汉王朝来说，匈奴问题可谓首患。由于胶着于和项羽的楚汉之争，因此在建国之前，汉王朝并无余力消灭匈奴。更甚者，汉高祖刘邦曾被匈奴单于围困于白登山（今山西省境内），几乎全军覆没。刘邦当时能摆脱危机，突出重围，全凭收买之策——向匈奴单于之妻阏氏赠宝行贿。而这也成为大汉光辉历史上的最大耻辱。

高祖之后，文帝和景帝统治的近四十年间是汉朝休养生息的阶段，在此期间，国力得到巩固、增强。对于景帝的继承者汉武帝来说，解决长期以来面临的匈奴威胁将会成就他名垂青史的不朽功绩。

当然，此时也是匈奴最为强盛的时期。虽说汉朝此时国力充实，但要击灭匈奴，汉朝还需寻求强大的同盟国。那么，这样的同盟国会出现吗？会，它就是月氏国。月氏国被匈奴打得七零八落，并在匈奴的不断侵扰下被迫向西逃亡。月氏前国王为匈奴所杀，其头盖骨被做成了酒杯，而匈奴单于经常用此酒杯饮酒。这样的奇耻大辱岂能隐忍？月氏族对匈奴的愤恨之情可想而知，因此也有非常大的可能性成为与汉朝一起夹击匈奴的可靠盟友。

"和月氏结盟，共同夹击匈奴。"汉武帝心里盘算着。

然而如何才能和西逃的月氏取得联系呢？又以何由派遣使节呢？有人愿意担此重任吗？虽然有诸多疑惑，但汉武帝还是开始招募使节。

月氏逃到了遥远的西边，据说在天山的另一侧，要寻求他们的踪迹，就必须经过匈奴的领地。这对使节来说，可是最大的危险。也许因为这样的顾虑，所以应召之人寥寥无几。

"若陛下不弃鄙贱，微臣愿西去结好月氏……"

说出这一番话的人就是张骞。这位出生汉中，当时还属于下级官吏的青年雄心万丈，渴望建功立业。作为出使月氏的使节，困难自然不言而喻，不过一旦促成两国结盟，那将会立下抗击匈奴的首功。张骞也许就是带着这样的宏伟梦想毛遂自荐的吧！

张骞于建元二年（公元前 139 年）从长安出发一路西行。除了百人左右的随从外，还有一个名叫甘父的匈奴降者作为使团向导。张骞一行过陇西刚进入匈奴境内，就被匈奴所获，他也被带到了单于面前。

"尔何故要前往月氏？"单于冷笑地问道，"月氏在我北方，难道我会容你坦然前往？若我匈奴遣使越你汉境，汉廷岂能答应？我今拘你在此，尔之命也。"

当时的匈奴首领是冒顿单于之孙军臣单于。张骞在匈奴十余年，娶匈奴女子为妻，并有了孩子，看起来俨然和匈奴人无异。后来，匈奴对他的监视也逐渐放松下来，张骞也因此伺机向西逃去。

正如军臣单于所说，月氏在匈奴的北边，准确地说应该是西北方向，相当于现在的伊犁地区。然而他们也并非在此久居，也许是和伊犁当地的强国乌孙发生了摩擦，最终还是往西南方向迁移了。如果月氏当时还在伊犁，张骞就不会途经喀什了。

匈奴是"行国"（游牧王国），匈奴单于居住的帐篷，即王庭，会因季节变化而不断迁移，所以我们无法得知张骞在匈奴的具体居所。不过，从他逃出数十天后到达大宛来看，可以想象他当时是在甘肃境内。

如前所述，从西域北路前往大宛必须途经喀什。张骞从大宛到康居，然后又经康居到月氏。此时，月氏已臣服于大夏国，安定地生活在阿姆河北岸从布哈拉延伸到撒马尔罕的肥沃土地上。也许是担心再次失去这片安居乐土吧，此时，他们已丧失了向匈奴复仇的欲望。月氏曾生活在敦煌一带，属于游牧民族。和农耕民族比起来，他们的思乡之情可能比较淡薄，所以并没有想复归敦煌故地。

张骞曾以匈奴威胁为由，屡屡劝说月氏和汉朝建立同盟关系，月氏却一直不同意，结盟的想法最终付诸东流。虽然他没有完成最初的使命，但他的西域之行对汉朝了解西域的地理状况、风土人情起到了巨大的作用。后来，汉武帝根据他的报告，实行了更加积极的西域政策。

关于张骞归汉，《史记》中的记载仍旧是言简意赅：

并南山，欲从羌中归。

前面已有提及，南山就是昆仑山脉。也就是说，张骞想从西域南路出发避开匈奴，然后经羌地复归汉朝。然而，此时的羌地已归于匈奴，所以他再次不幸被扣留。不过短短一年时间，军臣单于就去世了，匈奴内部因汗位继承内讧频起，张骞正好趁此机会逃离虎口。

军臣单于死于汉武帝元朔三年（公元前126年），其弟伊稚斜便对太子于单发起进攻，后来于单败逃，来到汉朝。张骞也许就是和于单一起逃离北地的。

03

张骞从长安出发，历经十三年才返回汉朝，期间一直杳无音信。在汉武帝看来，张骞早已不知所踪。也许是等不到汉月同盟的消息，汉武帝干脆命卫青出兵征讨匈奴。卫青果然不负众望，三战即击退匈奴，汉朝也因此控制了河套（即鄂尔多斯）地区。

在卫青打败匈奴后的第二年，张骞终于回到了京都长安，并告知汉武帝："匈奴内讧激烈。"

得知此事，汉武帝对匈奴的态度越发强硬。在派兵征讨匈奴的同时，他还意欲打开西域商路。

在卫青和霍去病两位名将的攻伐下，汉朝终于打通了中原和西域的联系，使甘肃河西一带可以安享太平。河西位于祁连山脉和沙漠夹杂的狭长地带，因其位于黄河以西，故而得名。"走廊"意指像回廊一样贯通。大约公元前100年，汉朝在河西走廊接连设辖四郡。从此，中原和西域的联系愈发紧密了。从东到西，河西四郡分别是武威、张掖、酒泉和敦煌。四郡中位置最靠西的是敦煌，这也曾是汉武帝远征大宛时的军事基地。

张骞的凿空之举，使得通往西域的道路开阔起来。其后，汉朝的使团被派往全国各地，人数以数十人、数百人不等，皆以友好通商为目的。一年中，少时有五六批，多时十几批。这些使团，近则几年可归，远则需要十年。《史记》有载：

因益发使抵安息、奄蔡、黎轩、条支、身毒国。

安息即伊朗，奄蔡即咸海北部，黎轩是"Alexandria"的音译，条支是叙利亚，身毒当是印度无疑。上述国家都是需要跨越帕米尔高原才能到达的地方。另外，帕米尔高原附近的西域南北路诸地区也会有汉朝使团频繁经过。使团会将以绢匹为主的中原货物带到这里，换取当地物品后返回内地。

汉武帝最喜欢的就是大宛的名马，即汗血宝马，据说奔驰起来汗流似血，故得此名。在那个骏马也能决定战争胜败的时代，汉武帝对马的偏爱自然不仅仅是出于个人喜好，其中也包含着对国运的思考。

除了名马外，昆仑玉、玻璃、石榴、核桃、苜蓿以及珊瑚等珍奇异物都由河西走廊运抵中原。其中的珊瑚，据说产自遥远的地中海。

随使人员都采取自愿报名的方式参加，但也会有一部分人带着一夜暴富的发财美梦混迹其中。

公元前 1 世纪的喀什，定然有汉朝使节频繁经过。不管是去大宛，还是远赴伊朗、叙利亚以及罗马，都得经由喀什越过帕米尔高原。要去印度，虽然有南下道路可供选择，但从喀什越过帕米尔高原，后经阿富汗也未尝不可。虽然有些绕道、迂回，但是和前者需要翻山越岭相比，后者确实轻松很多。

接下来，我讲一讲自己的推测。

使团从长安出发前往叙利亚或者罗马，他们会通过河西走廊，穿越流沙，经西域南路或北路到达喀什。如果目的地是叙利亚，那么到喀什才算行进了一半，如果欲达罗马，那么到喀什意味着行程才勉强过了三分之一。遥想前路，使团成员不禁惆怅满怀。此时，他们意欲折返，但却忧虑如何才能带着异域产物回朝复命。

天意眷顾，喀什的街市店铺摆满了来自叙利亚和罗马的物产，正好可以大量购入。在这里，使团可以买到罗马的玻璃器具和珊瑚，何故舍近而求远？而从长安带来的绢帛在这里出手也能省事不少。

不过，使团不仅仅是与外国通商，他们还担负着外交使命，所以返回时必须持出使国书。然而此事也并不需要担心，因为喀什有专门制作这些文书的人员。使团只要在旁边稍等片刻，便可安心返回长安复命了。这样的推测似乎有点儿"以小人之心度君子之腹"，但当我发现车在周末只能缓慢地穿行在人头攒动的喀什集市时，我对自己的推测越发多了几分自信。

《史记·大宛列传》中就有关于汉朝使团中某些人员形迹恶劣的描述。总之，毕竟是去往遥远的异国他乡，所以使团人员只要自愿应征，朝廷都会赏识其决心，对其人品也自然不会详加考察。

言大者予节，言小者为副。

"节"是接受天子敕命的证据，被授予者一般是使团团长。善发豪言壮语者一般会被授予较高的官职，但实际上，他们只是口头宣誓而已，多数不会付诸实践。

故妄言无行之徒皆争效之。其使皆贫人子，私县官（指朝廷）赍物（所赐物品），欲贱市以私其利……

这种敷衍搪塞的家伙并不在少数，而喀什的贸易市场正好为其所用。

04

西域南、北路沿线诸国都有向汉朝使节提供食宿的义务。若说使团人员认真履职也就罢了，但他们多是放荡无用之徒。甚至，有些人相互勾结将朝廷所赐之物在长安就地贩售。虽然售卖掉一些物品会使行李轻便易携，但那毕竟是十分重要的交易货物而非私财，因而原则上在到达目的地之前都不能监守自盗。总之，可以想象这些人的行为是多么疯狂，简直如同掠夺。

此外，通商使节频繁往来也导致了当地的货物供给过剩，绢匹也由稀缺品变成了普通物件。而狐假虎威、颐指气使的汉朝使节也逐渐遭到当地人的反感，所以沿线各国也开始怠惰起来，再也不向汉使提供食宿了。对此，《史记》记载如下：

汉使乏绝积怨，至相攻击。

沿线诸国紧闭城门，汉使只能露宿野外，饥肠辘辘，加之这些人原本就品行不良，所以他们彼此之间逐渐产生了摩擦。

因为长安远在千里，沿线诸国虽然将汉使拒之门外，但这种轻微的抵抗并不会迫使自诩天朝上国的汉朝发兵远征。此外，大汉元帅卫青、霍去病虽然将匈奴击退到了漠北，但匈奴也会对汉朝屡屡发动游击战争，所以他们觉得："匈奴威胁在，汉朝不足虑。"

追本溯源，其实是不良使节损害了大汉国威，就连一直以来给汉朝进贡汗血宝马的大宛也对其轻视起来。为了蒙蔽汉使的眼睛，大宛干脆将国中称得上宝马的马匹都隐藏在贰师城（贰师是一座堡垒，位于费尔干纳西南部）。

从西域回朝的使团随从中多次有人将大宛有名马的事情上报朝廷，喜好宝马的汉武帝听后龙颜大悦，命人将千两黄金制成的马像带到大宛，以示对贰师城宝马的渴望。

大宛闻讯，随即召开了重臣会议："贰师城的名马是大宛的至宝，断不可轻易送予汉朝。此外，汉朝都城距此尚远，若将其使团拒之门外，半数随从会被饿死。且北有匈奴为患，南乏水草供给，纵使我方不允，汉朝也不会发兵报复。"

众人意见统一后，便拒绝了汉使的要求。汉使大怒，气急败坏之下用铁锤砸坏了黄金马像，然后扬长而去。

同时，大宛也觉得汉使的态度是一种侮辱，于是命令郁成城守将："汉使从郁成城经过时，要对其迎头痛击，夺其财物。"

当汉使从郁成城经过时，果然遭到劫杀。后来，死里逃生的随从将此事告诉了汉武帝，武帝闻之怒不可遏。但武帝毕竟是英明之主，他并没有因此而感情用事，他觉得这是一次横扫西域的绝好机会。

汉使在所至之处皆惨遭闭门冷遇，而匈奴又不时突然袭击，倒真可以利用这次机会扫平西域南北两路。此时，霍去病和卫青早已故去。霍去病于元狩六年（公元前117年）英年早逝，卫青也于元封五年（公元前106年）走完了光辉的一生。于是，汉武帝任命宠妃——李夫人的兄长李广利为征西大将军，并授予其"贰师将军"称号。

太初元年（公元前104年），李广利挂帅出征。

这时，和平之城、商贸之城喀什迎来了征伐大军。虽号称大军，但由于途中落伍者甚多，所以最终剩下的也只不过是数千残军而已。结果，首次进攻大宛，连大宛下辖的郁成城都没有攻克，主帅贰师将军李广利被迫兵退敦煌。

武帝闻讯后龙颜大怒，遂命李广利再次出征。此次，除从军杂役、征夫之外，仅参战士兵就有六万，运送辎重粮草的牛十万，马匹三万，毛驴、骡马及骆驼各数万。其威风凛凛的军容自然是首次征战的六千骑及数万人无法相比的。沿线诸国闻风丧胆，再也不敢拒汉军于千里之外，只得打开城门，为他们提供粮食和宿地。只不过如今的情势和当初数百人的使团不一样，六万士兵的住宿其实就是野营而已。这时，只有道路沿线的轮台独自抵抗。

攻数日，屠之。

"屠"就是全部杀掉的意思。

汉军以此来威慑沿线诸国。轮台被屠城之后，龟兹、温宿、姑墨、尉头等国纷纷打开城门迎接汉军。

疏勒城（即喀什）当时也许在数万兵马的驻扎下已无空余之地，自建城以来，这大概也属首次。临敌之前整备军队可谓战争常识，因此我们不难想象汉军需在此整军备战的情形。

李广利率领主力沿北路进发，王申生率偏军由南路开拔，经和田、莎车抵达喀什。不知何故，南路军队行兵迟滞，当其到达喀什时，主力部队已经向大宛开进了。

和喀什不同，大宛并非是首次面对这样的大军。公元前328年，亚历山大大帝曾率军从撒马尔罕发起进攻，并在费尔干纳峡谷入口处建立城市，并命名为亚历山大泻湖。虽说那是两百多年前的事情了，但是自亚历山大进攻以来，这里一直稳如泰山。

大宛的国都是贵山城。贵山城具体位于何处，日本学者说法不一。桑原骘藏博士的"苦盏说"和白鸟库吉、藤田丰八郎博士的"卡桑说"之争，引发了大正时代学术界的大争论。

汉军围困大宛城四十余日（根据白鸟博士的说法，《史记》中的大宛城和《汉书》中的贵山城并非同一地点），并带来了水利工人。由于张骞出使西域给汉朝带来了丰富的信息资源，而大宛城没有水井，因此汉军此次引河流之水以备战事。同时，水利工人掘开水源改变水流方向，使大宛城水脉断绝。

大宛的权臣在这时召开会议，决定："汉军进攻大宛，皆因国王母寡私藏名马、斩杀汉使，我等不如问罪国王。"于是他们杀死国王，用其首级向汉军乞和。合议达成后，权臣们又立亲汉的昧蔡为王。

贰师将军征伐西域，使得西域迎来了崭新的一页，汉朝也开始首次经略西域南路，并征讨受匈奴支配的楼兰，改楼兰为鄯善，在当地置田屯垦。也许是考虑到驱逐到漠北的匈奴此时已逐渐恢复元气，西域北路可能会经常面临被突袭的可能，汉朝首先需要考虑的是确保产品交易的西域南路畅通无阻，同时保证汉匈双方互换人质的楼兰掌握在自己手中。所幸的是，重新崛起的匈奴内部又发生了分裂。汉宣帝神爵二年（公元前 60 年），匈奴日逐王投降汉朝。第二年，汉朝在库车以东的乌垒城设西域都护。

就这样，在西域都护的管理下，西域诸国上至王侯，下到城长、译长等都佩戴汉朝印绶，这也意味着西域接受了汉朝的册封。《汉书》记载，当时西域五十国佩戴汉朝印绶者多达三百七十六人。

05

公元 8 年，王莽篡汉自立，建立"新"朝。

随后，王莽发动了"改名浪潮"，地方郡的太守被改为"太尹"，县令被改为"宰"，都城长安也被更名为"常安"。

　　既然新朝已立，就必须收回汉王朝赐给周边国家的印绶并授予新印。当时，王莽收回的是西域诸国的"王印"，但转赐的却是"侯印"，从而降低了他们的封号。

　　蛮夷之国，称王实属僭越。

　　——这也许是王莽的考虑。

　　同样，在给匈奴单于授予新印时，汉王朝雕之以"玺"，而新王朝却改之以"章"。王莽觉得玺乃天子专用，匈奴首领要用则有违定制。

　　王莽确实缺乏政治眼光。不仅仅是匈奴，西域诸国对于他的印制改革都大为不满，从而引发了西域多国的倒戈背叛。不过，西域诸国虽背弃了王莽的统治，但是自身也缺少独立应对内外问题的能力，因此自然转投匈奴以求庇护。然而，匈奴却"敛税重刻"——匈奴随意征收重税，大肆掠夺，西域诸国皆叫苦不迭。于是，他们再次遣使中原，哀诉以求："愿天朝重建西域都护。"

　　王莽政权并未维系长久，汉室宗亲刘秀继而平定了天下大乱，于公元25年在鄗南即位，并定都洛阳，即后来的光武帝。不过在立朝伊始，东汉尚无余力向西域派遣都护。

　　此时，在西域北边，匈奴和乌桓正在激战，加之匈奴单于接连故去和牧场遭受蝗灾，致使"人畜饥疫，死耗大半"。不仅是建国不久的东汉，就是"苛税猛于虎"的匈奴也对西域无力顾及。

　　在这种情况下，西域诸多小国开始了弱肉强食的吞并斗争。

　　人口一万六千的莎车比较强悍。建武九年（公元33年），莎车王康去世，其弟贤即位。当然，亡兄有两个儿子，叔侄之间也会产生矛盾。后来，贤攻占拘弥和西夜两国并杀死其国王，然后将侄儿分别派往两国为王。其后，贤又进攻于阗，徙其主俞林为骊归王，以莎车将军居德为于阗王。但不久，于阗将军休莫霸造反，自立为于阗王。休莫霸死后，其侄广德承袭王位。广德具有卓越的军事才能，最终灭掉了莎车。

喀什以贸易立国，算不上强大，在群雄割据的时代也并不活跃。而于阗则不同，《后汉书》有载：

> 从精绝西北至疏勒十三国皆服从。

由此可知，喀什也归顺了于阗。

龟兹也曾为莎车所灭，但龟兹国民杀死了莎车王所立之主，并联合匈奴，复立龟兹贵族为王，力图振兴本国。汉明帝永平十六年（公元73年），龟兹国王建挥军西南进攻疏勒，杀死疏勒国王成，并任命龟兹贵族兜题为疏勒王。

匈奴听闻于阗吞并了莎车，于是从焉耆、尉黎、龟兹等十五国派兵三万，围困于阗。于阗王广德以太子为人质，向匈奴乞和。此时，莎车王也最终得以重建家园。

由此可见，东汉时期的西域多次经历兴亡、重建、吞并，形势异常复杂。总之，公元1世纪的喀什，既受过于阗的支配，又遭受过龟兹的进攻，后来龟兹竟立本国人为王。

在这种情况下，东汉终于将目光投向西域，名将班超也借此登上了历史舞台。

> 不入虎穴，焉得虎子。

这是众所周知的至理名言。但这句名言到底是谁、在哪里、在哪种场合下说出来的呢？知之者就未必多了。其实，这是班超率领部属三十六人出使鄯善时发出的豪言壮语。

鄯善旧称楼兰，同时向汉朝和匈奴臣服，向两方朝贡。对于实力微弱的西域国家来说，这么做大概也是无奈之举吧！

班超刚到鄯善时，受到了至高无上的礼遇。但是一段时间后，情况却发生了变化。饭桌上的盘子开始减少，而伺候者的态度也发生了微妙转变，行礼方式也显得粗浅随意。

班超想："莫非有匈奴使者前来……"他灵机一动，试探性地询问胡人翻译："匈奴使者现在何处？"

胡人翻译以为班超已发觉，便据实相告。因为鄯善有两个宗主国，所以同时面对两国使者是一件十分棘手的事情，而他们又必须二选一。此时此刻，杀死其中一国使节是唯一的方法，而哪个可杀哪个又不可杀呢？当然是使团人数较少、实力较弱的一方可杀。当时，汉朝使团三十六人，而匈奴使团人数则将近两百人，所以对鄯善来说，解决汉使是一种相对可行的方式。

"继续这样下去就只有坐以待毙，如果我方先发制人还有生还的希望。"班超为了鼓舞士气，说出了"不入虎穴，焉得虎子"的豪言。

当夜，班超率人火烧了匈奴使节的居所，并给予迎头痛击。三十六名英勇的汉使将匈奴正、副使屋赖带和比离支的首级斩下，班超带着二人首级面见鄯善王。鄯善王万般无奈之下只得发誓顺从汉朝，并愿意将儿子作为人质送往长安。

班超继续沿西域南路行驶，从鄯善国向于阗进发。前面已经提过，于阗曾被以匈奴为盟主的西域十五国所派的三万兵包围，无奈之下开城投降、遣子为质。由于存在这样的关系，所以于阗国驻有匈奴专使。

于阗国王听说汉使将从鄯善前来，不由心生一计。为了逃避责任，他假借巫师之言，说"神灵"托话：

汉使有騧马，急求取以祠我。

说需要获取汉使宝马，杀之以慰神灵。言外之意，就是想羞辱汉使以结好匈奴。

"我有马，但是此马听我话。既然是神灵索要，我定然在所不惜。如果于阗礼敬于我，我愿将马献上。"班超道。

所谓礼敬，就是要让巫师亲自来。当巫师来到班超面前时，班超以迅雷不及掩耳之势将其首级斩下。

当看到巫师的首级后，于阗王广德终于明白了汉朝的决心，于是他派兵攻杀了匈奴使节和驻军，迎接汉使。这件事发生在永平十六年（公元 73 年），和龟兹杀死疏勒王成并立龟兹人兜题为王同年。

此事后第二年，班超率三十六人继续向疏勒前进。

后来，我们乘坐吉普车从喀什到和田（即从疏勒到于阗）大约花了十五个小时，而六十年前的大谷探险队乘坐驼队用了整整十八天。那么这条路班超走了多长时间呢，我们不得而知（当然有可能走近路）。

班超派部下田虑去劝降兜题，兜题并未理会。田虑乘其不备，劫持了他。在众多下属的护卫下，国王竟被轻易劫持，众人不禁愕然。当时兜题属下如何反应，《后汉书》记载如下：

左右出其不意，皆惊惧奔走。

这种危急时刻狼奔狗窜的样子，简直是斯文扫地。但是想来，大概因为国王是外国人的缘故吧！他们不知道这位强入为主的国王将来是被绑是被杀，也许他们更期望将其杀死才能大快人心吧！

后来，班超将疏勒前国王兄长之子忠立为疏勒新王，疏勒国内一片欢腾。

疏勒新王忠及其大臣都希望斩杀兜题，但班超并未同意。出于扬威立信的考虑，班超将兜题放归了龟兹。

班超出使西域后，就任自王莽以来被废止的西域都护一职。不过，永平十八年（公元75年），四十八岁的东汉明帝驾崩，忙于皇帝大丧的汉朝无暇管理西域事宜。沉寂了一段时间的匈奴便趁机兴风作浪，再次发兵南下。仰匈奴鼻息的焉耆和龟兹也开始攻杀镇守西域的陈睦。

洛阳城内，年仅十八岁的章帝即位。由于担心班超在西域孤军深入，所以在匈奴进攻西域南路以前，急诏班超班师回朝。

身在疏勒的班超接到皇帝诏书，不得不由南路返回洛阳。汉朝将领还朝后，疏勒将会怎么做呢？班超疑虑重重。由于这里是集市，当地人并无尚武精神，若龟兹来攻，断然无抵抗之力。于是班超上奏：

疏勒举国忧恐，其都尉黎弇自刭。

汉使若去，这个国家恐怕会被龟兹所灭，亡国之期不远矣。而且龟兹来攻，将首攻亲汉派。也许是想到了这些，其都尉才做出了这样刎颈以早死的举动。

班超归朝途经于阗，王侯以下莫不号啕"汉使如同父母，安忍弃子而去"，以此不断挽留。他们甚至抱着班超的马蹄，不肯让其离去。

对此，班超深受感动。虽说朝廷传来诏令，但西域远隔千山万水，具体情况朝廷岂能详知？因为班超相信自己能够维系西域如今的大好局面，如果回到洛阳，要想再次经略西域将是难上加难。此时"将在外，军令有所不受"岂不是对国家最大的忠诚吗？于是他决定抗命。

班超调转马头，回到了疏勒。

其实在班超离开之后，疏勒国就响起了归降龟兹的声音。他一到疏勒便立即肃清了主张投降的势力。

此后三十年，班超一直留在西域。他率领疏勒、于阗、康居、拘弥之兵，先攻姑墨的石城，后攻莎车。进攻莎车的时候，以龟兹为西域盟主的亲匈奴派率领五万大军前往支援，但班超略施计策就将其击退了。永元三年（公元91年），班超任西域都护。也许是遭到了鲜卑和丁零部族的压迫，此时的匈奴实力急转直下，在这种背景下，受其羽翼庇护的龟兹也归降了汉朝。

永元六年（公元94年），西域都护班超率龟兹、鄯善等八国共七万大军进攻焉耆，而焉耆就是当时攻杀原西域都护陈睦的罪魁祸首。

因纵兵钞掠，斩首五千余级，获生口万五千人。

这是一场复仇之战。焉耆王首级随后被送至洛阳。

06

东汉末年，从黄巾起义到三国鼎立，以及后来的魏晋南北朝时期，中国进入了持续两个半世纪的纷乱割据时代。

《三国志·魏志》有关于倭人，即日本人的详细介绍，却没有关于西域的记载。不过，在 20 世纪，其相关资料却可散见一二。比如在魏文帝黄初三年（公元 222 年），鄯善、龟兹、于阗等国遣使来洛阳进献方物，同年，魏在当地设立戊己校尉（西域驻屯军长官）。

《晋书·四夷传》中关于西域只列举了焉耆、龟兹、大宛、康居和大秦，并未有喀什的只言片语。不过从出土的木简来看，似乎有所收获。从这个出土于楼兰遗址的残缺不全的木简上，能辨别出：

晋守侍中大都尉奉晋大侯亲晋鄯善焉耆龟兹疏勒于阗王写下诏书到……

由此可见，西域诸王都被晋朝任命为"侍中大都尉"，而什王（疏勒王）自然也会佩戴晋朝的印绶。

五胡十六国时期，河西走廊一带先后有五个以"凉"命名的地方政权出现，分别是前凉、后凉、南凉、北凉和西凉。其中，后凉王吕光曾经是前秦部将，他当时也曾招降焉耆，攻陷龟兹。将身处龟兹的高僧鸠摩罗什带到中原的，正是这位声名显赫的大将军。

《魏书》记载，北魏高宗文成帝（公元 452 ～ 465 年在位）末年，喀什王曾献上释迦牟尼佛袈裟。高宗不信，随即命人将袈裟放入火中炙烤，然而烈火燃烧一日，袈裟丝毫未损。

"不愧是佛门至宝。"高宗不禁心生敬惧。

太武帝太平真君六年（公元 445 年），北魏派大将万度归征战鄯善，鄯善王真达遂即投降。三年后，北魏又展开了对龟兹的征讨。

这个时期，西域除了丝绸之路大放异彩之外，"佛陀之路"也彰显流光。中原的持续动乱促发了人们追求平安的愿望，佛教便在不知不觉中传播开来。后来，人们内心对佛教的憧憬愈加浓烈，他们大都对经由西域传来的佛典满怀期待，对高僧大德翘首以待。更有甚者，竟有中原僧侣远赴天竺求取佛典、学习佛法。

法显于后秦弘始元年（公元 399 年）从长安出发，他是当时最负盛名的取经僧。他从于阗经子合国（叶城），又从竭叉（塔什库尔干）越过葱岭（帕米尔高原）。当时喀什就在眼前，但法显最终并未涉足。

百余年后，北魏使节宋云和佛门弟子惠生同往天竺。他们仍旧是经过塔什库尔干，并未取道喀什，到达天竺时已是公元 518 年了。

隋大业年间（公元 605 ～ 618 年），喀什曾到长安朝贡。对此，《隋书·西域传》有明确记载。

读《大唐西域记》，三藏法师玄奘从天竺回归长安途经喀什的事情最能吸引我的眼球。我想，玄奘从长安出发时是贞观元年（公元 627 年），归来经过喀什时应该是贞观十八年（公元 644 年）。史料记载，喀什曾于贞观九年（公元 635 年）向大唐王朝进献名马。

那时，喀什王姓裴，娶突厥可汗之女为妻，此事可见《新唐书》。天宝十二年（公元 753 年），裴国良不远千里来到长安，唐王朝授其折冲都尉印，加赐紫袍、金鱼（黄金制鱼形饰品）。

唐朝在处于西域要塞的龟兹、于阗、焉耆及疏勒四地设都督府，即安西都护府，统辖安西四镇。安西都护府驻地位于龟兹，因此，喀什就成了唐朝经略西域的重要据点。

安西都护府以兵三万镇守库车，所以在唐代，库车也称得上是军事之城。喀什虽是西域四镇之一，但《新唐书》却说当地"胜兵两千"，所以我觉得这里毫无军事要塞的感觉，反而更像商业城市。

天宝六年（公元747年），唐玄宗派安西副都护高仙芝远征小勃律。小勃律的范围大概从吉尔吉特到亚辛，位于克什米尔。公元8世纪初期，吐蕃（西藏地区）占领了大勃律（俾路支）和小勃律地区，西北二十余国自此无法向大唐进贡，于是才有了后来的吉尔吉特远征。

自西汉的李广利到东汉的班超，数百年后喀什又迎来了高仙芝大军。据说出库车时就有步骑一万。虽说是步兵，但是人人都有私马，因为当时军队只给骑兵统一配发马匹，所以步兵的马都是私募而来。要是没有马匹，步兵则无法穿越沙漠。也许当时喀什的两千守备军也参加了跨越帕米尔高原的远征吧！

高仙芝是高丽人。在唐朝军队中，像他这样的非汉族将军并不在少数，比如后来起兵造反的安禄山，也是胡人。当时，高仙芝于帕米尔山中击破小勃律军队，俘虏其国王及王后（吐蕃王的女儿），后率军凯旋。

三年后，高仙芝继续击败石国（塔什干），俘获石国国王。

此时，唐朝的版图已延伸至咸海和阿姆河以西的卡拉库姆，就连现在吉尔吉斯斯坦共和国境内的热海（也称大清地）也处于唐的管辖之下。热海西北是碎叶城，玄奘取经曾途经此地（《大唐西域记》中称之为素叶城），据说是现在的托克马克附近，也有研究证明唐代大诗人李白就出生于此。

《新唐书》中说李白的先祖因获罪而被发配至西域，范传正所著的《李公新墓碑》中有关于李白祖先被迁碎叶的记载，而从李冰阳的《草堂集序》判断，他的祖上似乎是谪居条支的。条支即现在的叙利亚，由此看来，他们家族确实经历了不少苦难和波折。但是无论如何，李白小时候曾在西域生活过当属无疑。

玄奘自此继续西行，然后到达怛逻斯。怛逻斯以南有座离城，有三百余户汉族聚居。《大唐西域记》记载说，他们的住所和服装均类似突厥，但语言、礼仪却留存着中原遗风。

怛逻斯现名为塔拉兹，其遗址位于哈萨克斯坦江布尔州附近，属于哈萨克斯坦和吉尔吉斯斯坦的边界地区。

07

怛逻斯这个地方不应该被历史遗忘。在玄奘经过此处时，它还处于突厥的势力范围中，但之后不久便被纳入大唐版图。

大唐的版图在向四周扩张的同时，西方撒拉森帝国的势力也获得了长足的发展。

撒拉森帝国自从公元632年穆罕默德死后，帝国即刻分崩离析。定都巴格达的阿拔斯王朝向东扩展，最后几乎和大唐边境接壤。

大唐和撒拉森的冲突，其根源就是怛逻斯。

唐代称阿拉伯为大食（波斯语"Tay"的音译），阿拉伯人即大食人。阿拉伯语中大食人的音译即"商人"。当问唐朝的阿拉伯人"你是干什么的"时，他们会说"我是商人"，也许是唐朝人错把他们的职业当成了国家。为了和伍麦叶王朝的撒拉森人区别，唐朝人将阿拔斯王朝的撒拉森人称作黑衣大食。

公元751年的怛逻斯之战，因原本归属大唐的土耳其裔葛逻禄向撒拉森临阵倒戈，导致高仙芝率领的唐军大败。

这是一个重大的历史事件。怛逻斯之战后，黑衣大食阿拔斯王朝向唐朝派出了使节。不幸战败的高仙芝也被封为右羽林大将军，唐中央王朝也没有追究其败因。之所以说此次战争的意义重大，是因为其促进了造纸技术的传播。撒拉森因战争而俘虏的唐军士兵中，有熟练掌握造纸技术的人，而当时的撒拉森和欧洲尚未掌握造纸术。正因为怛逻斯之战，这些唐军俘虏才将造纸术传播到以前只知道使用羊皮纸的广阔地域。

后来，安禄山起兵造反，大唐国力逐渐由盛转衰。唐灭亡后，迎来了五代和两宋时期。历史证明，中国的中央政权统治衰弱时，西域就会发生战乱；而在丝绸之路繁盛时，这里就会平安稳定、道路通畅。社会治安混乱时，盗匪就会横行，丝绸之路上的产品交易自然也就不会兴旺。

此外，定都巴格达的阿拉伯人也是海上航行的高手。他们可以从国都直达波斯湾，然后由此通往外洋，这是由阿拉伯的区位优势决定的。由于治安混乱，比起内陆的丝绸之路，人们开始越来越多地选择海运。因为除了流沙的威胁外，陆上丝绸之路还会经常遭遇劫匪的袭击，而海运最多只会遇到汹涌的波涛而已。

这时，广州、泉州等中国南方的港口城市兴盛起来，陆上丝绸之路却逐渐衰落。

一般来说，陆上丝绸之路主要是依靠骆驼驮运货物，所以可运货物仅限于价格昂贵且重量和容积都较小的商品。但是海运则不然，因为海运的大船完全可以运送大量货物而不受制约。

如果说内陆的交易通道被称为丝绸之路，那么海运的贸易路线就应该叫作"陶瓷之路"。对于沉重的陶瓷器来说，大船运载轻而易举。而宋朝正好是中国陶瓷制作的全盛时期，所以中国的陶瓷制品在此之后便被源源不断地运往西方。海运也是绢匹的重要输出渠道，这一点是毋庸赘言的。

不过，海路运输繁荣的同时，陆上丝绸之路也并没有完全废弃。当社会治安好转的时候，各个商队也会带着骆驼往来于西域南北两路。

13 世纪，一代天骄成吉思汗横空出世。而成吉思汗的西征，破坏了贸易纽带。不花剌、撒马尔罕、巴里黑、梅尔夫、加慈尼、赫拉特等地遭到的残害就如同暴风横扫过一样。在其爱孙被杀害的巴米扬，除当地人全部被屠杀外，就连地上的一草一木也被连根拔起。

当时的喀什离成吉思汗的西征路线仅一步之遥，最终幸免屠戮。

远征之后，成吉思汗将征服的土地分给儿子术赤、察合台和窝阔台。因为幼子继承制是蒙古的传统，所以蒙古本土由小儿子拖雷掌管。

喀什属于察合台汗国，西域境内的南北路都在其版图之内。虽说只是成吉思汗遗产的一部分，但也算得上是一个幅员辽阔的大地。

也许是由于版图过于庞大的原因，1321 年，察合台汗国分裂为东西两部分。此时的喀什位于东察合台汗国的中心位置，因此东察合台也被称为喀什汗国。与此相对的西察合台以不花剌为中心，被称作不花剌汗国。后来，不花剌汗国不断分裂，半个世纪中，竟有十五人先后称王。

临近的喀什汗国则处于不温不火的状态，最终勉强延续到了 16 世纪早期。

想来，以集市贸易立国的喀什能够在历史的漩涡中屹立，大概是因为一直以来礼让谦恭、背靠大树好乘凉的缘故吧！虽说时间并不长，但那时它已经不仅仅是一个西域小国，和田、库车都在其管辖之下。如此广阔的土地都冠以"喀什"（即上述喀什汗国）之名，确实具有划时代的意义。

刚才提到，西察合台汗国，即不花剌汗国内讧频仍，整个国家陷入了多事之秋。不过，所谓时势造英雄，英雄亦适时，一个名为帖木儿的英雄人物就在此时出现了。

帖木儿（公元 1336～1405 年）出身不花剌汗国的小贵族家庭，因为一条腿残疾，被称为"跛腿帖木儿"，英文为"tamer lane"。

那时，朱元璋建立了明王朝，元朝残余势力也随即被赶往塞外。明洪武十二年（公元 1379 年），帖木儿向明朝称臣，并进献宝马，承认了明朝的宗主国地位。然而不久之后，帖木儿却展开了对周边小国的征服行动，势如破竹，很像是第二个成吉思汗。以至于最后对明朝使节不执臣礼，反而扣留，对此，明朝决定遣使问罪。

在明朝和帖木儿的持续对立下，世纪决战迫在眉睫。当时，帖木儿已经平定了察合台汗国，吞并了伊尔汗国（即伊朗），又袭击了今俄罗斯的莫斯科，甚至还远征印度，俨然开拓了个小亚洲。

此时的明朝，正当永乐皇帝在位时期。他曾发动军事政变夺走其侄儿的皇位，是一位天下雄主。1404 年年末，帖木儿率二十万大军从撒马尔罕出发，第二年正月却暴病身亡。所以，大军并未和明朝军队正面交锋，最后无功而返。

历史绝不会出现"如果怎么样"的假定，但史实终究是对历史学家的限制，而小说家却可以以此为最佳素材。

所以，让我来试着解读一下永乐帝的军事部署。

当时的军队并非采取组织行动，而是遵从将领的号令，因此胜败多取决于指挥官的作战能力。

当时，帖木儿已年近古稀，他已视线模糊、眼睑下垂，故前来觐见的使节他都得近身召见。西班牙使节克拉比赫曾于 1404 年 8 月亲往拜谒。

永乐帝曾被封为燕王，驻地北京。他几乎每年都要出兵征讨蒙古草原。当年近七旬、已经步入风烛残年的帖木儿率领着二十万军队东征的时候，永乐帝刚刚四十五岁，正值壮年，春秋鼎盛。帖木儿死后，永乐帝仍旧不断征讨蒙古，出兵瓦剌，攻打女真族。此外，他还任命郑和为远航总指挥，出使西洋。郑和舰队一路经过爪哇岛、暹罗、锡兰、阿拉伯半岛的亚丁湾，我们断然无法通过如此气势磅礴的壮举来窥探明朝经济会出现什么问题。

永乐帝和帖木儿一样，在其死后也出现了因王位继承而产生的内讧。所幸的是，这场争夺并未动摇大明国本。后来，明朝国祚还延续了两百余年。与此相比，帖木儿死后，骨肉之间的争斗血雨腥风。所以说，如果两雄在西域展开争夺，国内矛盾正处于尖锐期的帖木儿多会遭受失败。这便是我的推测。

帖木儿死后，撒马尔罕国多次向明朝派遣使节，明朝也向其派出护卫使，并册封帖木儿的幼子沙哈鲁为王。

帕哈太克力的午饭

01

"下一站去帕哈太克力，也就是曾经位于疏附县的色满公社。"

从老城驶往郊外，途中我们竟浑然不觉。这不仅仅是因为城墙早已拆除不存，当然还有道路整齐划一的原因。路两旁的白杨栽种得十分紧密，几乎看不清树后是鳞次栉比的城镇，还是一望无垠的田野。

后来，我们终于透过车窗清楚地看到了田间的景色。从民族中医院出发驱车不到三十分钟，我们就来到了帕哈太克力公社。该公社整体呈白色，但大门口的柱子都被涂成了鲜红色。

这里的主任名叫买买提·阿布都拉，汉族人一般都会叫他买买提。副主任是阿不都热衣木·库尔班。

买买提主任用维吾尔语向我们介绍了公社的情况。在翻译方面，虽然我们一行有方晓华的鼎力相助，但公社里的尤桂臣先生（汉族）是专职翻译，有不凡的实力，因此对于当地的介绍还是由他来进行更适合，小方正好略事休息。

这个公社人口九千八百多，户头两千两百五十个，有七个生产大队和四十三个生产小队。这里的土地面积约两万四千亩（一亩约为六百六十六点七平方米）。中国农村都以"亩"作为土地面积的单位，所以农民对"亩"的概念根深蒂固。而我们生活在城市中的人印象最深刻的面积单位则是"坪"（日本面积单位）。一亩大概相当于二百坪，所以一提到亩，我就会在坪的基础上乘以二百。

"四百八十万坪……"我不禁暗自思忖。

在这两万多亩的耕地中，55%用于种植水稻。不仅仅是喀什，南路一带的水田也很广阔。新疆的水稻生产历史并不长。19世纪末阿古柏叛乱之时，清军将领左宗棠曾率领湘军到此平叛。由于湘军都是出生于种植水稻的湖南，平叛后又被作为屯田兵派往各处，新疆当地的稻米生产才因此逐渐扩大开来。

乾隆二十七年（公元1762年）修成的《钦定皇舆西域图志》曾有回部（新疆南部）土地肥瘠不均，缺少稻米的记载。不过《北史·西域传》的记载却大相径庭：

疏勒之土，多稻、粟、菽。

《北史》为唐人李延寿所著，时间跨度为4～7世纪，主要记述了南北朝时期的北朝历史。其他史书中也有关于焉耆、龟兹等的记载。因此，我觉得《钦定皇舆西域图志》的作者多以道听途说为主，而亲身所见则寥寥，所以才有此见地吧！

同样是推测，我也表达一下我的看法。

我曾在前面提过，"疏勒"这一地名暗含着水源丰富的意思，而水多的地方自然适合水田作业，而且穿越帕米尔高原，这里和印度的交往也异常频繁。即便这里曾经没有水稻，也大可从印度引进。既然这里的文字、语言以及宗教等都受到印度的影响，那为什么水稻就不能从印度引进呢？《大唐西域记》中就有屈支（库车）产粳稻的记载，关于佉沙（喀什），这里虽然没有列举谷物名称，但也讲述了农业繁荣的事实。这里是什么时候开始不再种植水稻了呢？我觉得这和后来饮食生活的改变有很大关系。

其实不仅仅是饮食方面，就连生活方式都发生了巨大的变化。

西域民众的生活体系从中国、印度的佛教化过渡到阿拉伯、波斯的伊斯兰化。饮食也从以中国、印度为主的米食转换为独具特色的馕。这样一来，耕种习惯自然也就无法再回到插秧等稻米种植的年代了。

对于曾经存在但后来消失了的东西，人们习惯于认为消失了的并未存在过，《钦定皇舆西域图志》的作者可能一开始就做出了错误的判断。清朝，以米食为主的汉族人和满族人赴任到此，最为困惑的就是没有米饭可吃，而从中原运输又十分麻烦。

"既然当地水流丰富，就不可能种不出米来。"

乾隆二十八年（公元 1763 年），清朝在阿克苏设屯田一百五十亩，并命人在此种植水稻，以此来为从中原赴任的朝廷大员提供饮宴用米。紧接着，朝廷又下令在莎车地区推广水稻种植面积，用作官员的俸禄米。

至此，水田面积进一步增加。中华人民共和国成立后，增建的大坝和水渠为水稻生产提供了更多便利条件。至今，当地的水稻产量已经占据农作物总量的 55%。

中华人民共和国成立前，这里的土地都掌握在地主手里，基本没有自耕农。其中贫农占绝大多数，他们遭受着严酷的剥削。据说为了躲过饥荒而卖儿卖女的家庭多达一百二十户。虽然现在这里的生活水平仍不算高，但跟之前的极度贫困相比，也算发生了翻天覆地的变化。

02

"这三年来，我们公社已经有四十五人考入了新疆大学、北京民族学院（现中央民族大学）。"买买提主任的言语中带有几分自豪。

三年内考中四十五人，平均一年就是十五人，在这人口近万的村庄里，其升学率和日本比起来简直是天壤之别。但是作为中国的西部小城，这样的数字也很让人兴奋了。

这个公社的社员基本都是维吾尔族。作为培养少数民族干部的高校，北京民族学院最为有名。此外，甘肃省的兰州和四川省的成都也有这样的学校。我们亲爱的老阿，就曾在兰州求学。

说到北京民族学院，我不由得想起了两年前到访那里时和作家冰心女士的交流经历。

"这所大学有五十三个民族的学生。"冰心向我介绍道。她的表情和言语中也透露着几分自豪。

这大概都是早些年的提法了，民族事务委员会公布的《中华人民共和国少数民族简表》中明确提到中国有五十六个民族。其中，既有像壮族那样人口超过八百万的，人数相对较多的民族，也有像住在西藏的珞巴族和住在黑龙江的赫哲族那样人口不足千人的民族。

北京民族学院正式成立于1951年，但是其前身则诞生于1941年，即中国共产党尚未建立政权的延安时期。根据冰心的讲述，北京民族学院共有七个系——政治系、少数民族语言系、汉语系、艺术系、历史系、干训班（即对各地干部的培训班）、文化补习班（为计划考入技术类、医学类大学学生筹备的补习班）。

该校的学习年限是三年，但各系略有不同。比如上干训班的人都有工作在身，一般情况下只要学习一年到一年半即可。文化补习班则根据学生的学习情况决定是否毕业，一般需要一到两年。艺术系学习年限则稍长，基本都是四年。不过该系学生不仅局限于中学毕业生，只要是在音乐、舞蹈、绘画等方面得到国家认可的特长生，年龄下限可以低至十一岁。此外，相当于研究生院的研究科主要做少数民族史的教学、研究工作。学校的学生当然以少数民族学生为主，但也有想学习少数民族语言的少数汉族学生。

北京民族学院学费全免，食宿及生活费也都由国家支付。上学期间如要回家，国家也会承担一半费用。

为了促进各民族之间的团结，所以有必要增进民族之间的相互了解，而提高相互理解的最佳途径就是共同生活。所以学校在宿舍安排方面尽可能不偏不倚，六人间会安排四个民族的学生，四人间则安排三个民族的学生。

"不同民族之间有结婚的吗？"我问。

也许因为冰心女士很是亲切随和，所以我也任性地表现出孩子对母亲那样的执拗。她出生于1900年，和我去世的母亲同庚，见到她时，我的母亲离世尚不足半年。

"虽然并不多见，但也偶尔会有。"冰心告诉我。

"那他们结婚后生的孩子，民族是跟随父亲吗？"我继续追问。

"不，这个不会限定。等孩子年满十八岁的时候，由自己决定。"

冰心解释道。

"啊，这样呀……"我觉得颇有意思。比如维吾尔族的男子和哈萨克族女子成亲，婚后所生的孩子成年以后是属于维吾尔族还是哈萨克族，还可以由自己决定。

"如果一方是汉族，孩子基本会选择少数民族归属。"冰心补充了一句。

"为什么呢？"我有点儿不解。也就相当于说，汉族人和蒙古族人的孩子在年满十八周岁后选择民族归属时，大多数会选择蒙古族而非汉族。

"我是福建人，属于福建省出生的全国人大代表，这是从二十万人中选拔出来的。如果是少数民族，就可能是从一两万人中选出一人，您明白了吧？"冰心娓娓道来。

我听懂了她的意思，这是对少数民族的特殊照顾，选举法只不过是其中一例罢了。

总之，北京民族学院对少数民族的年轻人来说，是一个让人魂牵梦萦的地方，而每年帕哈太克力公社都会有若干青年才俊考到这里。说这样一番话时，买买提主任不禁喜笑颜开。在他的笑脸后面，我仿佛也看到了冰心女士的面容。

另外，冰心女士和北京民族学院结缘也是因为她的丈夫、社会学家吴文藻先生在该校担任副院长一职。

提到少数民族，我会本能地联想到她。她既是同行前辈，又是我从小就喜欢拜读的作家，因此，我对她满是敬慕之情。

我们的对话大概就是如此，而我也必须从回想返回到身处帕哈太克力公社的现实。帕哈太克力公社的人口构成和喀什一样，当地95%

的人都是维吾尔族的。

新疆以维吾尔族人为主，大概占整个新疆人口的七成。长期以来，维吾尔族人口维持在三百万左右，而现在早已突破了四百万大关。

一般来说，维吾尔族属于土耳其系，而前面提到的白鸟库吉说，喀什居民除了土耳其系之外，还包括雅利安族和藏族的混血人种。所以，容貌近似欧洲人的当地人，其继承的雅利安人血统较多，而长相和汉族别无二致的人，则更多是遗传了藏族的血统。

03

我们驱车在这片地广人稀的公社绕行了一圈。道路夹在白杨中间，整齐而宽阔，也许正是预想到了未来农业机械化的发展趋势吧！

这一块水田很多，而且还有玉米、高粱、棉花、水果等农作物。我们随后在一片瓜田边停下。

"要是晚来十几天就好了。"老阿的言语中带有几分遗憾。看来离瓜熟时节大概还需要十来天。

"是的。不过也不是没有熟的。"买买提主任随即进入瓜田，并不时地弯下腰来物色，我们都跟在他的后面。

此时，我忽然想起了三十年前中学生时代的某一天，我们到大和平原演习训练，我们分队背着教官偷偷潜入瓜田的故事。大和是西瓜的主产地，我们潜入瓜田的目的自然不言而喻。而当时，我们就是猫着腰偷偷摸摸地探寻着。我还记得农村出身的学生"砰砰"地拍着西瓜告诉我们"不行，这瓜还没熟"时我们失望至极的样子。

实际上，那次是我第一次进瓜田。

这边田地里生长的其实并不是西瓜，而是甜瓜，就是外人所熟知的哈密瓜。哈密是新疆维吾尔自治区东部的一个地域名称，但这种瓜盛产于新疆各地，并非只产于哈密，所以哈密以外的新疆人似乎对"哈密瓜"这个称呼有所排斥，所以当我们提到哈密瓜时，他们会刻意纠正道："啊，您说的是甜瓜吧！"

要形容这种甜瓜的样子，用橄榄球来比喻再恰当不过了，不管是形状还是大小，两者都十分相似。不过，一般人觉得它比橄榄球大一圈儿也属情理之中。

之所以以"哈密"冠名，是因为在清朝，哈密每年都会向远在北京的朝廷进献这种甜瓜。由于贡品运送耗时久，所以当地将五六分熟的瓜摘下送到北京后刚好达到理想的八分熟。朝廷除了将这种甜瓜分给皇族之外，还会赐给少数宠臣。由于数量较少，他们分到的都难有整个的，多是切成一半的，装在五色丝线编织的竹笼中。其味之鲜美，可以从达官显贵们以《赐哈密瓜有感》为题的诗中窥测一二。

前面引用的《西陲竹枝词》，其作者祁韵士为乾隆四十三年（公元1778年）的进士。他在任职翰林院编修后有幸获赐哈密瓜，在他的《竹枝词》中有《哈密瓜》一诗：

分甘曾忆校书年，

丝笼珍携只半边。

今日饱餐忘内热，

莫嫌纳履向瓜田。

"分甘"即分享乐趣的意思。有幅《分甘图》的画作，描绘的是唐玄宗和宰相共用御膳的情形。在这种场合，分甘就是指皇帝的恩赐。校书为古代官职名，清代即相当于翰林院编修。虽然装在精美的笼中，却只有甜瓜半个。以前在北京，哈密瓜就如同难得一见的珍馐美味，但只要来到新疆，便可肆意大饱口福。在作者看来，哈密瓜似乎有清热利尿的功效，饱食之后还真彻底消却了内热。

有句谚语叫作"瓜田不纳履"。意思是：在瓜田里即使鞋子掉了，也不能弯腰去穿好。如果在瓜田弯腰，就会有偷瓜的嫌疑。"李下不正冠"和"瓜田不纳履"的意思相近，都是告诉人们，君子应做事严谨而不应随意引起别人的怀疑。

此时，我也不管那么多了，竟然大大方方地穿鞋系履。

由此可见，我们完全可以将这首诗理解为作者敢于冲破顾虑，歌颂哈密瓜的丰产和美味。

不久，祁韵士升任郎中（正五品）监管宝泉局。宝泉局即钱币铸造所，也就是通常所说的造币局。嘉庆九年（公元 1804 年），宝泉局的存铜量和账簿余额出现了不相符的情况，祁韵士因此被左迁新疆。此次左迁虽然是惩处，但没过多久便被释放回京。后来，他将自己在新疆的见闻和调查做了整理，收录在《西陲总统事略》《西陲要略》以及《西域释地》等著作中。

和祁韵士一样，林则徐也算其中一位。清朝的新疆，是官员贬谪的主要地区。当地人还担心又是一个庸官惰吏，不想却迎来了林则徐这样一个能臣。坚信自己的道路并奋力前行的硬汉仕途往往坎坷。

"这个可以。"买买提主任也会说点儿简单的汉语。他一边说一边从地里挑了一个哈密瓜，并从兜里拿出一把小刀。

那把小刀刀柄装饰精美，也就是通常所说的"民族刀"。和铁串、马蹄铁一样，这种民族刀也是喀什当地的传统工艺品，用起来十分锋利。买买提主任的刀法娴熟，瞬间，那个橄榄球大小的哈密瓜便被他切成了四份。虽说是甜瓜，但它的味道更接近香梨。虽然此时也有个别成熟了，但离好吃还有两三天的时间。

"这个瓜也不错。"老阿弯下魁梧的身躯，也取出了一把小刀。他兜里装的这种小刀，似乎在当地人手一把，而且老阿切哈密瓜的技术也十分了得。

04

吃完瓜后我们继续前行。车子行驶了一段时间后，坐在副驾驶座上的买买提主任提议说："我们到那边休息一下吧！"

车停了下来，当我打开车门一只脚刚踏在地上时，欢快的音乐声便响了起来。后来我才知道，公社活动室就在这里，前方道路也逐渐宽阔开来，其中一边是穿着民族服饰的年轻人排成的队列，挥舞着手欢迎我们；另一边则是音乐团演奏着的欢快乐曲。之后我们每到一处都是这种热烈的场面。另外，维吾尔族音乐队在民族乐器以外也引进了手风琴、小提琴、吉他等西洋乐器，演奏的欢迎曲是《美丽的新疆》。

这种乐曲后来也听到过几次，但这回却是首次。

维吾尔族人好客、好音乐、好歌舞古来就如是。龟兹之乐历史有名，而同属新疆的喀什也毫不逊色。

在喀什期间，我也从很多人那里听到："乌鲁木齐虽然是新疆维吾尔自治区的首府，但也并非什么都首屈一指，比如说歌舞，我们就一直独占鳌头。"

在"比如说"这样的列举中，喀什的音乐、舞蹈自然首屈一指，而且当地人对此也有十足的信心。此次用歌舞欢迎我们的，就是帕哈太克力公社宣传队的青年男女们。整个宣传队有合唱、有独唱，还有舞蹈，表演多以歌唱毛主席、怀念毛主席、热烈庆祝《毛泽东选集》第五卷出版等时事性、政治性题材为主题。虽然是宣传队，但他们不仅要提供娱乐服务，还承担着政治宣传的工作。

表演往往紧跟时代潮流，而舞蹈和哑剧中却有不少传统题材。维吾尔族人尊老敬老，打架斗殴时多由村中的长者主持调解。舞蹈表演的时候，那些白发长须的老者就会拄着拐杖缓缓登场，然后向观众说些什么。而台下的人也十分理解，于是就围坐在一起，成了一个圆形。

在愉快的氛围中也许是高兴得忘乎所以了，老阿说："怎么样，你们不妨也在这儿献上一段……"

对于老阿的有意撺掇，一阵茫然之后我反倒更从容了，我们夫妻二人在众人的掌声中登台亮相。

"唱点儿什么呢？"我心里暗自思索。虽然我们也曾一起合唱过，但那是很多年前的事情了。既然回到故国，不如唱一段小调吧……

维吾尔族人血液里就渗透着强烈的节奏感，确实是歌舞方面的天才，在他们面前登台献艺，需要很大的胆量。我们是外行，只期望以嘹亮的歌声求得些许认可，于是互相示意后便尽可能地放声高歌开来。儿子则急忙拍照，故意躲开了这次合唱。

我们硬着头皮唱完之后，台下掌声雷动、喝彩不断。这并不是因为我们唱得好，而是他们对我们诚意的肯定。

"再来一个！"台下吆喝着。

虽然有些为难，但也许是觉得已经势成骑虎，所以我还是决定再献丑一次。不过麻烦的是自己似乎已经没有会唱的歌曲了。既然难觅一曲，不如信手拈来吟诵几句。对于我这样五音不全的人来说，似乎更适合发挥一下咏歌调。我曾经喜欢唱《卡斯巴哈的女人》，但这里毕竟不是银座的酒吧，在西部边城唱这首歌实在是有点儿不合时宜。思来想去，还是决定用同一种咏歌调唱一曲《知床旅行》。

"这是遥望被苏联占领的日本北方四岛之一的国后岛而创作的。"演唱之前，我先解说了一番，然后由小方翻译成维吾尔语。

台下又是一阵掌声。为了不辜负大家的热情，我决定将《知床旅行》唱完。歌唱完毕，紧接着就是舞蹈表演。大家纵情起舞，舞姿十分绰约。舞者会缓缓移步到观众面前，然后右手贴在左胸前摆出鞠躬相邀的样子。这时，接受邀请的人必然会走向前并一起跳起来。当别人伸出一只手邀请你时，你就应该用手相扣，对于这样的原则，有的女性欣然遵循，也有的女性羞怯无视。

大家不甘落后，五、六、七……跳舞的人逐渐多了起来，而且以女孩子居多。我作为主宾，自然是盛情难却。我细心地观察他们的动作，思考着如何才能将身体节奏把握到位，却发现他们手脚的摆动方式并没有什么规律。大家都在用各自喜欢的方式，随着音乐的韵律起舞。既有人大步流星，也有人小步轻盈，各色各样，无法一一道来。

当知道什么样的跳法都无伤大雅时，我才松了一口气。

不一会儿，一个身穿鲜艳民族服装的年轻姑娘翩翩起舞着向我走来，并在我的面前屈身行礼，她的笑容中稍稍带有一丝戏谑之意。

"بوۋ ！"

此时，盘腿坐在绒毯上的我用唯一记得的维吾尔语回应她，并立即站了起来。"بوۋ"相当于汉语"好"的意思。

我已经想好了该怎么跳。很早的时候，我曾在神户的三宫和东京的新宿等地跳过徊徊舞。当时有人说"你跳的不像徊徊舞，反而像是阿波舞"，从此我便完全和舞蹈告别了。

此时我不由眼前一亮，不如重操旧业，跳个阿波舞。就像刚才想到用咏歌调临时应付一样，这时候的阿波舞似乎适得其所。我虽然没有掌握阿波舞的真正技法，但也经常在电视里看到，而且从日本出发前，有一档节目也曾演过。总之，耳濡目染下总能心领神会一些。

我移步向前，和维吾尔族青年男女一道跳起舞来。手的动作虽然是阿波舞，但脚步移动却偏快一点儿，此时再来回转动，却也可以滥竽充数，以至于和维吾尔音乐相得益彰。在千里之外的喀什跳阿波舞，是我想都没想过的事。

跳舞的时候，谁都可以在兴起时随时上场，在尽兴后随时下场。下场时，也可以将面前的观众拉上台来让他（她）接着舞动。温厚的买买提主任也接受了和他女儿年龄相仿的美女的邀请，在略带羞涩中翩翩起舞。也许是从小就跳，他的舞姿透露着优美和娴熟。

害怕点到自己，老阿见状不由分说地慌忙起身逃走。

此时，我有些气力不济，便停下了舞步。

旁边的刘主任问我："又唱又跳的，是不是饿了？"

我看了看时间，指针指向两点，在当地刚好是正午时分。

"呀，原来都这个时间了。"从民族中医院到帕哈太克力公社，时间竟过得这么快，我不禁感叹。

"我们现在去农家坐坐吧！"刘主任说道。

在乐曲和掌声中，我们恋恋不舍地上了车子。

05

我们到访的这家主人名叫土鲁森·买买提。

这里地广人稀，普通居民住的一般是平房。加之降雨较少，建筑材料主要是将泥土加固后日晒而成的土炼瓦。据说喀什地区年降雨量约三十毫米，基本等同于无雨地区。

路边白杨高耸成排，树后是绵延漫长的白色墙壁。我本以为那是学校的围墙，后来才知道其实围墙里面都是农家院，只因为户数较多，所以才集体共用。进到不同人家才发现每一家实际上都是隔开的。

进门之后的空间虽然狭小，但不远处便是庭院，主体建筑入口最近的地方就是客厅。维吾尔族人热情好客，如果客人稀少，他们会惆怅叹息。

"其实好客也得适可而止。"老阿随口感慨了一句。作为一个维吾尔族人，也许他有深刻的感触吧。像他那样在乌鲁木齐工作的人，偶尔回趟老家，各家都争相请客，他又不能厚此薄彼，到头来每家都得光顾一次。但是毕竟胃的容量有限，他也确实感到十分为难。

"真有必要练就一种技术，那就是吃一点儿，但也要看起来吃了很多的样子。如果不这样，身体肯定吃不消。要是都能这样就好了……"对于维吾尔族人的待客方式，老阿提出了自己的看法。

我们被领到了土鲁森家的客厅，客厅里有一个高于地面五十厘米、八张榻榻米大小的座位，大小约占整个房间的三分之二。这样的房间布局和中国台湾地区的农家十分相似，只不过台湾的坐处之所以高于地面纯粹是为了防潮、防湿，而这里完全不需要这种考虑。当然，这种情形在中国北方也很常见。

我正要脱鞋，就被告知"不用不用，直接上去就好"。买买提主任、刘主任、阿依哈姆、老阿以及小方，大家都直接穿鞋上去。

上来之后，我们都围成一圈儿盘腿而坐。因为我们面前都摆上了丰盛的菜肴，所以尽管大家盘着腿，但都尽可能地将双脚弯向内侧。

首先端上来的是馕。馕是丝绸之路特别是西亚地区的一种面包，和我们传统印象中的面包有着天壤之别，不妨称它为干面包吧！馕直径大概二十厘米，呈圆形，不过厚度一般只有一二厘米。另外，这种盆状的干面包吃起来需要撕成碎块。

这时，我又开始联想起三十年前学习波斯语的情形。

"馕"的拼音是"náng"，但听起来却像"nóng"。我想，这应该是个根据其发音而创造出来的新字。就连《康熙字典》和诸桥的《大汉和辞典》都未曾收录。

妻子在一边向阿依哈姆不断地询问着馕的制作方法，因为没有翻译在场，语言沟通存在着很大的障碍，所以看起来着实令人着急。其实味觉的关键原本就是难以言说的。

工厂食堂的人数众多，每天都会做馕，但普通家庭也就几天或者十来天做一次。由于这里气候干燥，干东西容易长久地保存。除常用调料外，馕里面一般都会放进香料，只是根据家庭口味不同而在添加时略有差异，因此，馕的味道自然就千差万别了。其实，要感受当地的家庭风味或者母亲的手艺，每天吃到的馕便是最好的选择。做馕时使用的香料种类较多，但以茴香为最常见。

我记得盐的波斯语就是"namak"，而"面包和盐"的合成语则读"náng‐o‐namak"，即"款待"的意思。

"馕是越嚼越有味儿。"老阿跟我解释说。

这种当地人每天都吃的食物，味道都隐含在咀嚼中，所以才能百吃不厌。后来我问了一下才知道，这家的主人土鲁森只有五十七岁，但看起来略显老态。也许是因为常年风吹日晒，长长的脸上皱纹较多，还有他那老年人才会留的胡子。

接着，肉串便端上来了。刚烤好的肉串还冒着腾腾的热气。和宾馆的相比，这里的肉块更大一些，味道也有微妙的差别。

"这可是土鲁森家的绝活儿，味道不错吧？"老阿问道。

"有什么诀窍？"我的妻子询问着。她刚才向阿依哈姆请教馕的做法，现在又对烤串饶有兴趣。不过我觉得无论再听多少遍她也没法原味炮制。

"烧烤方式有讲究。"老阿回答说。

"怎么烤呢？"妻子追问。

"这样吧，一会儿去烧烤现场看看，就在院子里，我们都过去吧！"阿依哈姆在一旁补充道。

"那就麻烦了。"妻子表达了谢意。

紧接着，妻子从我前面走过，而阿依哈姆则从我后面走过，两人一起走向院子。回来时也一样。这个饭席上除了我们一行人之外，似乎也有帕哈太克力公社的人和土鲁森的朋友。不仅如此，还有陆续迟来的入席者和给土鲁森帮完忙后时不时离开的人。大家都轻轻地从围坐的人前进进出出。妻子看着，也遵从并模仿他们的方式。

我问阿依哈姆："为什么你要从后面过呢？"

她笑了笑。老阿替她给出了答案："女人不可以从男人面前穿过，这是风俗习惯。"

尽可能地尊重少数民族的习惯是基本原则，但也不是全部接受，而应有所取舍。"应该主张男女平等的……"我的言语中有些不满。

对此，老阿解释说："其实现在早已改了。早些时候，女人是不能出席这样的场合的。您别着急，其实也没别的意思。"

也许是民族风俗的改变不可操之过急吧！意识改变了，风俗习惯也会自然改变。如果没有意识的根本改变而只谋求风俗习惯的表面调整，断然是行不通的。老阿所说的"不要着急"的意思，到后来我也渐渐理解了。

06

抓饭和汤也都端上来了。因为没把自己当外人，所以我吃得特别饱。这里的抓饭和宾馆的味道也有点儿不同。

大概是水稻种植的历史尚浅吧，之前米饭向来被视为奢侈食品。抓饭也是在斋月时，非常重要的客人才能吃到。现在民众的生活水平普遍提高，水稻种植技术大幅提升，抓饭这种曾经令人垂涎的食物已经司空见惯了。

吃完饭，我们来到前院。起初没有注意，后来才发现院子的一角正摆着一副烧烤炉。烧烤的人站在那里熟练地操作着，看起来非常简单。高约八十厘米的支架上是一个长方体的无盖铁皮箱，箱长一百五十厘米、宽十五厘米左右，烤串放在上面正好。箱兜深十五厘米左右，里面一半是灰，灰上的木炭燃烧着，冒着火焰，肉串都摆放在箱兜上面。

我们已经吃过了，但土鲁森的家人和帮忙的人还都没吃，箱兜上面，肉串满满地摆成一排。已经观看了好一阵子的妻子告诉我，烤串时要先撒上调料然后再烤，而且还要放很多亚麻仁油。

"这个应该是他们自己做的，这次正好拿出来试用。"看起来设计简单，我得出了这样的结论。我觉得即使是我们家狭小的庭院也能做户外烧烤。在少雨的喀什，烧烤炉放在院子一角是不会有什么问题的，但在日本可不行。在日本，为了便于在不使用时能够拆开存放，就必须设计成组合式。

烧烤炉旁边是近似长凳的东西，长凳上铺着一层绒毯。我走过去，依旧穿鞋而坐，开始听土鲁森讲述。

"以前，我家的生活都不如牲口……"土鲁森正坐着，并没有盘腿。他告诉我中华人民共和国成立前他曾是农奴。维吾尔族人在谈论严肃的话题时会正襟危坐，只不过不用脱鞋罢了。

"像农奴一样的生活吗？"我不禁感慨。

"不是像农奴，本身就是农奴。"对此，刘主任补充道。

土鲁森的父亲是后来才来到帕哈太克力公社的，所以分到的土地很少。主要种棉花，虽然辛苦耕种，但也很难穿上一件棉衣。

土鲁森从小就是个顽强的孩子，对于地主的无端责打，他有时会奋力反抗。于是，他经常会被当作受惩治的典型。时至今日，土鲁森的左手内侧仍旧可以看到过去的伤痕，也不记得当时是为了什么而反抗，被地主抓住后，他的手筋都被割断了。

他还有两个姐姐。大姐在怀孕的时候还被迫劳作，直到临盆当月也是如此，以致后来不幸流产，在三十七岁时就去世了。二姐在二十一岁时被车撞到，刚好碰到烤馕的锅，不幸离开了人世。而在世时，她也受尽了地主的残酷虐待。在经历了诸件人间惨剧后，刚过五旬的母亲撒手人寰。土鲁森这里的地主真是罪孽深重。对于他们的残酷压榨，不少人都选择了逃亡。可悲的是，逃走也没能改变农奴们的悲惨命运。

在经历了人世的心酸之后，三十岁的土鲁森迎来了全国解放。把被虐待的人从那种非人的境遇中解救出来，使人人当家做主，汉语称之为"翻身"。也就是说将身体翻过来，彻底告别以前的生活。小方给我们译为"翻身"，不知维吾尔语中有没有对应的表达呢？

翻身后，土鲁森终于自出生后第一次过上了正常人的生活。想到这里，他不禁怀念起没有等到这一天的母亲和两个姐姐。土鲁森热泪盈眶，声音中也多了几分嘶哑。此时，我也明白他为什么如此庄重地坐着了，因为这是一段无法随意言说的沉痛经历。

土鲁森的双膝上搭着他那宽大的双手。粗大的指关节正是他饱受虐待，并咬紧牙关努力奋斗的前半生的写照，这种沧桑的过往和他后半生为了整个家庭而快乐劳作的生活重合在一起，形成了一幅非凡人生的画卷。他的手指时不时地颤抖几下，面对掌握着生杀予夺大权的地主以及后来遭受割断手筋的折磨，土鲁森表现出了英勇果敢的反抗精神，真不愧是一个激昂岁月里的热血男儿。也正因为如此，母亲和两个妹妹的离开让他感到了无尽的遗憾。

解放给土鲁森带来了新生，让他无比高兴。而兴奋中洋溢的激情也让他作为人民公社的干部为人民不停地奉献。

如今，他已经有了六个孩子和五个孙子，安享着平和的晚年生活。

"以前这都是地主才能过上的生活……"土鲁森习惯性地夸赞着如今的生活。因为以前无论是吃大米饭还是招待客人，也只有地主能够有这样的排场。

东西方的角逐

❦

01

喀什附近能称得上遗址的地方简直屈指可数，而佛教时代的东西更是几乎不存。对此，六十年前曾到过这里探宝寻奇的橘瑞超有这样的描述：

……和我一样带着相同目的来喀什寻宝的外国人虽然不在少数，但在这座昔日人口众多的大都市里，却没有发掘出一件像样的东西，个中情由确实不甚明了，但也约略能推测一二。

从汉代至今，喀什延续了千余年的繁华，历久不衰。这座城市规模宏大，且长期以来相对安定，原本这附近有众多的古城和寺院遗址，但迄今为止，探险家在这一带却毫无收获，这一点确实有些不可思议。

古代的喀什曾经是佛教繁荣发展的中心。我在前面也曾提过，如今我们所阅读的《法华经》，其译者鸠摩罗什本是印度贵族和龟兹王妹所生，他少年时代随母亲到克什米尔学习小乘佛教，期间还在喀什有过一年的参悟修行。据《高僧传》记载，他在喀什期间学的是大乘佛教。两个世纪后，玄奘自此经过，亲眼所见这里"伽蓝数百所，僧徒万余人，习学小乘教说"。从鸠摩罗什到玄奘，两百年来，风云变幻，大乘渐衰而小乘日盛，但这里浓厚的佛教信仰始终未变。

伊斯兰教渗透到西域的时间大概在高仙芝在怛逻斯战败前后，对此前面也有所提及。也有研究说，公元 966 年，掌控喀什政权的布格拉汗皈依伊斯兰教，成为该地伊斯兰教信仰的滥觞。

无论如何，佛教退出历史舞台、伊斯兰教隆重登场的时间在 10 ～ 11 世纪。生活在 13 ～ 14 世纪的马可·波罗也曾行至喀什。据他所说，当地居民多崇拜穆罕默德，而佛教的痕迹早已化作历史上空的烟云了，似乎只有敦煌和哈密依旧死死地坚守佛教信仰。

"下午我们先去公园，然后参观遗址。"刘家祥先生说道。

在土鲁森家吃完饭后，回到宾馆正好是午休时间。我虽然没有午休的习惯，但迷迷糊糊地躺了一会儿，也觉得身心都舒坦了许多。

02

这里虽然比北京时间晚两个小时，但我们的计划依旧顺利推行。四点零五分，我们入住的宾馆前开来了一辆国产"上海牌"汽车，不过车声控制得非常小。我感觉司机应该有消掉汽车声音的技术，但为了让宾馆里面等待的人能够闻讯出来，他才调到了所需要的最小音量。司机是维吾尔族人，名叫艾拉夫，约莫五十五岁，看起来温厚谦和、处事慎重。大家都叫他"老司机"。我想，这不仅仅是因为他年龄较大，更是因为他的为人和驾驶技术广受尊敬吧！

我们一行出发前往喀什市人民公园。街市上零散的露天市场虽然基本都看不到了，但由于是周日的缘故，出来散心的人还是比平时多很多。坐在车里，我无意间发现这里的公交车驾驶员好像是女性居多，于是我有意数了数。果然，到公园之前我所遇到的三辆公交车中，有两辆的驾驶员都是女性。

公园里的人自然比平时多了不少。我们一边欣赏园内的美景，一听倾听公园管理人员的讲解。当我听到这个公园有四百多亩时，不由得又在脑海里计算起来。

"四百乘以二百……看来有八万多坪呢！"

据说这里原本是一片荒地，中华人民共和国成立后才建成了公园。不过现在里面已经有了小动物园、人民宫和茶馆等。现在人民宫正在整修，所以暂停营业。园内也有果树林，其中有一部分是外来的树种，这些树种专门用于研究，看来称该区域为果树实验园比较合适。

公园内的花坛分布各处。小路通幽处，路旁夏花盛开，游人慵懒地走在上面，有说有笑，好不热闹。手持乐器的人最能吸引游客的眼球。我不禁感叹，维吾尔族真不愧是能歌善舞的民族。另一边，两名长着栗色头发的维吾尔族少女正坐在长凳上大声读书。我上前问过才知道，她们是初一学生，刚才读的是汉语课本，是暑假作业的一部分。

公园里的长凳上坐满了游人。当然，有的年轻人坐在草坪上，也有人干脆躺在上面。正如我在土鲁森家看到的那样，维吾尔族人的生活几乎都和"坐"密不可分，无论到哪里他们都可以迅速地席地而坐。这种情形在乌鲁木齐这样的大都市里也能看到，他们就像坐禅一样盘腿坐在路边。虽然说日本的"坐"也是生活中的主流，但一般都会脱鞋，而且坐在家里和户外完全是两种样子。我觉得这和日本降雨较多而导致地面潮湿，人们无法随即安心就座有关吧！

我们在公园里待了一个小时，但一半时间都是围坐在葡萄藤缠绕的凉亭下吃着美味的水果，所以在园中散步的时间也就只有半个小时而已。对此，要对园中的见闻发表一点儿见解似乎会有偏颇之嫌，但我在这里确实没有看到一对情侣。也许是诉说着甜言蜜语的情侣们不愿意选择这种人流穿梭的地方吧，但北京、上海、杭州等地却常有年轻情侣走在街头巷尾、公园或者西子湖畔，在朦胧月色之下牵手同行也是极为普通的事情。

"维吾尔族人是不是太腼腆了。"我这样想着。

人民公园前面有个广场，国庆节活动或媒体采访时往往选在这里。先到一天的刘家祥先生告诉我："如果昨天早点儿赶到，就能看到盛大的庆祝活动。夜间这里灯火辉煌，非常美丽！"他惋惜了一番。

前天，喀什当地举办了庆祝活动。那天，我刚好从天山北路的石河子出发去往乌鲁木齐，晚上住在郊外的一家宾馆，所以只能听见远处传来的微弱鼓声。

1973 年中共第八届十中全会召开的时候，我曾旅居北京。当时，城中的主要建筑都装上了彩灯，从宾馆的阳台上就可以看到华灯闪耀的北京夜景。"那边是民族文化宫，民族文化宫对面是广播电视台……"侄儿一一告诉我。

然而，我如今虽然身在喀什，却很难想象那晚灯火辉煌的夜景。前面我已经介绍过，我们入住的宾馆是曾经雄伟壮观的苏联领事馆，但馆内建筑都是平房。也许是这里土地资源丰富的缘故吧，相关建筑都不会很高，就是民族中医院那样的公用建筑也只有两层，而集市上的建筑最高也不超过三层。由于外围城墙较高，所以城内的建筑往往从外面难以看到。加之路边风景树高大参天，也会遮住远眺的视线。

后来，我透过车窗看到一座国家机关建筑模样的拱门上，布满小灯泡的电线依旧留在上面，看来小灯泡的摆放还颇有一番讲究。看着这些，我也终于打开了想象的大门。

03

我们再回望一下喀什的历史。

本节之前，我曾将怛逻斯之战后唐朝衰落到成吉思汗出现的四百余年的历史蜻蜓点水般地提了一下。其实，我对这一段历史还有些不甚明了。

唐朝之后，占据中原的宋王朝一直面临北方强敌辽、金、元、西夏等强力对手的威胁，根本无暇顾及西域事宜。中原和西域之间的通道河西走廊则控制在西夏手中。

当时，吐蕃、回纥等政权相继掌控西域，但他们却不像汉族那样擅长记录历史，所以这一段历史也留下了诸多空白。

其后，辽国（契丹族）的耶律大石被金国所追赶而逃到西域，却征服了西域的回纥。耶律氏建立的政权史称西辽，史学家又称其为黑契丹。西辽前后历经五代统治者，政权延续了九十多年，但关于辽国的历史，他们却没留下只言片语。中国史书称他们的最高统治者为天佑皇帝，史学家则称其哈喇汗。由此可见，对于本民族的历史，他们似乎都漠不关心，反而任由他人撰写，以至于连最高统治者的名字都含混不清。

土耳其裔人在西域北方的阿尔泰山附近建立了乃蛮王国。该国最高统治者虽然被金国授予大王称号，但在成吉思汗的铁蹄威慑下整日忧思旦夕，其子屈出律无奈亡命西辽。西辽将公主嫁他为妻，却不想被他偷梁换柱夺走了政权。

12世纪到13世纪初，西辽因屈出律失败的方针，政权动荡，本人也成了众矢之的。没多久，屈出律好不容易费尽心机窃取的政权就被成吉思汗所灭。后来，成吉思汗将包括喀什在内的西辽土地全部交由其子察合台掌管，世袭罔替。不过我前面也讲过，察合台汗不久又将其一分为二，喀什也因此成为东察合台汗国的中心。据史书记载，元代的喀什被称为合失合儿，明代则改称哈实哈儿。

四分五裂的察合台汗国后裔们，最终被来自撒马尔罕的和卓家族所灭。后来，和卓家族内乱频繁，未能逃过被强大的准噶尔王国消灭的命运。

喀什地区的和卓家族中，黑山派的势力较强，所以白山派的首领阿帕克和卓就受到了驱逐。阿帕克和卓是第一代阿扎姆和卓长子穆罕默德·伊敏和卓的孙子，在喀什地区颇有威望。即使如此，在武力斗争面前的胜利才是最终的决定要素，所以在黑山派的压迫之下，他只得逃到西藏。

当时，准噶尔王国的势力如日中天，噶尔丹汗曾在西藏的达赖喇嘛座下修行，所以阿帕克和卓想通过达赖喇嘛向噶尔丹求援。

白山派的阿帕克和卓受到打压还有一个原因，那就是喀什地区的最高统治者伊什梅尔倒向了黑山派。

准噶尔王国的噶尔丹汗欣然接受了达赖喇嘛的斡旋，于是果断率兵南下，占领了喀什和莎车，并将以伊什梅尔为首的察合台汗国贵族全部带到了准噶尔。

就这样，阿帕克和卓得以回归故土。噶尔丹将这里的内政全部交由阿帕克和卓掌管，只派本国税官驻留。当时大概是康熙二十年（公元 1681 年）。

然而遗憾的是，复归故土的阿帕克和卓没多久便溘然长逝，于是白山、黑山两派的权力斗争再次上演。

准噶尔王国也并不是天下太平，因为清朝绝不会坐视噶尔丹尾大不掉。当时双方针对蒙古的争夺已经势如水火，战端一触即发。

康熙三十五年（公元 1696 年），康熙帝亲率大军出兵漠北。第二年，噶尔丹被清军所败，在阿尔泰山服毒自杀。

那么他为什么不逃回准噶尔呢？因为那里已经不再属于他。就在他和清军交锋时，他的侄子策妄阿拉布坦发动政变夺取了汗位。当然，这里面也有清朝的计谋。

1720 年，夺得汗位的策妄阿拉布坦趁和卓家族内讧之际再次出兵南下，将两败俱伤的和卓带回了伊犁。当时，白山派的首领是阿帕克和卓的孙子玛罕穆特，黑山派的首领是达尼亚尔。此外，玛罕穆特的两个儿子波罗尼都和霍集占也在发往伊犁之列。

起初，策妄阿拉布坦从原住民中选出了地方长官并委以行政大权。后来，他又打算从和卓家族中选出一人作为宗教首领。

是选白山派的玛罕穆特，还是选黑山派的达尼亚尔呢？经过激烈的思想斗争，策妄阿拉布坦终于从准噶尔的自身利益考虑选择了黑山派的达尼亚尔。不过，达尼亚尔虽然可以放归喀什，但他的长子必须作为人质留在准噶尔。

在康熙帝亲征之下，清朝占领了哈密，并于1720年攻陷了吐鲁番。喇嘛教立国的准噶尔此时对西藏垂涎欲滴，所以和清军展开了对抗。两年后，清军进发至乌鲁木齐，本欲拿下准噶尔的大本营伊犁，终因粮草不足而罢兵。

当年，康熙皇帝驾崩，继承皇位的雍正帝和准噶尔签订了和平条约。虽然有一纸条约，但和平并未维持多久。1727年，准噶尔汗策妄阿拉布坦病故，年轻气盛的噶尔丹策零即位后，时刻想着收复失地。他自然不是强大的清军的对手。雍正九年（公元1731年），双方再次开战，噶尔丹策零惨败。

1745年，噶尔丹策零去世，噶尔丹内部因继承问题纷争又起。

04

准部自噶尔丹以后三世皆枭雄，能用其众。至乾隆十年噶尔丹策零死，而所部遂乱……

上段文字引自魏源的《圣武记·乾隆荡平准部记》的开头部分。

具有卓越军事才能的统帅可以在短时间内建立政权，但政权内部的膨胀也往往如影随形，正所谓"其兴也勃焉，其亡也忽焉"。

噶尔丹策零死后，他的三子一女围绕权力和财产展开争夺，最终酿成大乱。当然，女儿的参与也充分暴露了她的丈夫是个心怀叵测的家伙。最有实力的争夺者是阿穆尔萨那，他是策妄阿拉布坦的外孙。不过外孙毕竟是旁系，在汗位继承上难以顺理成章，于是他便拥立贵族达瓦齐为大汗，以便自己在幕后"挟天子以令诸侯"。然而他却打错了如意算盘，纵然他有拥立之功，但登上汗位的达瓦齐再也无法容忍他的飞扬跋扈。面对达瓦齐的进攻，阿穆尔萨那只得投降清朝。

1754 年 7 月，阿穆尔萨那谒见乾隆皇帝，并献上了征讨准噶尔的对策。第二年，清兵即分西北两路剑指准噶尔。其中，西路军将领为永常、北路军将领为班第，阿穆尔萨那被任命为北路副将，直接加入到征讨大军之中。

此时，因常年内讧而四分五裂的准噶尔已丧失了与清军决战的能力，几乎没有参战便被一举扫荡，大汗达瓦齐只携百余骑向南仓皇逃窜。

我在前面也提过南疆当时也称回疆，隶属喀什管辖。既然如此，身在喀什的察合台汗的后裔们只要是被冠以汗名的，最后都被带到了伊犁，喀什则由新任命的行政长官管理，而行政长官自然也成了当地的实权派。因为达瓦齐和乌什的行政长官霍吉斯相交甚厚，所以最终在那里落脚。

达瓦齐觉得霍吉斯的职位是由他任命的，所以对方应该对自己的知遇之恩感激涕零，不过霍吉斯未必这样想。看来，达瓦齐的想法也只是一厢情愿。但不管怎么说，当时的南疆名义上还是准噶尔的土地，因而被统治者在面对统治者时应摆出一副委曲求全的姿态，即便这是假装出来的友好。被任命为乌什行政长官的霍吉斯确实是一个善于伪装的人，而达瓦齐对此却丝毫不觉。

对于霍吉斯来说，他并无意保护这只困穷来投的可怜虫，而是煞费心机地将他送到了清军面前。面对霍吉斯的恩将仇报，达瓦齐也许早已咬牙切齿，恨不得将其生吞活剥。但在霍吉斯看来，他完全没有必要对达瓦齐以命相保。因为纵观当下局势，准噶尔已经分崩离析，而清朝早已掌控了这里。

江山易主，权力更迭。面对新的主人，当然要拿出殷勤的姿态。那么在这种背景下包藏达瓦齐并非明智之举，因为弄不好会受连坐之罪。如今将达瓦齐献出，不仅是对新主人的献媚，更是一种臣服。至于达瓦齐是死是活，那就听天由命了，而霍吉斯的忘恩负义或许就无人追究了。

阿穆尔萨那是一位城府颇深的野心家。他暂降清朝蛰伏待机，不仅仅在于想要再次控制准噶尔，还想将南疆地区一口吞并。于是，他先劝说主将班第释放阿帕克和卓的曾孙波罗尼都和霍集占。以喀什为中心的区域性宗教领袖本是准噶尔王国所选的黑山派首领达尼亚尔。后来，准噶尔在盲目进军中被清朝所灭，黑山派也因此失去了靠山。

监禁在伊犁的白山派两兄弟被释放后，兄长回到喀什继续和黑山派斗争，弟弟则留在了原地。这是因为当时一同前往伊犁当地的教徒众多，当地需要有人领导信众。

阿穆尔萨那觉得清军之所以能扫荡喀什，主要是因为自己献计有功，所以想当然地做起了当准噶尔汗的美梦。对清朝政府来说，在边境地区扶持强大的少数民族政权就意味着给将来埋下了巨大隐患，所以清朝政府干脆将原准噶尔地区一分为几。阿穆尔萨那虽然被封为"汗"，但离他所期待的地位相差千里。就像某个人想当日本王，结果只封了个九州王是一个道理。

野心勃勃的阿穆尔萨那终于打出了反清旗帜，谋求建立更加辽阔的独立王国。对此，清朝政府自然不会坐视不管，于是第二次远征准噶尔，掌印主帅为兆惠。胜败似乎早已注定。前面已有所提及，由于阿穆尔萨那是原准噶尔汗的外孙，所以准噶尔人并不认可他的正统地位。这就像日本的德川家康的女儿嫁给年俸二十石的大名，他们的儿子想要继承将军之位当然是名不正言不顺的道理一样。

此外，也许是野心家总会利用各种手段欺骗民众吧，所以一般民众对野心家都有一种本能的反感。阿穆尔萨那在他的正统地位受到怀疑、野心遭到民众的反对后，又恰逢天降瘟疫，连续遭受挫败的阿穆尔萨那如丧家之犬，逃到了西西伯利亚。

阿穆尔萨那没有选择南部的回疆和天山南路，而是选择逃向西西伯利亚这个属于沙俄领土的不毛之地，这大概是因为他的心头萦绕着挥之不去的血淋淋的教训吧——达瓦齐被他最信任的霍吉斯所捕，献给了清军。

逃到沙俄之后，阿穆尔萨那身边只有几个随从相伴，加上又患上了当时流行的痘疮，不幸客死在西西伯利亚。他死后，遗体被沙俄送给了清朝。

此次征伐准噶尔，清军的手段颇为残忍：一方面是因为准噶尔过去反复无常，多次背弃前盟；另一方面也因为准噶尔是游牧民族，桀骜勇猛，所以清朝采取了恐怖的血洗之策。

据说伊犁周边的准噶尔部族，其半数因流行病和战争死去，剩下的一半似乎都为清军斩杀。此后，伊犁的准噶尔部族，即瓦剌·蒙古人（漠西蒙古人）几乎伤亡殆尽。

此时，留在伊犁的霍集占站在了阿穆尔萨那一方。被清军击败后，阿穆尔萨那逃到了西伯利亚以西，而霍集占自然是奔向兄长所在的家乡喀什。在他回到家乡之前，他的兄长波罗尼都借助阿穆尔萨那的力量在喀什、莎车地区迅速崛起，对黑山派形成了压倒性优势。弟弟回来后，兄弟二人便开始谋划在故乡的热土上重新建立起强大的政权。

乾隆二十三年，清朝命雅尔哈善为靖逆将军征讨和卓兄弟，于是万余清军从吐鲁番出发，兵锋直指库车。和卓兄弟随即率数千士兵穿越戈壁前来应战。

清军将领雅尔哈善着实不是个合格的统帅，他沉溺于对弈和饮酒，结果好不容易将和卓军围困在库车城，却让对方轻易逃脱了。当经验丰富的老兵告诉他"城内骆驼嘶鸣，好似有人带着驼队潜逃"时，他勃然大怒道："你这个老东西，竟敢打扰本将军美梦，真是不知道好歹！"这个酒鬼将军根本没有在意骆驼的嘶鸣之声，在他看来，参谋官和领兵将军都没觉察到，一个老兵懂什么。

嗜酒成性、狂傲自大成了雅尔哈善的致命弱点。万余士兵围城两月有余，结果到头来只得到了一座空城。乾隆皇帝闻之大怒，将雅尔哈善手下的将领尽皆斩杀，然后转任在平定伊犁中立下赫赫战功的兆惠为征南将军。兆惠是满洲旗人，其父武将出身，曾任都统。当时他正好从伊犁还朝，向皇帝汇报战事。

既受重任，兆惠便马不停蹄地奔赴南疆。

从库车出逃的和卓兄弟欲入阿克苏城暂作休整，但阿克苏城门紧闭，将其拒之门外。而驻守阿克苏的正是曾经掌管乌什，并将达瓦齐生擒之后交给清廷的霍吉斯。和卓兄弟无奈，只得经南路继续向西逃窜，兄弟二人分别据守莎车和喀什。

05

此次的南疆战事再无必要详细地说。总之，经过苦苦鏖战，最后清军取得了胜利。

在南疆这片土地上，和卓兄弟本被视为圣族，此次被清军大败，也是丧失民心所致。

出身白山派的和卓兄弟曾经随父一同迁往准噶尔，后来长期幽困在伊犁。归乡时，他们也带回了和他们一起受苦多年的数千族人。因为同在异乡，甘苦与共，两兄弟和这数千人也因此结下了一种特殊的情感。但同时，喀什和库车的当地人因为受到了歧视而十分愤懑。

除此之外，为了和清军作战，巨额的军费开支自然不可或缺，加在当地民众身上的赋税又沉重了许多，进一步加深了他们对和卓兄弟的不满，所以民众也渐渐背离了他们。

结果，和卓兄弟丢失了莎车和喀什，狼狈地逃到帕米尔山中，但却被巴达赫尚的苏丹沙阿所杀。起先，和卓兄弟逃到这里，苏丹沙阿出于仁义，派遣使者迎接他们，但和卓兄弟却对使者横加指责，痛骂苏丹沙阿为何没有亲自前来，然后斩杀了使者。

在这之前，清朝也曾多次遣使劝降，虽然遭拒，但使者无恙，然而此次苏丹沙阿的使者竟遭杀害，其内心之怨怒可想而知。

"不过是一群残兵败将而已，竟然还想夺我的地盘？"于是苏丹沙阿果断派兵将和卓兄弟生擒。实际上，和卓兄弟也确实有一举夺占巴达赫尚的打算。

清军向苏丹沙阿索要和卓兄弟的首级，苏丹沙阿犹豫再三，诚意恳求留其全尸。对此，清军将领德富并未应允。

战事平定之后，清朝在喀什设参赞大臣，管辖西域地区的教徒，并在各地区根据大小在塔里木盆地分别设立多处办事大臣和领队大臣。

作为统军主将，兆惠果然不辱使命，凯旋回朝后被封为公爵。副将德富也晋升为一等侯。

关于兆惠征战封爵的事情，正史中有明确记载，但至于讨伐回部，却未在正史中见到一字。不过有一则插曲想必大家肯定不会陌生，那就是香妃传说。

霍集占的妻子是绝世美女，这一消息传到了远在千里之外的清廷北京。任命兆惠为远征总帅之后，乾隆皇帝将他招到御前授予密旨："把霍集占的妃子给朕带到身边来。"是年，乾隆皇帝四十八岁，正值春秋鼎盛。

领取密旨的兆惠在凯旋之后果然带回了霍集占的妻子——芳名远扬的香妃。

"我们去香妃墓看看吧，那里是喀什最有名的名胜古迹。"走在人民公园花坛边的老阿提议。

"香妃"两个字都是平声，没有任何抑扬顿挫，只是有点儿余韵而已。只听了一下名字，我便满怀期待，也想看看那个两百多年前就香消玉殒的美女长眠的地方。

听了香妃的名字，我稍稍屏住了呼吸，视线也从花坛中转移开来。不知不觉中，我们就来到了公园的尽头。前方是一排灰色的墙壁，墙壁上支撑着斑驳的圆形屋顶。

喀什地区的人喜欢建造圣庙，这座并不太大的城市也因此吸引了众多的旅游者。我想，如果这里的庙宇没有名气和沧桑的历史气息，也许早就破败了吧！由于干旱少雨，所用建筑材料一般都不大坚固，如果施工时稍有投机取巧，又岂能屹立如此之久呢？

普通农家的房子也一样。正如斯文·赫定在他的纪行文中所说，十年前到访的农家，十年后再来时发现房子早已变了模样。这样的经历对他来说确实有点儿不可思议。但对于游牧民族而言，"铁打的营盘"也许只是一种遥远的概念。

"死后安息的地方也许就会一成不变了吧！"我有点儿钻牛角尖儿，但是面对这个无常的世界，也需要求得未来一片安息之处。

香妃传说

01

　　香妃的故事多是流传，并未见诸正史。虽然距今只有两百余年，但俨然已经演变成"传说"了。既然是传说，各种不同的版本自然层出不穷。

　　历史课本中的插图或图鉴中常会收录《香妃戎装像》，我自己也多次看到。图画上，一个女子头戴高冠，冠上翎羽熠熠生辉，身穿铠甲，右手持剑，英姿飒爽。

　　据说这是清宫御用画师 Castiglione（中文名为郎世宁）所绘。郎世宁来自意大利，从康熙五十四年（1715 年）来华进京，到乾隆三十一年（1766 年）客死华夏，侍奉过康熙、雍正、乾隆三朝，是皇家御用画师。雍正皇帝在位期间曾大力镇压天主教，但后来却在郎世宁的苦诉哀告中开了天恩，由此可见皇帝对其珍爱有加。

　　《事略》中关于这幅图画的说明（尚不知作者是谁），可以说是主流观点：

香妃者，回部王妃也。美姿色，生而体有异香，不假熏沐，国人号之曰香妃。或有称其美于中土者，清高宗闻之，西师之役，嘱将军兆惠一穷其异。回疆既平，兆惠果生得香妃，致之京师……

翻译成白话文就是：西域有一女子，不使用香水身体也能发出异香，传闻散播到中原地区，最终传到清高宗乾隆帝耳中。

"若果真有这样的奇女子，快快查来报朕。"

兆惠领命。

这位身体可以发出芳香的女子就是霍集占的妃子。前面曾提到，将军兆惠将和卓兄弟逼入帕米尔山中，后来斩其首级。也许在他们举家出逃途中，香妃不幸被俘吧！

在兆惠凯旋之前，乾隆皇帝已经收到了快马加急的奏章。皇帝闻之大喜，于是再三命令沿途官员要保护好香妃，不能让风霜损伤了她的美貌，也不能让她在途中自寻短见。

香妃进宫后泰然自若，完全没有亡国之女的慌乱和哀怨。即使是面对乾隆皇帝，她也毫不卑躬屈膝，皇帝百问而她无一应答。

对于常年待在一群唯唯诺诺、察言观色的臣子堆里的乾隆皇帝来说，香妃毅然决然的态度反而更加充满魅力，皇帝深深迷恋上了这个女人，而她却没有顺从皇帝之意。

后来皇帝派能言善辩的宦官去说服她，而她却从袖中拿出白刃一柄："国破家亡，本欲早死。只不愿如平常女子轻如鸿毛，故苟活至今。若皇上强逼于我，则必以死报夫仇，彼时，我当如愿矣。"

一腔激昂慷慨的陈词让宦官大吃一惊。在她的白刃被夺下之后，香妃依旧大笑："如此白刃，衣中尚藏数十，尔如何夺尽？若施粗暴无礼之举，我必饮刃赴死。何如？"

如果逼得香妃自杀，那么责任人必然会被处以死刑，因此宦官不得不罢手。

这里提到的白刃或许就是细小的短刀。我不由地想起喀什地区的铁串烧烤和民族短刀。

既然威逼时以死相抗，那么或许只有柔情才能打动其心。

乾隆皇帝决定耐心等待，用时间俘获她的心。为了安慰她的心，缓解她对故乡的思念，乾隆皇帝命人在西苑营建了宝月楼。登上此楼，就能看到和她一起被带进北京的族人所居住的地方——回子营。这座楼里面还有礼拜堂和类似于集市贸易的地方。此外，乾隆皇帝还在武英殿西北侧的浴德殿新建了一座土耳其式浴室，内部由白色瓷砖砌成，以此来博取香妃的欢心。

据《燕都丛考》记载，回子营位于石碑胡同西侧。石碑胡同的名称如今依然沿用，中山公园西侧的一个公交站即以此命名。

清朝时代的回子营本是俘虏的集中地。建造这个颇有西域特色的居所并非是皇帝为缓解俘虏的思乡之念而大发善心，而只是为博取一个女人的欢心，这想来多少带有些历史的讽刺意味。

如今，在原址上面修建起来的是巍然屹立的人民大会堂。人民大会堂中设有各省、市、自治区的专用厅，"新疆厅"自然也名列其中，来自新疆的多位少数民族干部被选为全国人大代表参政议政。

回归正题，我们继续探讨香妃。

乾隆皇帝费尽心机，苦苦等待香妃许以芳心，但也不得不顾及母后的反对态度。

圣宪皇太后（乾隆生母）八十六岁驾鹤仙游，是一位健朗长寿的女性，香妃进宫时，她尚未到花甲之年。因此作为后宫的掌权者，圣宪皇太后具有强大的影响力。

对于手持白刃，随时准备报仇的女人，圣宪皇太后出于关心自己儿子，对此不胜忧虑，于是劝说皇帝："此等女子，莫如赐死，若不忍杀之，或可早日放归回疆。"

乾隆皇帝既没有杀死香妃的打算，也没有要将她遣返的计划，他的心态就和驯兽师驯服凶猛的野兽一样，驯服过程越艰难，反而越充满趣味。对于这样一个抵死不从、野性十足的女子，他期待着终有一日要将其彻底驯服。

对于这种心理，皇太后自然无从理解。她觉得皇帝的态度只是"恋恋不舍，难下决心"而已，于是便替儿子做了主："既然皇帝不忍，莫如哀家代之。"

"代之"其实就是"杀掉"的意思。

一天，乾隆皇帝因祭祀而静居斋宫，皇太后将香妃传到慈宁宫（皇太后居所），并命人关门上锁。

太后问："尔既不顺从皇帝，将意欲何为，有何所望留生至今？"

"唯求一死而已。"

"既如此，今日便如你所愿。"

"谢太后隆恩。"

"决意赴死便好。"

于是太后命宦官在另一间房内将香妃缢死。

香妃的故事秘传已久，也就是我们通常所说的"宫廷秘闻"，所以民间不敢大肆张扬。对朝廷来说，此事并不光彩，因此也未见诸正史。如果有人不能守口如瓶而将此事宣扬了出去，往往是以大不敬之罪问斩。

香妃被缢死之后，正在斋宫祭祀的乾隆皇帝才发觉情形不对，便立即赶往慈宁宫，但为时已晚。据说乾隆皇帝还因此不顾威仪尽失，当场痛哭流涕。

清朝灭亡后，香妃的故事才逐渐打破传统禁忌流传于街头巷尾，最终被搬上戏剧舞台。京剧《香妃传》也成为大受欢迎的曲目，风靡于市井民间。

02

人民公园到香妃墓并不远，从喀什郊外出发，驱车只需十五分钟左右。就这样，我们终于来到了绿树成荫的圣庙前。

我们进了庙门外的接待室。香妃墓的管理主任是一位四十来岁的维吾尔族人，他的汉语没有帕哈太克力公社的买买提主任好，所以一阵寒暄之后，他依然用维吾尔语介绍香妃墓。因此，我们也只得再次依靠小方的翻译。

"虽然大家都知道这是香妃墓，但以前却被称为'和卓坟'，即阿帕克和卓的坟墓。香妃是阿帕克和卓的外孙女，这里埋藏着和卓家 5 代 72 人的棺椁。"

小方之前做过很多功课，即使有些维吾尔语颇为难懂，他翻译时依旧清晰明快，意思表达也恰如其分。

"香妃"的汉语发音是"xiāng fēi"，取自维吾尔语的音译。或许是有过被压迫的经历，阿帕克和卓有一颗同情弱者的心，所以当地对阿帕克和卓的崇拜达到了狂热的程度。

阿帕克和卓死后，当地百姓皆去祭拜他的坟墓。由于这个墓属于圣族阿帕克和卓家，所以称为"和卓坟"。阿帕克和卓的父亲优素福也安葬在此地，人们在祭拜阿帕克和卓的时候也会来到这里，所以不知道从什么时候开始这里被统称为"阿帕克和卓之墓"了。

就在这个声名显赫的阿帕克和卓去世八十余年后，他的外孙女儿香妃的遗体从北京运回，也安葬在这座圣庙之中。香妃和乾隆皇帝的浪漫史举国皆知，似乎影响比阿帕克和卓还要大一些，因此墓名也就成了"香妃墓"。

说到这里，读者可能会有些许疑惑。传说中的香妃是反叛清朝的霍集占之妃，而我上面讲述的香妃同时又是阿帕克和卓的外孙女儿，霍集占则是阿帕克和卓的曾孙，所以两人属于隔辈人。

其实在大家族里面，侄儿比叔父年长的情形可谓司空见惯，孙子和曾孙之间出现年龄逆差更是不胜枚举。我虽然对他们的婚姻制度不甚了解，但由于他们将乳汁和血缘等同视之，所以近亲之间自然也是不可能结婚的。

不过，香妃是阿帕克和卓的外孙女儿，她的母亲本就是嫁入别家的外人，从儒家的观点来看，嫁入他家也就意味着成为异姓，所以她的女儿香妃和下一代的男性和卓结婚也并非不可能。

"关于这一段香妃故事，史书并无任何记载，也不知是否确有。"小方继续翻译道。

作为传说故事，我们还听到了这样的说法：1756 年，二十二岁的香妃被带进京城，之后，她的美貌传入乾隆皇帝耳中。

姑且不论后续故事的发展，仅仅是相关年代的说法就有值得关注的地方了。和卓兄弟于乾隆二十四年，即公元1759年在巴达赫尚死于非命，而香妃入京则是三年前的事情了。

管委会主任给我们讲的这个故事，和我们以前听到的有些不同。

如果香妃墓（本称和卓坟，这里从众人说）的管委会主任所说的年代无误，那么香妃就不可能是霍集占的妻子。

起初，由于阿睦尔撒纳的求情，被监禁在伊犁地区的和卓兄弟被清廷释放，兄弟二人也于1754年被放归喀什。1757年，阿睦尔撒纳起兵造反，和卓兄弟也随之反戈。

从1754年到1757年，清朝和和卓兄弟保持了大约三年的蜜月关系。虽说是蜜月期，其实两者关系并不对等，前提是和卓兄弟必须臣属大清。如果说1756年香妃到京，那么她有可能既是整个家族臣属的证明，又是作为人质而被送入京城的吧！

03

既然是作为清朝的人质，如果不是和卓一族的重要人物，就没有什么献上的价值。

无论如何，正因为香妃是和卓家族的重要成员，所以她被选作人质，死后也葬入了和卓家族墓群。

远赴语言和习惯都截然不同的北京，谁是心甘情愿的呢？而最终归所，又是掌握着数亿民众生杀予夺大权的乾隆皇帝的后宫。也许此时的香妃内心万般不愿，但毕竟美貌早已传入皇帝耳中，最终还是无法违逆圣意。

香妃无奈之下同意入宫，但也向朝廷提出了三个条件：不改变民族习惯；与兄长同行，清朝需授予爵位；死后遗体运回故乡喀什。

朝廷同意了她的要求。

要是这样，我们就容易联想到收录《香妃戎装像》的《事略》中的记载了。既然她是霍集占的妃子，就必然会想着为夫报仇——手刃乾隆，做一个贞洁烈女。不过从管委会主任的讲述来看，香妃似乎是自愿前往后宫的。

"她生于 1734 年，去北京的时候刚满二十二岁。"主任清楚地说出了这组数字。不过在他的言语中也时不时会有"毕竟是传说……"的表达，所以尽管数字清晰也不足为信了。

香妃滞留北京七年。期间，与她同行的兄长娶了汉族的名门闺秀为妻，而且也被赐予高官厚禄。他们到达北京的第二年，同族的和卓兄弟发动叛乱，而她的处境也发生了微妙的变化，不过对此并没有传说印证。也许是乾隆皇帝没有将和卓兄弟的谋反和香妃关联起来，并追责于她吧！

香妃并没有因和卓兄弟的谋反而获罪，也可能是乾隆皇帝对她宠爱至深吧！且不说她美貌倾城，就是这位出生在西域、习惯于骑马纵横草原和沙漠的女性本身所散发的野性之美也足令皇帝倾倒。骑马是西域女性生活中的一项常规技能，即使戴着面纱，她们也会经常骑马驰骋。此外，生活在这片广袤的土地上，如果不善骑乘，生活也会有诸多不便。

据说出自郎世宁之手的《乾隆出猎图》，就是一幅描绘乾隆皇帝带着一位戎装女子从圆明园骑马出发的名画。我想，或许这位和皇帝一起骑马出猎的女性，就是香妃。

如上所述，乾隆皇帝对香妃荣宠非常，香妃集万千宠爱于一身的同时，也将后宫其他佳丽的所有嫉妒都引上身了。虽然她自幼学习弓马，但却不懂防备同性争宠的手段。

一时间关于她是反叛一族的谗言四起，流言蜚语不断。虽然皇帝可以对于后宫女人们的谗言不闻不问，但皇太后却不会忽略此类言论。

"香妃乃反叛一族，同族和卓兄弟被杀，其必然怨恨陛下。且其非我族类，善弓马骑射，今受荣宠侍奉左右，则危险异常。况狩猎场上随从甚少，哀家岂能不忧……"

皇太后听信了后宫的进言，决意赐死她。

关于香妃之死，传说有两种——谗言说和病死说。管委会主任依旧给出了清晰的数字：1763 年，香妃在北京病死，时年二十九岁。

按照这种说法，她的遗体应该被送回喀什。不过，一说是她同行的兄长以及兄长在北京喜结连理的妻子将她的遗体带回故乡；又一说是兄长因妹妹之死悲伤过度而一命归西，他的妻子将二人的遗体送回喀什。

据说对于心爱的香妃之死，乾隆亲派了两百余名卫士和轿夫将她的遗体送归故里，送葬的队伍从北京到喀什花了三年的时间。

关于香妃的事迹，有人做了详细的考证。曾在日本法政大学求学、第二次世界大战前任职于北京大学的孟森教授就是其中之一。他的《香妃实考》一文原本计划发表在北京大学《国学季刊》第六卷第三号，其实也是为了表示各方对他古稀之年的祝贺而创作的答谢文章。然而就在当年，即 1937 年，卢沟桥事变爆发，中日战争全面爆发，上述季刊最终未能发行，而孟森教授也于当年去世。因此，该文并未面世，所幸战后孟教授的这篇颇有见地的论文终于付梓。

据他的研究，《清史稿·后妃传》中就有作为高宗（乾隆皇帝）后妃容妃，即"和卓之女"的记述。回去之后我迅速翻看了清史稿，印证了他的说法。高宗虽然后妃众多，但最后的确有：

又有容妃，和卓氏，回部台吉和扎麦女。初入宫，号贵人。累进为妃。薨。

因身体芳香，香妃之称只是一种爱称，她本人也许就是容妃。孟教授对她的身份，是和卓之女还是和卓之妹都进行了相关考证。从其他史料来看，容妃于乾隆二十七年（公元 1762 年）由贵人升为"嫔"，乾隆三十三年（公元 1768 年）晋升为"妃"，乾隆五十三年（公元 1788 年）去世。而皇太后却在容妃去世前十一年（乾隆四十二年），以八十六岁的高龄寿终，所以"太后赐死说"是不成立的。

这样的探究对考证者本人来说饶有趣味，但对旁观者来说却很是乏味。那就请大家和我来一步步推理吧。需要说明的是，这些只是推测，并没有任何考证的成分。

容妃是和扎麦之女，而阿帕克和卓的儿子和和扎麦发音相近，由此来说她就相当于是霍集占的姑母了，也许是她比"侄儿"要年轻很多吧！

我们虽然知道容妃由贵人升嫔的时间，但却无法得知她的入宫时间。从当上嫔开始算，她身处后宫也有二十六年，去世时也步入老年了。

容妃和香妃同是一人倒有可能，但为什么世间流传的故事中会说她被先她而去的太后所杀呢？

从南疆到北京被带回的美女绝对不止她一人。那个喜好美色的乾隆皇帝命兆惠出征，也绝不会只因香妃一人。也许他还下达了"如有其他美貌女子，尽数带来"的诏令，总之为一人而远征的说法确实让人难以信服。喀什到莎车一带，也可以称得上是美女之乡吧，而丝绸之路沿线的绿洲地带盛产混血美女也是众所周知的。

这种对美女的搜罗并非一时兴起。除了和和卓家族的蜜月时期，在和卓兄弟没落后，清朝必然还曾多次在西域广寻美女。其中，也一定有因丈夫、父亲或兄弟被清军所杀而带有复仇之心的女性；也有作为人妻或寡妇，为了守节立志而违逆天子之意的烈女；也可能有人因此而怀揣利刃，伺机而动；当然，也有部分美女为了兄弟姐妹的荣宠而甘愿自我牺牲。

其中，一定有一个女子美貌绝伦且善于骑马射箭，又因皇帝的万般隆宠而饱受后宫其他妃子的嫉妒，但不幸红颜薄命，二十多岁便香消玉殒。

因此，我觉得香妃传说中的种种矛盾现象，很可能是因为汇集了众多宫廷女性的不同经历。

长眠在喀什东郊"和卓坟"里的美女，也许就是众多香妃中的一个吧！

04

这位安睡在和卓坟中的美女死后，依旧发生了很多故事。

据说运送她的遗体回到喀什的汉族兄嫂自此便留在这里，并在文化传播领域做出了很大的贡献。香妃的兄嫂身体力行，努力将各类汉族文化在维吾尔族之间传播。这也是民族之间文化交流的典型。

清代的喀什，汉族人非常少，而为数不多的当地汉族居民即便从不祭拜当地的寺院，但却经常到香妃庙中磕头、上香。这应该和香妃兄嫂的贡献密不可分吧！

我也不由得在心中叹服，从接待室径直走向墓庙。接待室似乎也兼有管委会办公室的功能，和保卫处一同建在庙外。

在主任的带领下，我们进入庙内（相当于寺院的山门）。庙门的形状是上面略尖的马蹄形拱门。踏进里面，出现在我们眼前约莫二十米远的地方，矗立着一座带有舒缓的半圆形屋顶的墓庙。

站在庙门处，视野正好可以看到庙中全景，而身材稍高的人只要稍微屈身显示出一副虔诚的样子，也能将全景收入视野。此次旅行，取景拍照的事情由同行的儿子来做，所以我也不用辛苦地对焦了，于是便纵情驱使自己的眼睛饱览内中的一切。

真是一座华丽的建筑。这里曾经会集了众多信徒，除了香妃的因素，也可能和建筑的优雅美观密不可分。半圆形屋顶雕刻自然，像一个巨大的钵盂颠倒过来，半圆形的塔顶上，有一个容易让人忽视的小小半月。

主任指着建筑，向我们略做说明，不过他的讲述中依旧包含了很多数字。或许是因为在维吾尔语的表达中，只有数字才能让其他人听得懂吧！而且每个数字都是以"19××"开头，所以每次说到年代总是很清晰。

"1944 年，庙宇建筑大部分崩塌，直到 1956 年翻修，这里持续了长时间的萧条。五年前的 1972 年，这里进行了全面修复。"小方的翻译干净利落。

修复可绝非易事，光是建筑材料的搬运就耗时费力。比如说外装用的瓷砖，当地就无法生产。喀什地区虽然有窑炉，但火力不足，烧制日常家用器皿尚可，但建筑的外装材料断然难以成型。为了不给人民增加负担，所以修复暂且搁置。

过去的统治者都通过残酷地役使民力来建造华丽建筑，这也是掌权者和富裕层夸耀实力的行径。这个地方建筑材料"到底是从什么地方运送来的"，似乎就是一条衡量的标准。我在前面提到的驴子墓的故事，斯文·赫定的原文中，讲述了某富豪为了建造墓庙，想着："要是能将法恩莎的瓷砖运到这里就好了……"

法恩莎是意大利的烧窑城市，那里的瓷砖被认为是极品，但将其运到喀什距离遥远，所耗巨大自然毋庸赘言。不过在和卓坟新建伊始的 17 世纪中叶，瓷砖或许是他们向往来商旅预订的吧！毕竟这么沉重的瓷砖没必要从意大利大量购入，因为这时伊朗的伊斯法罕和叙利亚的斯鲁塔纳巴德已经能够烧制精美的瓷砖了。接受订单的商队很可能会就近调货，并将这些货物打着法恩莎瓷砖的招牌卖给客户。所用的瓷砖，大体上是先用透明釉烧制好后，再涂上各种釉色，然后低温继续烧制而成。而原本伊朗和叙利亚的陶瓷烧制工艺也是从中国模仿而来的。

以北京故宫的琉璃瓦为代表，中国生产的色釉陶瓷不胜枚举，所以说这里才是制陶的源头。

他们讲解说"修复的材料全部是国产的"，我想这也是情理之中的事情了。

05

半圆形的屋顶是绿色的，但建筑的其他部分会带有藏青色或者其他稍浅一点儿的颜色，和故宫的黄色琉璃瓦风格迥然不同。墙壁上的蔓藤花纹除了蔚蓝和藏青的主调外，还夹杂着红色的韵味，能够感受到一种温和之气。四角的尖塔镶嵌着绿色、橙色、藏青以及蔚蓝等各色瓷砖，整体上呈现出横格花纹的样子。

瓷砖的排列方式并非是一种随意为之的抽象风格。建筑各处的不同颜色有可能是自然镶嵌，不过也有可能是有意为之。

"好好游目骋怀一番吧！"我边想边告诉自己。

不过，也许是眼部神经过于集中，一个月后我打算动笔写这篇文章时，却发觉自己已经把当天的记忆彻底遗忘了，我不禁愕然。从庙门到庙宇的庭院地面，到底是土质、柏油还是铺砖，我的脑子里面俨然一片空白。不，也并非因故忘记，而是从开始压根儿就没关注吧！我的眼睛和心绪已经完全被庙殿的半圆屋顶和塔的样子吸引了。

"香妃墓前的庭院路是铺过的吧？"我走出书房问与我同行的妻子。

"是的，是石头地面。"妻子告诉我。

"啊，是这样……"我返回书房，继续提起笔来。

不错，我们确实是踩着石板路走向庙殿的。庙殿门上有巨大的锁头。主任从兜里掏出钥匙插入锁头并扭动后，只听得"咔嚓"一声门便打开了。

"请看。"主任将锁头放在手掌上向我展示。

"真大呀，也许挺沉。"我本想着主任是想向我展示锁头的大小，但最后才发觉他是想让我感受这把锁的历史沉淀。

"这上面可记载着年代呢！"主任操着生硬的汉语和我交流。

"啊，果不其然……这上面有阿拉伯数字。"我若有所获地惊叹。

虽说是阿拉伯数字，但和我们平时使用的数字却并不是一回事。其中从 0 ～ 9 的写法分别如下：

‏٠١٢٣٤٥٦٧٨٩

早些时候，我曾学过一点儿印度语、波斯语和阿拉伯语，所以能读懂锁头上的数字。上面的"‏١٢٩٤"即数字 1294。不过，这是伊斯兰历时间。此外，伊斯兰历也意味着"迁徙"。伊斯兰教是以穆罕默德从麦加前往麦地那的那年开始纪元，那年即西历 622 年。这样一来，很多人就会以为只要从西历时间中减去六百二十二年就相当于伊斯兰历时间了，其实并没有这么简单。

因为伊斯兰历是纯粹的太阴历，一年中的月份都是二十九天和三十天轮流更替，因此一年只有三百五十四天。此外，伊斯兰历每三十年就有十一次是闰年，而闰年总计是三百五十五天。这样看来，伊斯兰历和农历最多某一年只有一个闰月的情况存在着天壤之别。所以说，伊斯兰历的一百年大约相当于西历的九十七年。

这里有一个将伊斯兰历转化为西历的方式。假设前者是 H，后者是 A，那么就有这样的关系：

$$H - \left(\frac{3 \times H}{100}\right) + 622 = A$$

回家之后，我用这个公式计算了一番，结果发现伊斯兰教历的 1294 年就是西历 1877 年。

其实，这个公式我并不可能记得那么清晰，即便记得住，也没有临场心算的本事。不过，假如我是一个既能记得住公式又善于心算的人，只要一看到锁头上的数字，几乎会立马想到"啊呀，距今正好一百年"，如此便可让在场的人惊羡不已。此外，百年前的 1877 年在西域历史上也有着非凡的意义。

这一切都是我后来才注意到的。在当时，比起对历史年代的感怀和锁上数字的关注，我的心思基本上都放在墓庙里面了。

进入墓庙，我屏气凝神。

墓庙是一个广阔的房子。不，其实不是房子，而是一个相当宽敞的空间。

里面有一座高约八十厘米的地坛，上面整齐划一地摆放着和卓一族七十二人的棺材。至少，在当时我是这么觉得的，所以我才忍不住倒吸了一口凉气。

后来回过神儿来，才意识到棺材并不在地坛上，而是在地坛之下，甚至是深埋在地下的。那么地坛之上的又是何物呢？那肯定是石头做成的墓标，而墓标又被做成了棺材的形状。

有的墓标之上盖有掩布，有的上面却没有，而且掩布大小也不相同。我们从左边开始绕行地坛一周，地坛加上墓标的高度略微低于我的视线。如果这是真正可以放入遗体的棺材，是不是真假几乎别无二致呢？

已经作古的七十二人，其遗骸被放在内堂，因此内堂里面肃然寂静。管委会主任、刘先生、阿依哈姆、老阿以及小方走进内堂时都闭口不言。虽然没有明确禁止拍照，但是大家都默契地放弃了拍照的打算，没人在这里按下哪怕一次快门。

"这是香妃的棺架。"主任惜字如金，小方的翻译也异常简洁。

"原来如此！"为了表明自己在认真倾听，我慎重地说出了几个字，也许言多也会多感伤吧！

两百年前，棺架之外也许还有轿蓬。不过棺架的木材似乎有后来补修的痕迹，而轿蓬应该也是那时增加的。

快要走完整个内堂时，主任驻足说："这里。"

"啊，就是这里呀……"我停下脚步，挺直腰板，将手放在衣襟处，并下意识整了整衣领。

我驻足之处的前方平台上立着一方匾额，匾额上是郎世宁的《香妃戎装像》复制品，记录着香妃事迹的纸质《事略》也收录其上。旁边有一个巨大的陶制香炉。

在匾额框和香炉的后面，茶红色的布下面覆盖着棺状的东西，只是和刚才见到的相比小了很多而已。我想，这一定是香妃的墓标。

"旁边是香妃的母亲。家族女性葬在她母亲旁边，而家族男性自然葬在他父亲旁边，这是维吾尔族的惯例。"老阿说道。

离地坛上的墓标群不远处，孤零零地放着另外一个墓标。

"这是唯一一个不是和卓家族的墓标。"走到这个墓标前，主任用汉语缓缓地告诉我，后来他又补充，"据传说，这个人用了三年时间将香妃的棺材运到这里后便死去了。"

虽说是在墓庙，但里面的采光效果还不错，感觉十分明亮。虽说有些肃穆，但也并不十分沉闷，反而多了些豁然。

从内堂出来后，我们进入了另一条和来时不同的通道。好像是一个昏暗的地下室般的长廊，也只有此处开着灯。穿过这个地方出来后，还有些晕眩。

06

令人意外的是，墓庙内外的墙壁上，到处都刻着阿拉伯系的文字，不过这些文字并非维吾尔语，而是波斯语。

青年时代，我曾学过波斯语，而且还颇有些自信。如今时过境迁，三十年未曾深研导致大脑已然有些空白。即便如此，只要对照词典稍加翻阅，依旧可以轻松阅读。当然，常用的基本词汇，我还是牢记于心的。因此面对这密密麻麻的文字，我并不陌生。

正当我专心凝视时，老阿走过来说："这是波斯语，和维吾尔语的古老文字相同。所以似曾相识却不知所云。"

阿拉伯语属于闪族语系，波斯语属于印欧语系，土耳其语和维吾尔语则属于乌拉尔·阿尔泰语系，而且各语言构成迥然各异。

波斯原本用巴拉维语书写，后逐渐改用阿拉伯语。但由于两种语言发音不同，所以阿拉伯语的二十八个字母无法完全表现波斯经典，因此后来又创制了四个字母，并且将文字形态也做了微调。从广义上说，这些文字属于阿拉伯语，但确切地说也应该仍是波斯语系。后来，维吾尔语沿用了波斯语文字，用以表达本民族的语言，并且又增加了一个字母。

因此，对于并未掌握这些渊源关系的人来说，自然难以分辨墙壁内外的文字到底是波斯语还是维吾尔语。这就像让没有经验的人，分辨同用罗马字书写的意大利语和西班牙语是一个道理吧！

近代以来，也有像土耳其一样放弃阿拉伯文字转而使用罗马文字的国家。其实早些时期，土耳其共和国就创制了符合土耳其语发音的几个字母，并称之为新土耳其文字。印度尼西亚由于曾经被荷兰和英国先后殖民，并被强制使用罗马文字，因此国内也存在荷兰语和英语两种罗马文字表记法。

此外，新疆的维吾尔语属于乌拉尔·阿尔泰语系，所以和日语、朝鲜语也有些渊源，和土耳其语则属于近亲。中华人民共和国成立后，维吾尔语也曾尝试罗马字化。

老阿所说的古老文字即波斯文，与之相对应的新型文字便是罗马字。在将维吾尔语罗马字化的时候，也曾适应需要新造了若干字母。因为已有先例，所以维吾尔语改革自然也以土耳其语的改革为蓝本，但也并非原封不动地照搬照抄。在土耳其新造的文字中，字母"C"和"S"下都带有小尾巴（即"Ç"和"Ş"），字母"G"和"U"上面都有添加（即Ğ和Ü），此外还参照了德语在字母"O"上面增加了两点（即"Ö"）。比较之下，只有一个维吾尔语字母"Ü"与之重叠，而维吾尔语中带有小尾巴的是"H、K、Z"三个字母，另外三个"ʠ、Ɵ、ə"为独创。

当然，国家并没有强制推行维吾尔语新字，这和土耳其共和国于1928年在大国民会议上决定采用新文字后并于次年一月禁止刊行阿拉伯文字的做法大相径庭。

尊重少数民族语言、风俗，是当今中国的大政方针。当然这里面也存在着需要尊重、需要改善的东西。国家在这方面做过相关指导，但也并未强制执行。从人民公园出发到这里，一路上也曾看到有女性依然佩戴面纱。

新字也一样，虽然比波斯文字便利许多，因此学校会在教学中推广，但波斯文字也并未因此全部被废除。街道两旁，新旧两种文字的招牌都会出现。我从民族医院获赠的医书（尤斯福·哈吉著）也是由旧文字——波斯文书写而成的。

乌鲁木齐街头基本都已沿用新字，而喀什地区新旧文字的使用大概在 7:3 左右。当我们行至和田时，新旧文字各占半边天。

维吾尔语中的新字，基本上是机械性地将波斯字母置换成罗马字而成的，但也有例外。比如，维吾尔语的"ti（日语字母为'チ'）音"和"syu（日语字母为'シュ'）音"中，包含送气音和不送气音，而波斯语并没有这样的区别，所以长期以来部分波斯语字母一直都是一字兼两音。罗马字改革后，"ti"的送气音用"CH"表示，不送气音则用"Q"表示，"syu"的送气音和不送气音分别用"SH"和"X"表示。

这样简单的调整，对于接受旧文字教育的人来说，只要花上一点儿时间就可以读懂新文字了，因为旧文字，即波斯文总体上要更复杂一些。

接着就是习惯的问题。此次旅行，我们到访的工厂和人民公社等地方，都是由负责人首先做当地的情况说明。他们都是维吾尔族，当上主任或者副主任的时候一般看起来都年近半百了。在做说明之前都会准备相关笔记信息，而作为主宾的我一般都会坐在他们旁边，自然看得清楚。他们的笔记几乎都是用旧文字，即波斯文书写。

对新旧文字的读解、认识，大概以四十岁为界。中华人民共和国成立前能够入学学习的，后来都算得上是当地出类拔萃的知识分子。因为他们掌握了复杂的波斯文字，所以学起新文字来并非难事。事实上，只要花上一两天时间就能得其要领，可以读一些横幅标语等短文短句，不过阅读长篇文章就会稍显棘手，这和日本人用罗马字阅读日语一样有点儿过于缓慢了。所以，四十岁以上的维吾尔族人一边翻译脑中的旧文字、一边读解新文字的状况，和日本人先将罗马字转换成假名或汉字是同一道理。

日本的商社或者新闻社中承担国外业务沟通的人一般都习惯了罗马字通信，所以他们的罗马字阅读也比其他人快得多。由此可见，这并非能否阅读的问题，而是习不习惯的问题，而文字改革也并非文化中的深层次问题，而是需要时间才能逐渐推进的问题。

语言问题我们似乎有点儿涉入过深，还是再次回到墙壁上的波斯语吧！

我虽然没带词典，却知道那些都是诗文。因为壁面的字是表音文字，所以只要看一看每行字的字尾，就能把握其韵脚，再加上多处单词也能识别不少，将"命运""星星""宇宙""永远"等词串联起来，就可以推测出诗文的内容大体是慨叹人生的空虚和企盼死后的长久平安。这些文字题写在墓庙里面确实适得其所。

不过这里还有一个疑问需要说明，那就是属于维吾尔族的和卓家族墓地中为什么要用波斯语呢？一种推测是，和卓家族的祖先应该来自属于波斯文化圈的西方，而且从当时语言文化的发达程度来说，波斯语也是卓绝群伦的，会吸引很多人学习。

据说阿帕克和卓生于 1622 年，卒于 1685 年。不过这个墓庙似乎是他的父亲穆罕默德·优素福于 1647 年所建的，目的在于将分散的家族墓地聚合在一起。当然，具体时间尚无定论，但墓庙建造于 17 世纪中叶应属无疑。当时，印度处于莫卧儿帝国的沙贾汗统治时期。由于莫卧儿帝国的皇室都号称是帖木儿的子孙，所以他们应该属于中亚土耳其系。此外，据史书记载，莫卧儿帝国统治印度的数百年间，印度国内一直用波斯语作为书写文字，宫廷贵族和平民也都是用波斯语。这就和帝政时代的俄罗斯皇室使用法语的道理一样。

位于喀什的和卓一家，也相当于是个小朝廷。于是，也许他们就选用了有别于庶民阶层且诗文和学问艺术高度发达的语言——波斯语。

07

从和卓坟左侧穿过后，我们前往礼拜堂。到达目的地之前，一座带有庭院的清雅别致的建筑首先映入眼帘。

"这是阿帕克和卓的念经所。"主任用汉语向我解说。我虽然并不十分清楚念经所的含义，但觉得应该类似于个人专属寺院。

通过阿帕克和卓的念经所，便来到了刚才提到的礼拜堂。这才是普通民众集会的地方。

"要是刮台风该怎么办呢？"我脑子里闪过了这样一个念头。但转念一想，就知道这里根本不可能发生台风和暴雨。普通的礼拜堂都有高耸的屋顶，却没有防风墙，屋顶也无须柱子支撑，整个空间就像阳台一样，呈现出细长的形状。

礼拜的对象并非某个固定的偶像，而是朝向麦加。麦加方向即"天方"，礼拜堂中天方的方向是一处凹陷，叫作"凹壁"。

凹壁右侧便是讲坛。讲坛纵深短、幅度宽，面向凹壁一方的竖梁只有四列，横梁却多达十四个，再加上竖梁分别有两个地方缺失，因此这个礼拜堂里共有梁木五十四个。木制的梁柱上，都是些状如苜蓿的装饰花纹，而且每个梁柱的花纹都有差异。

虽然没有外壁，但要是从梁柱处，即屋顶下的位置算起的话，这里大约可以容纳三四百人。

里面十分安静，有几个零落的身影，这一点我刚才就已经觉察到了。

"为什么人这么少呢？"从礼拜堂出来的时候，我不禁问道。

刚才在人民公园小亭休息的时候，听说喀什市民常会在休息日去公园或者香妃墓等地方，而我也看到人民公园里人头攒动、簇簇拥拥，然而为什么同属香妃墓范围的礼拜堂却人迹罕至呢？难道今天不是周末吗？

带队的人互相看了一下，笑了起来。

"为了给你们提供一个良好的参观环境，暂时中止了其他民众的入场。"此时，老阿终于告诉了我内中原委。

"这样可不好呀！"我随声说道。

"不，你们从日本漂洋过海，然后远涉山川才来到这里，也不知什么时候才能再来。而当地民众则可以随时参观，而且除了墓庙之外也有许多散心的地方，所以我们将他们先遣散了。放心吧，他们不会生气的。"

"即便这样，也有所不妥。"我觉得有点儿于心不安。

我想大概是在我们到来之前，管委会接到安排，暂时终止了景区售票吧！如今看起来，景区内的人或者是早期入场的慢悠悠的观光客，或许是管委会的相关工作人员。

听了他们的解释，我不由地加快步伐。

"请看这里。"在景区出口处，主任挡住了我们匆匆的步伐。

原来这里有一个只能容下七十人左右的小型礼拜堂。除了阿帕克和卓的个人礼拜堂和那个普通大礼拜堂之外，这座礼拜堂就像养在深闺人未识的娇羞女子。

以前，教徒每天都会做五次礼拜，如果每次都要前往大礼拜堂，那将十分辛苦，所以为了简化程序，才在这个出口处设置了一个小型礼拜堂。

"这是早礼堂。"主任这次又用上了汉语。从名字来看，这里应该就是举行早礼拜的地方。

大礼拜堂有几处斑驳，透露着一种特有的风格。与之相比，这座早礼堂却给人一番崭新的感觉。不过，梁柱上的装饰却出奇地保持了同样的风格。

"看那边。"老阿指着梁柱上方。梁柱和梁柱之间的挡板上都是些用夸张的色彩描绘的画面，那大概都是些风景画吧！

"西域的清真寺，都会在这上面描画，这是1972年修复时翻新的。"主任告诉我。

大概在墓庙第二次修复的同时，这里也展开了修复工作。从修复于五年前这一点来看，颜料还很有光泽，像是不久前刚画上去的一样。

"这是吐鲁番寺院，那是阿克苏寺院。啊，看那儿，那个是喀什寺院……"老阿边指边说。

其实，老阿说的地名我都曾在前辈们的游记中耳濡目染过，但正要将这些寺庙名称收入大脑时，却不知怎么的左耳进右耳出了。

"这是一座不错的寺院，位于和田附近。"老阿告诉我。我发现这座寺院旁有一个巨大的水池。

忽然，我想起了外面还有很多人在排队等候，于是再也没有了慢慢欣赏的兴致。当我走出景区门外，才发现已经会集了众多的人流。

"真正等待入场的人，其实还没有里面的一半。"老阿说道。

"人流簇拥，其实他们和我们一样，也是带着某种心愿、从某个地方兴致勃勃赶来的。"我如此想着。

天生的好客者

01

此次旅行，我学会了一些维吾尔语。

"再见"是"HOX"，"好"念作"YAHXI"，"漂亮"则用"QIRAYLIK"表示。不过，我总觉得"HOX"和波斯语中表达心情愉快的"fârsi"意思相当。

此外，"花"的读音"GüL"以及"天气"的读音"HAWA"都和波斯语完全相同。而官阶或者机关单位的名称，基本上照搬汉语拼音。例如，"主席"写作"ZHUXI"，"总理"写作"ZONGLI"，法院的读法是"FAYüəN"。

我曾经住了四个晚上的"喀什宾馆"的维吾尔语是"KəXKəR BINGGIWəN"，维、汉两种文字都清晰地印制在床头的枕套上。

喀什宾馆的房间十分宽敞，床也很大，白天我躺在上面闭目养神，晚上则尽情地酣然入睡。来到这里，抛却了工作上的烦恼，也不用担心编辑的电话催稿,自然是非常惬意的。

床头柜的上面摆放着五个玻璃罐,每个直径都是十厘米左右,高五六厘米,盖子也是玻璃的,盖子上的把手则像极了清真寺的拱形建筑。这种看似微不足道的日用品也似乎充分反映了当地民众的爱好和信仰。

五个玻璃罐中分别盛放着糖果、方糖块、葡萄干、核桃和杏干。这里的方糖块用甜菜制成,要比日本的大一圈儿。由于糖产量高,所以当地人似乎都钟爱甜食,就连吃西红柿也要撒满糖粒。

第二天早上,我们参观了喀什棉纺印染厂,下午去了民族手工业厂。两个地方让我们体验到了近代化工业技术和传统手工制作的鲜明对比。

我感觉棉纺印染厂应该在郊外,实际上却位于市内的建设路附近。这座 1958 年投产运营的工厂,建设的主要目的是为少数民族民众提供从事近代工业生产的机会。目前,该厂拥有员工三千一百人,七千余名员工家属也被安排在工厂宿舍居住。工厂建成初期,绝大多数工作人员都是从上海、天津、武汉等工业发达地区派遣而来的。之后,维吾尔族工人逐渐增加,如今的技术工已经占到全厂员工的一半。大致看来,和北京、上海等地的纺织工厂几乎别无二致,但只有一处区别明显,那就是以维吾尔族为首的少数民族男女工人和汉族同事并肩劳作的场景。

"今后,生产管理部门少数民族干部比例的提升也是值得关注的问题。"我也听到了厂方这样的忧虑。

目前,少数民族技术工人人数比例已经得到大幅提升,但管理部门依旧相对滞后。也就是说,按照理想状态,工厂领导层中的三个副主任，少数民族得占两个名额。

"别看工作时各个民族员工并肩协作，但吃饭的时候却是各自分开的。我们一共有四个食堂，其中两个专供教徒使用，那里的饭食不会添加一点儿猪肉。我们充分尊重各民族的生活习惯，所以特意做出了这样的安排。"

工厂的主任告诉我，这绝对不是隔离政策。因为这里地方宽广，如果说要隔离，维吾尔族和汉族之间也能划分出独立的科室和工作区域。当然，之所以分开居住，也是考虑到除饮食习惯外，还可能存在一些生活上的差异。

到南疆之前，我们从乌鲁木齐出发途经石河子时顺便在那里待了一天。

此次旅行，喀什棉纺印染厂我参观了两次。

和石河子一样，这里的生产竞争也充满活力。每周或者每月，都会评选优秀工人、优秀部门，并授予锦旗，而表现突出的工人名字也会用红色粉笔写在黑板上，并画上红花。与现在的奖金相比，当时只是纯粹精神上的表彰。

工厂各处都贴着"友谊第一，比赛第二"的口号，和我们在体育竞技场上经常看到的"友好第一，胜败第二"的含义基本一样。不过，这样的口号似乎没有在石河子看到。

竞争固然是好事，但也可能被视为民族间能力的比拼。这里所说的"友谊"，除了表示工厂内同事之间的友情外，更加强调民族间的和谐相处。石河子是解放军新开拓的土地，那里汉族人数大大多于少数民族，所以关于民族间能力竞争的口号当然不会引发任何问题。与之相比，在喀什，仅仅是生产竞争这一方面就得慎重对待。

02

在这座工厂，有很多技术都是工人师傅们自主研发的。对于我这个门外汉来说，也只能懂一些基本原理，即使听了说明，也未必能够充分理解其中的深意。

每座工厂都有各自擅长的生产领域，而这座工厂的灯芯绒制作、设计最为有名。

虽然听说印染部的年产量为两万米，但对于平均工效我没法预估，因为我根本没有记住该部门的员工人数。从设计底样到用铜柱雕印、颜料涂写等作业由两个人完成。其中一人是经验丰富的熟练工，另一个是初出茅庐的学徒，一个指导一个学习，这种共同作业中更体现出一种默契的配合。

服装色彩感的判别或衣服设计水准的鉴赏，如果不经过试穿，是很难精研改进的。经历了帝国主义列强的侵略和连年内战，终于迎来了社会主义建设时期的中国人民，身上穿的还是单一的"人民服"，整体上依旧十分质朴。这种布料在国内自产自销尚无问题，但如若出口，这样的颜色和设计恐怕很难遇到合适的买家。对此，我也不由得担心起来。两年前在兰州的毛纺织厂参观时，我也曾问过他们设计方面的问题，厂方告诉我："得到了艺术学院师生的努力配合，现在正在探求设计革新。"

实地参观的过程中，看到他们努力拼搏的样子，我终于释怀不少。

像喀什这样的小城市，是没有艺术院校的。而让这里的工厂引以为豪的地方，就是少数民族对色彩的独特感觉。维吾尔族女性对充满奇幻设计的原色花纹服装也毫无不适，这也许就是因为一千多年以来，这里的人就有着敏锐的色彩感，并且能够织出各种各样的绒毯。这样的传统经验，构成了他们内心深处的审美意识。

在中国，这种规模的工厂一般都配套有附属学校、医院、托儿所等。其中，中、小学校学生共计一千五百余人，不过现在正值暑假，学校正在放假。此外，还有一座工人大学，经常会有专业的讲座。

工厂的附属医院有四十个床位，医护人员有四十多人。在我们参观的时候，医院负责人在讲解时总是说"这座小医院如何如何"之类的谦虚之词，其实，这座医院有内科、外科、放射科、妇产科、儿科、手术室、实验室等多个科室，相关机构可谓一应俱全。各个科室的门前都挂有黑底白字的标牌，同时标注维、汉两种文字。比如：药房DORI HANA。

医院对面是托儿所，我们也顺便去看了看。不同年龄的孩子在不同的房间，由保育员照管。

现在，很少有家长一周接一次孩子。他们更多是在上班前托管，下班时把孩子接回家。相对而言，因为汉族工人一般都是夫妻双方远离家乡，所以他们放在托儿所托管的时候比较多，而维吾尔族基本都是当地人，上班期间可以将孩子抱给父母或亲戚照看。

我们走进了未满一周岁儿童的托管间，里面有八个孩子。他们都坐在学步机上，只有一个是维吾尔族小孩。看到我们他好像很高兴，"吧嗒、吧嗒"地移动着，摆出一副拍手欢迎的样子。与之相比，汉族小朋友看到我们这几个不速之客则有点儿怯怯的，有的小朋友都快哭了。

看来，老阿所说的维吾尔族好客，竟然是天生的。

快要上幼儿园的孩子们为我们表演了他们准备的游戏。世界各地的孩子都充满着纯真可爱之气，这种气氛也让我们感到温馨和谐。

03

参观完喀什棉纺印染厂后，我们回到了宾馆。走进宾馆房间，便即刻躺在了床上。我们的房间有两个大间，我们夫妇二人各住一间，儿子则住在另一套双人房里。

"吃饭吧！"

在宾馆上班的维吾尔族姑娘过来通知我，她能说一口流利的汉语，显得不慌不忙。她挺直身子缓缓步行，膝盖似乎并没有打弯，看起来有点儿像上了发条的布偶。不过，这应该是她们的规范式步调。

走出宾馆约五十米的地方有个食堂。最初的欢迎宴会上，大家围坐在一起好不热闹，但后来的三顿饭，空荡荡的食堂只有我们一家三口。老阿似乎在他住的"副领事馆"吃过了，我们邀请他多次，他依然婉言推却。实际上我们的餐桌上时不时会有火腿、动物内脏和猪肉之类的东西。

吃完饭后的午休，其实只不过就是在床上躺一会儿而已。没过多久，老司机艾拉夫先生便过来接我们。

下午我们参观了民族手工业厂。和上午的近代化工厂不同，这座民族手工业厂是间纯手工厂房。缝纫机是这里唯一的机器，但这里却充满了别样的趣味。早上的印染厂有三千多名职工，而这里全体员工加起来才六十五名。前者有纺织和印染两个车间，后者规模虽小，但也有两个部分——民族衣帽部和民族乐器部。

厂长叫阿伊桑那斯，主任是一位中年女性，名叫阿斯罕。按照计划，我们先参观了衣帽部。

维吾尔族人喜欢用头巾掩面。这样的风俗从清末开始逐渐淡化，现在似乎只有阿訇才依旧如故。他们后来用戴帽取代了头巾裹头的习惯，既是一种对简便的追求，同时又渗透着对传统文化的继承。维吾尔族的帽子和贝雷帽相近，戴在头上略显扁平，但却有很多刺绣装饰。

四年前到乌鲁木齐的时候，我曾买过一项民族帽，居家期间我常常戴着。这种帽子男女老少皆适用，有的帽子上面不仅有刺绣，还有串珠镶嵌其上。哈萨克族的帽子往往插有羽饰，与之相比，维吾尔族的帽子就相对纯粹多了。

此外，吉尔吉斯族和乌孜别克族的民族帽也有些许差异，而他们的民族服装也多以原色大花纹为主。相比之下，维吾尔族的女性却比较喜欢薄纱羽织服。

衣帽部位于二楼，楼下是卖场，而民族乐器部在另一栋楼上。从衣帽部下来，穿过一个庭院便是民族乐器部。那是一座平顶的狭长建筑，按照乐器种类，里面共分为五个工作间。

"这是月琴部的主任阿伊萨比特先生。"老阿向我介绍道。

我总觉得老阿所说的"月琴"似乎就代表了全体民族乐器。阿伊萨比特先生一脸浓须，鼻下和唇边的胡子更是黝黑而茂密，从嘴角两边分开垂落，真是一派英武之姿。

"似乎在哪里见过。"我独自思忖着，觉得有些不可思议。

老阿看见我沉思，笑着问道："哈哈哈，这样的脸庞是不是似曾相识呢？您想想，当时在乌鲁木齐看过的电影……"

"啊，原来他在那个时候就是名人了……"我惊讶道。

在乌鲁木齐郊外的延安宾馆院落内，有一个巨大的集会所，那里时不时会集中播放电影。从那里出发来南疆的前夜，我就看了一场。虽然我看的次数不少，但有一场专门为纪念新疆维吾尔自治区成立二十周年（1955年，新疆由省改为自治区）而制作的电影，令我记忆犹新。里面概括性地介绍了新疆的方方面面。说到音乐时，就有一个专门由月琴艺人演奏的画面，而那个留着大胡子的艺人不是别人，正是阿伊萨比特。

在阿伊萨比特先生的陪同下，我们一个工作间一个工作间地细细参观。

"总之一天都挺忙的，从早到晚不歇着。"说这些话时，阿伊萨比特先生却是一脸愉悦。

关于维吾尔族人喜欢音乐，我已经多次提及。如今，这种场面真真切切地展现在了我眼前。之前去人民公园的时候，我也碰到了很多手持乐器兴高采烈的即兴表演者，那种场面真令人陶醉。很早的时候，喜好音乐的维吾尔族人生活窘迫，他们没有余资购买上乘的乐器，就只能在用过的空罐子上面系上弦索，边用木棍敲，边用手拨弦，虽然只能聊胜于无，但也其乐融融。

中华人民共和国成立后，随着维吾尔族人民生活水平的不断提高，他们对高质量乐器的需求也与日俱增。阿伊萨比特先生刚才所说的忙碌，就是因为乐器供不应求。

中华人民共和国成立前，乐器的需求量很少，而且相关材料也很稀缺，以致乐器制作工艺师人数很少，甚至青黄不接。精巧的民族乐器或用优质的桑木或用羊筋制成，相关材料都需要精挑细选。如今，材料都由政府出面采购，工艺师们只需要专心制作即可，省去了诸多后顾之忧。

在乐器部工作间，我最先看到的是雷贝琴。四年前到乌鲁木齐的时候，朋友曾送我一把聊作纪念。雷贝琴的共鸣箱用蛇皮做成，也让我想起了冲绳的蛇皮三弦琴。后来我翻阅了波斯语字典，发现雷贝琴的英语发音和波斯语发音略有不同，而且其意为四弦，而我收到的是五弦。此外，还有三弦。但无论如何，弹奏方式都是细指微拨。当我在闲暇时拨弄朋友送的雷贝琴时，就不由得想起那遥远而令人心驰的西域。在这座厂房中，雷贝琴的制作颇显功底。

因为我对乐器不甚了解，所以无法一一叫上名来。不过《钦定皇舆西域图志》第四十二卷中有对西域乐器的详细说明，而且大小尺寸和制作材料无不记录在案，正好略作补阙。其中的"喇巴卜"就应该是雷贝琴。此外还有哈尔札克（类似于胡琴）、喀尔奈（类似扬琴）、巴拉曼（类似于管乐）、苏尔奈（小铜角）、哪噶喇（用两支木棍打击的行鼓）、达卜（用指头拍击的一种鼓）……

不过，清代乐器演奏的西域音乐应该和现在的新疆乐曲多少有些差别。因为毕竟现在新加入了很多诸如吉他、手风琴、小提琴等西方乐器。

在这座厂房中，最令我为之动容的是一位名叫撒拉伊斯麦的八十四岁老人。我们来时，他正全神贯注地制作雷贝琴。七十多年来，他将毕生的青春和精力都投入到了钟爱的乐器制作上。虽然耳朵有点儿背，但他告诉我"乐器制作让他充满快乐"。他将桑木的尺寸把握得恰到好处，手法娴熟，完全不用借助尺子等工具。

厂房的工作人员告诉我，曾经想过让老人退下来颐养天年，但又觉得有点儿不近人情，因为他对这项工作是那么热爱。对年轻人来说，只要看一看老人那娴熟的手法，便已受益匪浅。

就在交谈的过程中，撒拉伊斯麦的手中，不知何时又做好了一把雷贝琴。我想，如果能像老人一样心能随物盘桓，在不知不觉中酝酿出精品的小说该多好。

04

乐器工作间的人们果然打心底里喜爱音乐。阿伊萨比特先生弹奏起萨塔尔时，大家都走到院子里开始舞动起来。戴着民族帽的姑娘们也不例外，她们赶忙从二楼走下来观看，并和众人一起即兴起舞。几番推托之后，我还是没有逃脱盛情邀请，于是又将在帕哈太克力公社表演过的阿波舞搬出来献丑一番。

"去买东西吧。"借着阿依哈姆女士的建议，我们一起离开了现场。衣帽部的下面是小卖部，我们一起去了那里。

"买几个帽子吧！"我想着。买东西还是女士在行，于是这项任务自然就落到了妻子肩上。

我看到一只铜水壶格外素朴，壶肚胖胖的，煞是有趣。

喀什陶瓷器也别有特色，这些器具的烧制之所都在郊外，而且都是低温烧成的，弹起来非常清脆。绿釉鲜艳夺目，颇有唐三彩的味道。罐子的风格和伊斯兰风格极为相近，而小碗的纹理也十分美妙。问过后才知道，这些物品的价格都很便宜，真是让人不可思议。

这里面并没有古董或者美术品，多是一些盛羊肉、抓饭的器皿或洗脸的小盆等极其普通的日用品，数量也不太多。如果可以，我倒是想全部买走，但大多都不易携带，也只能每样选一两件权作纪念。妻子似乎看中了一把锋利的菜刀，但由于太沉，也只得作罢。

喀什地区自古就有锻造蹄铁的技艺，其冶炼技术也得到了很好的传承，如今菜刀和民族刀都颇有盛名。此外，这里的女性心灵手巧，擅长精工细作，银戒指、银项链等都做得巧夺天工。

"这里都是些民族手工业品，百货商店的商品种类更丰富一些，离这儿也不远，我们过去看看吧！"听了大家的建议，我们决定一起前去看看。

小卖部的出入口和我们参观的手工业厂大门正好背对，和大门前的清净安宁不同，走出小卖部，便看见一片热闹场景。刚开始我还以为是附近的人要看一看我们这一伙来自东瀛的客人，其实并非如此，而是因为这附近就是百货商店，是喀什最繁华的地方。

"这个地方也似曾相见。"就像刚才第一眼见到阿伊萨比特先生一样，而这次似曾相识的不是人，而是物。然而我并非在这里土生土长的，也是第一次踏足这里。思索再三之后，我才想起来这个地方并非在电影中所见，而是曾在照片上看到过。那是作为喀什名景插入到旅行宣传图片中的，而且似乎还在其他书上出现过。

宣传图片正面似乎是清真寺大门，门前是一些穿梭往来的人群。估计都是十多年前拍摄的吧，当时附近还是不太规整的集市，里面还挂着一排排的遮光席。如今，这些东西早不见了。

"这里是集市？"我带着之前的回忆问道。

"是的，以前是。"老阿告诉我。

"那现在呢？"我追问道。

"现在已经成了眼前的那家百货商店。"老阿说。

原来如此。日本以前热闹的庙会也逐渐没了踪影，如今硕果仅存的几处都用于游览观光，取而代之的都是些规整的超市。丝绸之路也一样，商旅驼队已经被汽车、飞机所代替，传统的集市也自然难以幸免。

和日本边远地区依旧保留着早市一样，丝绸之路上也有一些近郊农民专门出售自家农产品的集市。他们卖完自己的产品后，通常会到附近的百货商店买些日用品。

清真寺右侧对面是个名叫"东方红"的百货商店，有两层高，空间比较大。一楼主要经营食品、杂货；二楼主要售卖化纤、体育用品、文具等。每层的窗前和中央位置都是专柜，和北京的友谊商店布局相当。

这里还有牛仔布料。我原本以为这些布料都产自于美国，不想被刘先生取笑了一番。在中国，牛仔布料被称为"劳动布"，第二次世界大战前就已经存在。刘家祥先生是山东人，他小时候就经常见这种料子。当我再仔细看时，发现布料不起眼儿的地方印着"库尔勒棉纺厂出品"的字样。从乌鲁木齐到喀什，经停航班的第一站就是库尔勒，而这些布料正是产自那里。

"用这个做件工作服怎么样？"

在妻子的提议下，我也觉得这个主意不错。用这种颇具纪念意义的新疆布料来做工作服也真是件妙事。

"您要买这种布吗？"阿依哈姆的话中带着一些不可思议。

百货商店中的维吾尔族女导购头上扎着薄绢丝巾，身着红、黄各色的民族服装。年轻一些的女孩子还佩戴着耳环，涂着指甲油。这在当时的内地是不多见的。

好客的维吾尔族女子在服务业工作可谓适得其所。她们态度亲切，自始至终都面带微笑而毫无做作，让购物者感受到的是丝丝温馨。和北京的百货商店或饭店的服务员比起来，她们的态度真是温和而且彬彬有礼。

我们买了些"劳动布"、银制品和颇有维吾尔族风格的丝绸等，总之都是些穿戴的东西。

比起二楼的井然有序，一楼就显得有些混杂。我们在一楼买了些核桃、干杏仁以及烟草等当地特产。其实我在七年前就已经戒烟，此次买来打算送给朋友。在中国，除了"中华""熊猫"等全国大品牌之外，地方特色的烟一般只能在当地购买。因此，这些烟不仅可以带回日本，而且还可以送给北京、上海的亲戚朋友。新疆最有名的烟叫"雪莲"，这种植物生长在天山中，是一种名贵的药材。

一楼虽说是食品专卖，但并没有肉类、鲜鱼、青果等东西，不过听说这些东西似乎在其他市场有售。

05

走出百货商店，我们决定到旁边的清真寺参观。

正如刚才所说，这座寺院虽然也在照片上见过，但我并不知道它的名字。在我读过的游记中，也并未见标识。

"这是西域最大的清真寺，一般都称其为大寺。"老阿说道。

"大寺？"我还是想知道具体的名字，于是继续向老阿询问。

"艾提尕尔清真寺。"老阿说得很慢。为了不出差错，我拿出纸笔让老阿帮我写下来。

老阿虽然是维吾尔族人，但他曾在喀什二中的维吾尔族班教汉语，他的汉语发音纯正地道，写出来的字也工整漂亮。寺院名称中的"尕"

是一个并不常见的字，《康熙字典》中也并未收录，但这个字在新疆的使用频率却很高。它和中国南方惯用的"仔"字意思基本相同，都表示"小"，所以一般都用于关系亲密的人之间，并且不能单独使用。

西域包含新疆南北，而这座寺院号称西域最大，果然名副其实。由于地处繁华闹市，没有昨天参观的和卓坟那般幽静。不过只要一进大门，外面的喧嚣之景便会减少许多，然而我的脑海中挥之不去的依然是刚才遇到的群众身影。

从门口到礼拜堂着实还有一段距离。和门外不同，门里的人确实少了很多。这时，迎面走来两个长胡须老人。二人身穿法衣（类似于长袍），个高一点儿的身着黑色衣服，个矮一点儿的身着亮蓝色衣服，而且两人都手持拐杖。

老阿连忙快步向前和他们握手，然后向我介绍道："这位是寺里的大阿訇穆罕默德·哈吉先生……"

当我走近时，才发现矮个子老人身上穿着的法衣带有竖纹，而且手中拿着的是铁杖。

阿訇相当于伊斯兰教寺院中的住持。寺院的管理、礼拜、相关仪式还是需要专门的人来参与，阿拉伯地区将这样的人称为"指导者"，不知什么时候中国人开始将他们叫作"阿訇"（或者是"阿衡"）。

"这位是副阿訇撒拉德穆先生。"老阿指着高一点儿的老人向我介绍道。

我们在两位老者的带领下参观了寺院。"咔、咔……"大阿訇的铁杖点在地上铿锵作响。问过年龄后，才知道大阿訇今年已经八十一岁了，而副阿訇却比他小了近二十岁，今年六十二岁。然而，年长的大阿訇却精气神十足，即使不用铁杖走起来也是健步如飞，相比较而言，副阿訇却略显老态，精力大不如他。

他们都不会汉语，所以翻译的任务就落在了老阿的身上。

寺院的日常经管、诸事的推进等由"指导者"担当，而说教、详述教理、命名等精神层面的事情则由阿訇分管。但不知道从什么时候开始，两者已经没有了明显的界限。

以前，有的阿訇拥有广大的寺院领地，本人和大地主并没有什么区别，而且权力极大。在准噶尔控制回疆时期，阿訇甚至会干涉地方行政长官的任命，形成事实上的自我兼任。乾隆时期，兆惠平定西域后，清朝担心边境再次出现割据政权，于是决定下严旨削弱阿訇的权限：阿訇只可念习经典，不可干预公事。

此后，不要说阿訇本人兼任地方要职，就是其本家之人也不许担任行政官员。这样一来，阿訇就开始疏离政治，专心于寺院事务。

穆罕默德·哈吉老先生和蔼可亲，颇具长者风范，真可谓是位典型的修德修身的阿訇。

清真寺和日本的佛寺相同，都没有本山和末寺之分，各寺院都独立存在，互不影响，而且并无僧俗之别，所有信众在神面前一律平等。所以，即便是我们面前的阿訇，也只不过是一名普通教徒而已。介绍的时候，老阿用"大阿訇"称之，仅仅是因为寺院规模比较大罢了，并算不上是佛教"大僧正"那样的正式称呼。

"清真寺"（mosque）一词，这恐怕是从阿拉伯语"masjid"转化而来的，其特征是半圆屋顶加光塔结构。

因为昨天已经参观过和卓坟旁的礼拜堂，此次已然没有了昨日的激情，不过和和卓坟相比，这里的院子比较宽敞，也许是院中树木的树龄都不高的原因吧，阳光通透，院内显得十分亮堂。

礼拜日是周五，今天虽然是周一但仍然有信徒前来参拜。敏拜尔周围都用绒毯铺就，只有最外围铺的是席子。庭院和礼拜堂之间有台阶，但女同志不允许走。听了这样的解说，我便询问旁边的阿依哈姆："你可以过去吗？"

她笑了笑说道："今天不是礼拜日，所以没关系的。"

和寺院的规模相比，中央两侧的光塔似乎并不算高。院中一角有矮墙，矮墙对面是座纯白的建筑，也是寺院的附属。要维护这么大的寺院，确实不大容易。

"这座寺院在中华人民共和国成立后修复过两次。"大阿訇告诉我。和卓坟也修复过两次，说不定两处是同时动工的。

06

据说和卓坟始建于 1647 年，而这座艾提尕尔清真寺则更古老一些，但后来因大火焚烧而重建，所以看起来焕然一新。不过即便如此，从清末到现在也历经了百余年的沧桑。

大阿訇的名字中既然有"哈吉"二字，那么他应该去过麦加朝圣。

"您什么时候去过麦加？"我好奇地问道。

"十五岁的时候，父亲曾带我去过。"大阿訇告诉我。

我赶忙计算起来：大阿訇现年八十一岁，那么现在离他去麦加已经过了六十五年，那一年是 1911 年，中国正好爆发了辛亥革命，而日本是在明治四十四年。

大阿訇和我去年过世的父亲同庚。虽然是初见，但看着他那红光满面的脸庞，不禁勾起了我对往事的回忆。

1911 年 3 月，大谷探险队的橘瑞超也曾来到喀什。同年 10 月，武昌起义爆发，随后全国各地纷纷响应，革命浪潮风起云涌。我想，起义的消息也应该传到了这里。对此，橘瑞超在《中亚探险》中记录如下：

看了最近的报纸，发现中国革命的余波已经波及这里，形势不容乐观。正如世人所说，喀什是中亚的政治、经济中心，同时又是英国、俄罗斯、中国三国利益交错之地。对于喀什的未来形势，我国岂不该给予更多的关注……

在那个动荡的时期，青年橘瑞超想到了祖国，他抑制躁动，扼腕叹息。在喀什设有领事馆的英、俄两国，趁中国内乱之际，想浑水摸鱼为本国攫取最大的利益，他们在情报收集和当地居民动向调查方面也曾不遗余力。一时间，这里情报、谍报活动秘密进行，暗流涌动。

当时的沙俄领事是彼得罗夫斯基，人称"察合台汗第二"。虽然在中国任职，但他却是个不折不扣的实权派。比如，沙俄和中亚的交易、包括巡礼在内的护照发行等，都属于其管辖范围。另外，时任英国领事的是著名的考古学家马戛尔尼。

就在这样的激荡岁月中，当时尚且年轻的大阿訇随父一起到麦加朝圣。朝圣仪式一般都是在伊斯兰历 12 月 7 日至 10 日举行。因为伊斯兰历是纯太阴历而不包含闰月，所以我们无法断言 12 月是春天还是冬季。那一年，伊斯兰历的元旦是 12 月 2 日（吉川小一郎日志），为了赶上朝圣日期，他们必须提前一个月从喀什出发。

"您当时是怎么去的？"我问他。

"骑马。"大阿訇说。这是他那天说的唯一的一句汉语。

朝圣结束后，无论老幼都会被赐予"哈吉"的称号，能头卷绿色特本（Turban）。

在近代英国人看来，当时的维吾尔族人过于温顺，对此，英国人荣赫鹏有这样的描述：

某年某月我曾在此小住。在我看来，这些人都没什么活力，生活过得乏味无比。只是有一点，他们有较好的进取精神，这大概是拜麦加朝圣所赐吧！

几百人的群体，都是举家前往。父母抱着孩子翻山越岭，历经严寒，还要克服喜马拉雅山的险阻和印度的酷暑，最后漂洋过海来到麦加。在整个行程中，他们会不断地参拜，跟随者数不胜数。这些平日里毫无生机活力的人竟然能够这般风雨无阻，对于宗教的激情，还是第一次给我留下如此深刻的印象。

（选自荣赫鹏的《穿越喀喇昆仑山》）

当时，英帝国野心膨胀，占领西藏拉萨，四处雷厉风行地瓜分、蚕食别国土地和利益。在这样的背景下，他会觉得没有活力的人一无是处。不过，对于维吾尔族人在麦加朝圣途中的热情和不惧死亡的精神，荣赫鹏倒是颇为佩服。然而对于维吾尔族人的进取精神，他觉得这主要来源于宗教的力量。

诚然，每个人的内心都如同烈焰熊熊燃烧，但并不是除宗教外就别无其他力量。

此番旅行，我们参观了人民公社、工厂、医院、剧场、百姓人家等，也切实感受到了维吾尔族人民心如火焰般的热情和斗志。作为社会主义国家的一员，他们依靠自己的力量改善自己的生活质量，并拥有坚如钢铁般无可动摇的意志。他们不再隶属于某个集团或者某种势力，他们的家园神圣不可侵犯。这种强烈而炽热的火种，他们将一代一代传下去，其信念并不逊色于当年的麦加朝圣。

大阿訇头上并没有缠裹绿色的特本，只是戴了一顶街上随处可见的帽子。而这次出来，我也没有看到其他头裹特本的人，似乎某些传统做法早已不再具备原有的意义了。就像大阿訇穆罕默德·哈吉虽然依然穿着衣襟宽大、如同长袍一样的法衣，但早已不是特权的象征了。

"您身体真健朗啊！"我握着大阿訇的手说道。

"大阿訇的身体状况没得说。"老阿在旁边说道。

刚才对着敏拜尔做礼拜的一群人似乎已经礼毕，正要起身离开。但从背影来看，他们应该是上了年纪的信徒。

大阿訇一直把我们送到寺院门口。

"您老请留步……"我多次劝阻，但他仍然微笑着继续相送。他手中的铁杖点击着石板，发出"咔、咔"的声音。

别了，艾提尕尔清真寺。

放暑假的孩子们聚集在寺院门前，都想看看从日本远道而来的人长什么样子。见此场景，我们一时还有点儿难为情。穿过簇拥着的孩子群，我上了老司机艾拉夫的车。

第二部分

从喀什到和田

最后的巡礼

01

从艾提尕尔清真寺回到宾馆，等待我的却是一个糟糕的消息。

往返于乌鲁木齐和喀什并经停途中各机场的小型飞机正在乌鲁木齐检修，所以暂时停飞。至于何时才能起飞，目前尚无从知晓。

按照日程安排，我第二天本来是要乘坐飞往乌鲁木齐，经停阿克苏的小型飞机，然后再从阿克苏换乘中型飞机飞往和田。但如今小型飞机无法起飞，着实令人头疼。

"看来明天肯定是不行了，要不等一天再说吧！"老阿劝我说。

"要是等一天，第二天肯定会好吗？"我问道。

"哎呀，这个可不好说。"老阿也拿不准。

"那这么说的话，明后天都有可能走不了了？"我追问道。

"是的，有可能连续好几天都无法飞行。"老阿无奈地说。

"这可如何是好？"我一脸愁容，不知所措。

因为这里已经靠近边境，周围都是茫茫沙漠，所能依赖的交通工具也只有飞机了，而今却凑巧检修，看来真是时运不济。

"坐吉普车可以吗？"老阿问道。

"啊，可以呀！"我似乎又看到了希望。

从喀什到和田，这可是一千三百年前玄奘法师从天竺取经归来时所走过的路线，而这条路线自古以来便是丝绸之路的主干道。如今我们因故弃飞机而乘吉普，路上所见所闻大概也和当年玄奘在马上看到的风景相同吧！想到这里，我内心一阵激动，反而觉得飞机坏了是件好事。

"不管怎样，我得先和地委的同事商量一下明天的计划。"

由于出发时间延期，所以原本定于今天结束的参观便多出了一天。为了将明天一天安排充实，老阿急匆匆地走了。

既然替代出行计划初步有了眉目，今晚我们决定按照之前的计划，去电影院欣赏喀什歌舞团的精彩表演。像往常一样，演出定于北京时间十点开始，所以晚饭之后我们照例坐在长凳上攀谈起来，话题也自然转移到了如何坐吉普车去和田上面。

"两地相距可有五百三十多公里呢……"在宾馆工作的老杨告诉我。他虽是甘肃人，但长期在此工作，早已和当地人无异。

"看来还是有点儿远呀！"老阿说道。他在乌鲁木齐工作，老家在喀什。

"看来这趟旅行可是要遭罪了。"老阿插了一句，他的语气中多少有点儿言过其实。

"没事，我有经验。前年我从酒泉到敦煌就是坐吉普车去的，两地之间也有四百多公里，而且途中都是不毛之地，如今只多出了百十公里而已。"我说。

"百十公里，你可不要想得那么简单，道路状况可大不相同呢！"老杨似乎要劝我知难而退。

从酒泉到敦煌走的是用沥青铺设的平坦的甘新公路，途中虽然要取道安敦公路，但这条路也不错。算来算去，一路上只有最后二十公里的小路尚未铺好而已。而我们即将要走的西域南路，确实与之存在着巨大的差异。

"什么样的路我都愿意体验一番。"此时的我自信满满。

此时，地委的热合莫夫副主任赶了过来。虽然我们都称他为"热副主任"，但他并不是一个热情似火的年轻人，而是一名温良且时尚的老先生。自从他坐到长凳上加入攀谈的队伍，话题就发生了转变，因为他此来主要是为我们补充一下一会儿就要观赏的歌舞知识。

"您之前有没有在剧场看过新疆歌舞呢？"热副主任问我。

"四年前我曾在乌鲁木齐的人民剧院看过一次。"我回答道。

"是吗？要说音乐歌舞，我们这儿可是出类拔萃的，而今晚的歌舞团成员可都是当地人。歌舞团到喀什周边十一县巡回演出，既能给当地人民带来快乐，又能鼓舞他们的劳动热情。如今正好赶上到喀什市区表演，大家也可以借此一饱眼福了。"

热副主任并非王婆卖瓜——自卖自夸。历史上，同属于南疆的龟兹（今库车）和于阗（今和田）乐舞驰名中外，而从热副主任的话语中，似乎透露出乌鲁木齐的歌舞团成员也以南疆人居多。所以客观来说，他的话绝非言过其实。

说到此，我也突然想起今年年初到日本演出的天津歌舞团成员中的维吾尔族名伶阿依德拉，她就是库车人。

不一会儿，艾拉夫开着车来接我们去电影院观看歌舞。院如其名，其实"喀什电影院"最初是为广大民众播放电影而建的。喀什市内的主要建筑物基本都是中华人民共和国成立后兴建的，唯独这座可容纳千人的大型电影院是为数不多的民国建筑，据说当时可以和行政长官公署相媲美，不过如今在高楼大厦的反衬下早已不那么起眼儿了。

我有幸忝列在最前排的中央位置，而且座椅前的小桌上还用保温杯泡好了热茶。茶水是那位在宾馆工作的维吾尔族姑娘给的，不想她也随行到此。

开演之前，一个四岁左右的小女孩跑过来喊我"bowa"，惹得热副主任开怀大笑。维吾尔语"bowa"是"爷爷"的意思，而那名小女孩正是热副主任的小孙女儿。在这种和谐融洽的氛围中，既可以一边品尝香茗，又可以欣赏乐舞，航班停飞和即将坐吉普车穿越塔克拉玛干沙漠的烦恼此时早已飘到了九霄云外。

温馨喀什剧场，悠悠我心激荡。少年时代，我也常会在戏剧或电影开演之前难抑澎湃的心情，而今这种感觉已经多年未曾体验了。

02

舞台上歌声飘荡、舞姿飞扬，既有独唱又有合唱，既有独舞又有众舞。此外，还有借鉴了短喜剧技巧的歌舞。有一个场面讲的是像是地主狗腿子的一帮人穿着带钉的长筒靴抢夺百姓的农作物，为了营造气势，他们踩着舞台"噔噔"作响，同时挥舞着皮鞭横行无忌。皮鞭之下，无辜百姓惨遭毒打，四下里四散奔逃。此时，那种昏暗阴沉、气势汹汹的氛围令人不由得心弦紧扣。

后来，光明终于来到，舞台也突然一下子亮了起来，有人抱着水稻、小麦、土豆、葡萄、西瓜等农作物，也有人将它们高高举起，脸上洋溢着无尽的喜悦，在舞台上载歌载舞。其中有一对男女最为引人注目。男人的脸庞和胡须似曾相识，女人是一个微胖的中年妇女，似乎也在哪里见过。

"啊！他们是……"

当我发出惊讶之声时，旁边的热副主任告诉我说："那是土鲁森夫妇。"

没错！舞台上的那两位演员正是昨天还在给我们讲述自己如何"翻身做主"的土鲁森夫妇。看来，他们的经历已经被搬上舞台，成了一幅壮丽的叙事诗篇。

热副主任所言不虚，演员们的表演非常精彩，一向不好音乐的我俨然已经完全沉醉其中。虽然歌舞团成员基本都是维吾尔族，但也许是为了照顾我这个主宾的感情，主办方有意在台词中增加了部分汉语。

最后压轴的是女高音歌手娜鲁赫的独唱。她看起来三十岁上下，嘹亮的歌喉和纯真的情感流露赢得了阵阵掌声，"再来一个"的呼声不断。当连唱了三四首之后，她虽然说"这是最后一首了"，但台下依然掌声不停，而且颇有节奏，观众意犹未尽的心情完全体现在了这节奏整齐的掌声中。于是，娜鲁赫又站在了台前。

"那我就以这真正的最后一首感谢大家。"唱罢，她终于得以华丽退场。

我深深地感受到了喀什人不仅能歌善舞，而且十分热爱歌舞且极具欣赏能力。在他们面前，任何有瑕疵的歌舞都无法登上大雅之堂。对于舞台上的表演，台下的观众最为敏感，甚至达到了令人吃惊的地步。

舞台上的演员也能清晰地感受到台下的反应，因此他们都会拿出自己的绝活尽情表演。虽说处在大陆性气候影响下的西域，夏季的早晚早已变得凉爽，但舞台上一直热气沸腾。因为坐在最前面，所以演员们脸上的如注汗水我看得清清楚楚，而他们穿着薄衣的身体，也已汗流浃背。

"汗透罗衣雨点花"，我忽然想起了唐代诗人刘禹锡《和乐天柘枝》中的诗句。

"柘枝"一词源于"Tashkent"的音译，即我们所熟知的乌兹别克斯坦首都。这里曾位于大宛以西，也就是玄奘《大唐西域记》中所提到的赭时国，其他史书中多称其为"石国"。当然，这里在古代也属于西域，其歌舞和音乐在唐代非常流行。

《乐书》有载：

柘枝舞童衣五色绣罗宽袍，胡帽银带。

这里所说的"胡帽"并非是普通的维吾尔族帽子，看起来和羽饰宽大的哈萨克帽十分相近，用以表演也颇能增加舞台气氛。

我虽然对柘枝舞不甚了解，然而诗句中"汗透罗衣"的表达却足以说明舞蹈动作的激越。

西域的舞曲经唐代中原地区传到日本，虽说有些在中国早已亡佚，但有不少雅乐却在东瀛得以幸存。另外，翻看《教坊记》等中国史料，就可以发现《兰陵王》《春莺啭》《苏莫者》等舞曲便残存其中。

《春莺啭》是高宗早晨听到莺叫声后，命乐工白明达写的曲子，并将这个曲子称为《春莺啭》。白明达是著名龟兹音乐家，所作乐曲带有部分龟兹风格。

《兰陵王》是以北齐神武帝之弟兰陵王长恭这一历史人物为原型而谱成的曲子。史曰：

> 兰陵王长恭，性胆勇而貌妇人，自嫌不足以威敌，乃刻木为假面，临阵着之，因为此戏，亦入歌曲。

不过《兰陵王》是否是西域乐曲，目前尚有争议。

《苏莫者》又名"苏莫遮""苏摩遮"，属西域乐曲无疑。该曲原本是作为消灾祈福的活动曲目，从祈求冬天寒冷、天降大雪的"乞寒泼胡"游戏发展而来。《旧唐书》等史料认为这种习俗源于西域的康居。对此，长安西明寺的僧人慧琳认为"此戏本出西龟兹国，至今犹有此曲"。

慧琳（公元 737～820 年）曾著《一切经音义》一书（全书一百卷），他俗姓裴，疏勒人，是唐代音声、训诂方面的大学问僧，所以当时来自日本的留学生很有可能曾经往来西明寺向其求教。想到这里，忽然感到日本和喀什的距离一下子拉近了许多。

据慧琳所说，西龟兹人头戴浑脱（黑色羊毛帽子），脸罩野兽或鬼神面具，向行人泼泥水，或持索搭钩，捉人为戏。这种游戏在 7 世纪末 8 世纪初唐中宗时期的长安城内大为流行，后来据说中书令张说以"失容斯甚"为由向皇帝求禁此戏，并获得允准。

我想，这种由泼泥游戏而改成的舞曲，其势必然铿锵有力。

喀什电影院舞台上维吾尔演员卖力地表演以致汗湿衣襟，其中自然受到了上述传统的影响而显得极具活力。如今，仍然有人头戴"浑脱"

唱歌起舞，而他们身上的"浑脱"几乎和英国白金汉宫卫士头上的黑色羊毛帽子一模一样。

浑脱既是帽子的名称，又是舞曲的曲名。此外还有一种和《浑脱》同属一个体系的西域舞曲《剑器》。但不知何时二者合二为一，衍生成名为《剑器浑脱》的一种剑舞。舞者是身着男装的女性，其特色在于剑舞之中既能展现男性的勇壮活泼，同时也透露着女性的娇艳洒脱。杜甫晚年观看李十二娘表演，不由得想起了自己少年时代欣赏她的老师公孙大娘表演《剑器浑脱》的情景，于是有感而发，创作出了《观公孙大娘弟子舞剑器行》一诗，其中一句为"来如雷霆收震怒，罢如江海凝清光"，真是敏捷异常，而又变幻莫测。

整场表演持续了两个多小时，途中并无间歇。除了歌舞之外，也有民族乐器和西洋乐器表演，喀什地区的音乐家们展现出的才能真是美不胜收，令人赏心悦目。

我在前面提到，《春莺啭》的作者白明达是龟兹人。此外，既能弹奏此曲又擅长《火凤》等同一系列名曲而备受太宗、高宗荣宠的琵琶高手裴神符就是疏勒人，即现在的喀什人。

西域诸国中，疏勒王自称裴姓，撒马尔罕人为康姓，塔什干人为石姓，所以唐代的喀什人基本都以裴姓居多。在裴神符之后，喀什出身的裴姓奴尤善琵琶，而学问僧慧琳也可能同属裴氏一族。

两个多小时转瞬即逝。表演完后，五十多名演员全部排成队列亮相舞台，我受热副主任抬举和他们一一握手。可以看得出，出色而忘情的表演已使他们大汗淋漓。

"真好！真好！"

我早已抑制不住内心的激动连连赞叹。和他们握完手后，我发现自己的脸上已经不仅仅只有汗水。

03

明天就是出发前的最后一天了，尽管如此，也绝不能白白荒废。就像老阿说的：好不容易跨越"千山万水"从遥远的日本赶来，所以容不得片刻歇缓。

我想第二天到喀什的烧窑场看看。因为此行之初，我本打算去景德镇的，而今依然念念不忘，只不过听说烧窑场距此较远。

"还剩明天一天，您最好不要太劳累了。"也许是担心后天要穿行五百多公里的塔克拉玛干沙漠吧，喀什地委外事处主任刘家祥先生委婉地向我建议。要知道这可是六十多年前大谷探险队一行，骑着骆驼整整走了十八天的路程，我们要在一天内驶完全程，所以刘先生希望我明天能够养精蓄锐。我很尊重他的意见，于是打消了去烧窑场的念头。

在来喀什之前，当地曾给我罗列过几个可供参观之所，我有意错开，没有选择。如今还剩一天，正好可去生丝工厂和绒毯厂参观参观。我之所以有意错开，就是因为下一站要去的和田也有类似的参观安排，所以感觉没必要重复。现在看来去去也无妨。

汉语中将抽茧称为"缫丝"，因此，生丝工厂即缫丝厂。

7月26日上午，我们去了缫丝厂。因为这里的生丝大部分用于出口，所以工厂自然属于外贸企业。工厂门柱旁悬挂的牌子上赫然写着"喀什外贸缫丝厂"几个大字。该厂始建于1961年，1963年开始投入生产，员工有三百零六人，其中女性一百二十二人。

　　工厂主任是一位积极热情的汉族人，看起来三十来岁。他很健谈，关于丝绸之路，他几乎倾其所知侃侃道来。从他的话语中我能听得出来，这里的人对"丝绸之路"中的"路"字似乎有些抵触。因为他们不希望西域带给外人的印象只是一条绢匹交易的沙漠之路，而沿路各地只依靠抽取交易利润生活。其实他们希望大家了解，这里不仅有中原地区的丝绸买卖，而且当地也具备良好的绢匹生产能力。"丝绸之城"也许是他们内心最好的诠释。后来得知，和田也有"丝绸之乡"的说法。

　　这座工厂很小，参观时间并不长。就在数年前，工厂的燃料还是煤炭，如今已改为石油。在改变动力体系的时候，工人们纷纷建言献策，着实发挥了不少作用。

　　该厂目前只产生丝，但计划从明年开始生产绢织品，目前已经万事俱备。这就意味着工人数目将要大幅增加，同时意味着少数民族民众也将获得更多参加近代工业生产的机会。

　　虽然名为"喀什绒毯厂"，与其说是工厂，不如将其理解为厂房更加合适。厂长卡达尔·阿瓦兹告诉我，这座工厂创立于四年前的1973年，而那一年我正好首次来到新疆。

　　虽然绒毯是该地的传统产业，但由于长期以来都是纯天然家庭手工作业，所以厂房很晚才得以建立。此外，每家每户都有一两台织机，当地政府认为这种涉及家庭利益的问题错综复杂，很难整合。其实，材料批发、管理、技术交流和指导等工序还是集团化操作最为有利，而组织化管理也最能整合资源。

　　现在，这里已经购置了百十台织机，今年的绒毯预产量为三千平方米，而六月末已经完成一千六百平方米，实现全年目标指日可待。

　　厂房里的大部分员工都是维吾尔族女性，此外还有吉尔吉斯族、回族和汉族姑娘。看来，汉族也在向少数民族学习他们的传统技术。

她们大多很年轻，所以厂房内也是一片活跃的场景。制作绒毯的丝段五颜六色，十分漂亮。在年轻活力和斑斓色彩的映衬下，我也觉得似乎年轻了许多。

04

"一中正在搞小组活动，我们要不要去那里看看？"

前者因为烧窑场太远只得作罢，排在第二意愿的学校参观也因暑假而眼看无果。也许是为了让我不要太失望吧，从绒毯厂参观回来的路上，老阿提出了这样的建议。

老阿不愧曾是长期执教的老教师，对学校活动如数家珍。既然他想让气氛更欢愉一些，我自然是十分乐意前往一看的。

喀什一中其实离宾馆很近。当我回到日本为完成本次纪行而查阅相关资料时，才发现原来这所中学和原来的英国领事馆几乎毗邻而居。虽然英、苏两国领事馆原本都建在城外，但却离城墙很近。而今城墙被拆，自然失去了标志作用。

我们来到了一中办公室，老阿看到了曾经的同事魏忠先生，两人久别重逢，甚是高兴。魏先生是一中革委会副主任，相当于副校长。他身材高大魁梧，是生于甘肃的汉族人，和曾在甘肃兰州负笈求学的老阿意气相投。

因为正值暑假，作为不速之客，我们向他表达了深深的歉意。

"不用客气，其实还有一周才正式放假，大家还在备战期末，并没有休息。"魏先生的回答十分巧妙。听他讲，这里的暑假从7月21

日开始，到 8 月 22 日结束。

喀什一中创立于 1953 年。中华人民共和国成立前，这里只有一所中学，而且有名无实。如今，喀什地区已经有大小中学一百五十六所，其中喀什一中规模最大。

"从 1970 年开始，这里就成了多民族中学。"魏忠先生告诉我们。在这之前，汉族学校和少数民族学校泾渭分明。不过转化为多民族学校之后，由于各民族语言大相径庭，所以校内仍然按照民族类别分班上课。由此看来，这和单民族学校并无多少区别，但不同民族的学生共处一校，对"民族大团结"而言意义重大。

现在这所学校共有学生一千八百七十五人，教职员工一百零九人。其中初中三年、高中两年，总计五年。另外，学生民族分布及人数分别如下：维吾尔族一千一百八十名、汉族六百七十八名、回族七名、吉尔吉斯族六名、乌孜别克族两名、锡伯族和藏族各一名。

在全校三十九个班中，维吾尔族班有二十三个，汉族班有十六个。像回族、吉尔吉斯族等一年只有一两名学生的民族无法单独成班，所以往往被安排在维吾尔族班或汉族班中。令我感兴趣的是，这里的班级编制绝不强制。也就是说，维吾尔族学生可以到汉族班学习，反之亦然。虽然老师授课的语言是固定的，但在维吾尔族小学学习并熟练掌握汉语的学生来说，进入中学就可以选择上汉族班。此外，在只有维吾尔族学校的地方，汉族学生也可以在课堂上掌握维吾尔语的情况并不少见。

在喀什一中的维吾尔族班，每周有四小时的"汉语时间"，而汉族班也同样会有四小时的"维吾尔语时间"。虽然总体上授课时间不多，但互相练习的语伴却很多，机会也很充足，所以算起来也并不算少。

"最近可忙坏了吧？"老阿问道，似乎也很怀念当时任教的日子。

"确实很忙。"魏先生不假思索地说道。

学校办公室墙壁上,几幅锦旗格外显眼。有一幅上面写着"自治区第三回运连群众体育先进单位"几个字,看来喀什一中在体育方面也毫不逊色。

"本校的篮球队可是新疆最强的,即使和新疆大学比赛,我们也能拔得头筹。"一向谨言的魏先生此时也露出了难抑的兴奋。

看来,英语和体育确实是这所学校的强项。

当我们来到操场,看到该校引以为豪的篮球队员们正在训练。球场分为两部分,男队、女队各占一部分。他们精神饱满,大声吆喝着协力配合,汗水已经浸湿了外衣。虽然平时的文化课是分开讲授的,但体育训练却不分民族,队员之间都用本民族语言交流,所以运动场也是语言学习场。

运动场中央正在进行扛枪前进、疏散等民兵训练。两个小队中男、女人数各半。魏先生告诉我们,他们都是新学期即将升入高二的学生。中国教育制度是以暑假结束为新学期的开始,所以上一届的高二学生已经在七月毕业离校。

无论什么国家和时代,也无论时间长短,初期的军训模式基本都十分接近。三十年前,自己扛着三八式步枪的样子和现在的一中学生们手持自动式步枪军训的情形几乎如出一辙。

魏先生告诉我们:"高一有一个班昨天在学校农园附近进行了实弹训练。"

民兵式军训不同于小组活动,那是授课的一部分,所以学生会在暑假来校参训,而指导老师也都是退伍军人。

紧接着,我们参观了化学实验室和物理实验室。当然,里面的设施设备无法和日本的中学相比，但相对当地的综合实力来说已经算是能提供的很好的了。校舍外侧是水泥墙，内侧则是泥坯，和日本比起来虽然稍显土气，但毕竟要受各方条件的限制。

旁边有一个英语会话教室正在进行小组练习。虽然是初级对话，但老师和学生全程都在用英语交流。

我们也往自习室里面看了几眼。暑假期间，这里的自习室专为在家学习不便的学生开放。

还有一个教室门牌上挂着"业余地震科学研究小组"的牌子。"业余"当然是指学生在专业学习之外所从事的活动，所以和小组活动差不多。教室里有男生一名、女生两名，他们都是对地震观测和预报饶有兴趣的少年。他们自己制作简单的器具，然后通过将统计数据和相关图表张贴在校园里来向其他学生普及科学知识。

图书馆里，《二十四史》等史料、马列主义文献、《毛泽东选集》《鲁迅全集》、报纸杂志等门类齐全。从图书破损程度来看，还是小说最受欢迎。其中同一本书会同时购入两本，以满足学生的借阅需求。

05

考虑到第二天要长途奔波，所以当天的参观行程很轻松。不过坏消息接踵而至——莎车河支流的某处木桥损坏了，目前正在抢修，但预计明天下午能抢修完毕。

"哎呀，真是天意弄人。"老阿抱着胳膊埋怨道。

和现场施工人员联系后得知，如要提前过河就得绕行三百公里，加上本来要走的五百多公里的路程，全程总计有八百多公里。

在我的记忆中，乘坐新干线从东京到大阪全程有五百一十五公里。一直以来我都用这一数字参照，当某处距离超出这一数字时，我就会习惯性地用其参考，然后心算一番。所以，原本喀什到和田之间的五百多公里距离就几乎等同于从东京到大阪。

我心里大概有了底，加上自己对丝绸之路的由衷向往，也使自己能够振奋起来。不过如今又平白无故地多了三百公里，一时间又难免有些沮丧。

"好吧，现在是夏天，大不了晚上露宿。"我又开始说服自己。

"真是有气魄啊！"他们已经开始佩服我的胆识了。

其实说实话，我并没有那么果敢。不管如何迂回，一路上还是要坐吉普车前行的。

任何事情看似山穷水尽，但总有柳暗花明的时候。地委的人及老阿与现场抢修人员联系后得到了确切消息，听完心里放松了很多。

原来横跨莎车河上的是一座坚固的铁桥，并没有那么容易损坏。这次出问题的是一个小支流上的木桥。

昆仑山融雪后形成的河流不计其数，几乎和昆仑山起伏的山谷数不相上下。这些河流时而消失在沙漠中，时而又冒出地面，最终注入塔里木河。在众多河流中，喀什水系、莎车水系、和田水系都以所经城市得名，也是塔里木河较大的支流。莎车水系中最大的河流是莎车河，此次木桥损毁的地方就是莎车河的一条并不起眼儿的小支流。

"那样的小河，吉普车刚好能开过去。"有人这样说。听起来真是个好消息。

只不过好消息似乎是有条件的，那就是只有在那条小河水量最少的时候车辆才能通过。

此外，我还大体能够推知木桥损坏的原因——太阳之热和昆仑之雪的相互作用。一般情况下，冰雪融化后都是细流潺潺，但有时候也会出现雪崩现象。那时候，尚未融化的积雪或冰块就会一股脑儿地滚下山来。小一点儿的冰块会在流动过程中融化，但大块头的破坏力可就大了。对此，细小的支流木桥自然抵抗不了，所以瞬间垮塌也是常有的事情。

听说木桥损坏的时间是深夜，那么这就意味着那一区域深夜水流最猛。一天中，昆仑山融雪活动最旺盛的时候是正午前后，水流到达木桥损坏的地方刚好是深夜。那么换言之，那里什么时候水流最小呢？昆仑山余热散尽，冰雪凝固的时间是在深夜，但激流涌到木桥附近也刚好是第二天深夜。所以，我们应该选在正午前后两小时内通过最为妥当。

通过现场的沟通，我了解了渡河的最佳时间段。

"那么要在那个时间段到达木桥附近，我们应该几点从喀什出发呢？"这又是个算数问题。推算了一番，我觉得早上六点，其实也就是北京时间凌晨四点从宾馆出发最为合适。虽然很早，但终究不用绕行三百公里，我也只能勉为其难了。

"您早点儿休息吧，明天还得早起。"热副主任说道，言外之意是劝我们今晚不要长凳夜聊了。

夜幕降临后，突然狂风大作。在这个干旱少雨的地方居然意外地看到了上天赐予的甘露。躺在床上，忽然有一种"夜阑卧听风吹雨"的感觉。

明天，天气如何？旅途又如何呢……

穿越喀喇昆仑山

01

7月27日（星期三）。我们五点半起床，相当于北京时间凌晨三点半。天空尚未明朗，甚至看不到一点儿鱼肚白。

"对不起。"女服务员已经为我们准备好了早餐，也许是觉得打扰了我们，食堂向我们表达了歉意。虽然未曾见过，但我依旧礼节性地跟她们寒暄了几句。

由于出发太早，头天晚上我已经反复叮嘱相关人员不必送别，可是这时候依旧看到了刘家祥和方晓华两位的身影。因为要带小孩子，阿依哈姆并没能赶过来，但她在头天晚上已经送出了深深的临别祝福。

"再见！"我们多次紧紧握手，不断地重复着临别的话语。不知何时才能再次踏上这片令人依恋的热土，也不知何时可以再次与这些真诚质朴的乡亲们见面。入住到喀什宾馆的四天里，每一天都让我倍感温馨，每一段经历都足以让我终生难忘。

当地派了两辆吉普车欢送我们。一辆车由老司机艾拉夫掌舵，另一辆车则由年轻且体力充沛的吴先生驾驶。因为吴先生年龄不大，所以我们也就冒昧地称他为"小吴"。

我们一家三口坐在小吴车的后排，身材魁梧的老阿坐在副驾驶位置。老司机艾拉夫的车上，坐着喀什宾馆的老杨及旅行社的相关人员。其实这些随行人员都是之前在宾馆夜聊的常客，而此次老杨带着喀什人民的热情来将我们送到和田地区。此外，他们那辆车上还有一个搭顺风车的可爱的维吾尔族小姑娘，据说她是要去莎车的舅舅家。

老司机艾拉夫的车先行，我们紧随其后。早上六点十五分，我们驶出了喀什宾馆。

"别了，喀什宾馆！别了，喀什！"我挥了挥手，内心泛起一阵酸楚。

车子的前灯照亮了整个空旷的道路。路上并非空无一人，一辆驴车缓缓地映入眼帘，车夫是一个戴着白帽子的男子，看来也是早起劳作的人。

"早起干活的人还真不少。"我不禁感慨。

对此老阿早已见怪不怪："夏天的时候，太阳一出来就会很热，所以很多人都是在天亮之前就干完活了。"

高大的白杨树矗立在道路两旁，吉普车在路上疾驰而过。不一会儿，车辆就驶出了喀什市区，柏油路也变成了砂石道。车子在郊外行驶了很长时间，途中经过了一座小桥，不知什么时候，前面又有了城市的模样。

"那是疏勒县。"老阿指着前方告诉我。

我在前面提过，清朝实行民族隔离政策，喀什被分为回城和汉城两部分，而这个疏勒县就是原汉城所在地。从行政区划来说，这里依然隶属喀什。市下设县，这跟日本正好相反，可能不免令很多日本人感到疑惑。无意中，装饰着红、黄、蓝三色彩灯的门一晃而过。

"那是县政府。"老阿告诉我。但对我"彩灯是不是一直悬挂着"的疑问，他似乎有点儿诧异而并未回答。也许和大城市一样，这里也需要让街道看起来鲜亮一点儿吧，我思忖着。"我们现在正朝东南方行进，要是往东北就能到阿克苏。"老阿并没有关注彩灯问题，而是直接跳跃到了下一个话题。

快到英吉沙时，天已渐渐亮了起来。英吉沙旧称"英吉沙尔"，和喀什从旧称喀什噶尔中省略两个字相比，英吉沙只比原来少了一个字。英吉沙的维吾尔语为"YENGIXƏHəR"，其中"YENGI"之意为"新"，"XƏHəR"之意为"城"，合起来即"新城"的意思。不过，从《汉书》的记载来看，这里曾被称为"依耐"，由此可见，这绝不是一座崭新的城市，而是早已历经千年沧桑的见证者。

汉代的依耐国规模极小，虽然被冠以"国名"，但"国内"仅有一百二十五个户头，人口六百七十人左右，大约只是个村庄的规模。无论绿洲资源如何丰富，这里也不存在独自立国的条件。东汉和三国时期，这里有时心向疏勒（喀什），有时依附莎车，唐代隶属叶城（当时被称为朱俱波）。但进入清朝后，英吉沙和喀什、莎车、和田同为西域四城，并设有领队大臣。

02

吉普车后排的座位上，我坐在左边，儿子坐在右边，妻子则夹在我们中间。座位左右两边都有扶手，车辆大幅度晃动时，我和儿子都可以抓紧以维持平衡，而妻子无所抓靠，着实受了不少颠簸之苦。

"哇，好漂亮！"儿子惊叹道。

车辆行进方向的右侧，喀喇昆仑山似乎顺势扑面而来。银白色的山顶染上了一抹拂晓的亮光，看起来宛若粉黛。在日本，白皑皑的山岭我也看到过多次，也在不少类似的地方留过影。朝阳下富士山的娇柔之美我也有所耳闻，但这里的粉色山峦却依旧勾魂摄魄，激动人心。如此壮观的景色，也只有亲历者才能刻骨铭心。

"那到底是慕士塔格峰还是公格尔峰呢？"我大脑中突然浮现出了年轻时曾多次在地图上看到，并几度魂牵梦萦的山名。如果是慕士塔格峰，那么海拔应该为七千五百四十六米；如果是公格尔峰，其海拔高度则更胜一筹，为七千七百一十九米。英吉沙附近的巨峰，除了这两座别无其他。不过仔细一看，西侧又有白色山岭蹿进视野，我不得不收回了自己的盲目自信。

朝阳彻底露出了原本娇羞的面孔，山顶上的粉色淡了，我们也感到了一丝热意。

天亮之后，这条丝绸之路的通衢大道上，行人也愈发多了起来。往来人群中，蹒跚独行者极少，多是套着毛驴、牵着骆驼或者驱驰着骏马的赶路人。

这是一条用石子铺成的沙漠道路，和之前到访过的天山北路宽阔而平坦的柏油路相比，看起来略显粗糙。不过，在沙漠路中行走，最大的麻烦就是沙尘天气，所以这条路虽然不是用柏油铺成的，但多少也有些防尘固沙的作用。前年我到敦煌旅行时，最后二十公里的小道就沙尘漫天，令人颇感烦恼，如今在这里感受到的却是一片宁静。

不过话说回来，石子路也并非不会出现问题，其实行人和随行的动物就是罪魁祸首。好不容易铺好的路，驴蹄、马蹄踩过，或者车辆的压轧都会让其变得坑坑洼洼。

在到和田之前，我在车上看到好几处道路在修整，其方法大体上都是两头牛拉着一个铁框状沉重的东西来回碾压。铁框是个长方体，宽约一点五米，高约十厘米，里面用 X 型贴片固定。要是有压路机就好了，这样沉笨的东西用起来着实不方便，不过修整这种坑坑洼洼的路用这种既宽又重的家伙更适合吧！看起来这种路的整修很频繁，估计这些工作都会落到生产大队身上。

出发近两个小时的时候，我的脑海中突然想起了皇皇巨著《钦定皇舆西域图志》中关于英吉沙的记述：

北距喀什噶尔二百里。

清代的一里约合现在的五百七十六米，因此折算下来我们应该已经走了一百一十五公里的路程。但我感觉似乎并没有走那么远，最多也就八九十公里左右吧！

我远眺山顶由粉红逐渐变成洁白，自然地沉浸在这份大自然恩赐的美好之中。不料此时只听得"嘣"的一声，吉普车突然停了下来。

车在沙漠中央爆胎了。

先行车早已消失在我们的视野中。老司机艾拉夫不仅没有在体力上输给小吴，反而比年轻人更有耐力。这里前不着村后不着店，而且没有行人通过，处在茫茫荒漠中，心中还真有些不安。

趁着小吴换胎的间隙，我站在戈壁滩上眺望远处的昆仑山。如果车胎没坏，我们就得在正午前后赶到目的地，途中断然不会有这样的闲暇。所以，世间之事往往是福祸所依吧，我反而感谢这种意外的恩赐。

周边的人都把塔克拉玛干沙漠南边的这座山称为"喀喇昆仑山"。其中"喀喇"在维吾尔语和波斯语中都是"黑色"的意思。旧制高中时代，昆仑山曾是让我们充满浪漫遐想的地方。

我曾一度不解，常年被积雪覆盖的雪山，为什么就给它赋予了黑色，但当我真正极目远眺时才豁然开朗。原来昆仑山和天山一样，不仅有远处白雪覆盖的峻岭高耸入云，更有眼前低矮的山峰串联蜿蜒。也许和背后的高峰相比，近处的黑色矮山给古人的印象更深刻吧！

昆仑山的另一边就是帕米尔高原。它紧邻塔吉克斯坦，而且离阿富汗也不远。此时此刻，我的思绪如万马奔腾般在脑海中翻滚，觉得这样的美景永远也看不够，随即写下几句：

遥想三藏望此山，昆仑积雪浇心田。

戈壁虽无人过往，电杆长影齐舒展。

对我们这些久在都市的人来说，也许会对无人之境产生莫名的恐惧，但沙漠中的电线杆整齐地排列着，直通地平线，就像亲友一样为我们壮胆。在平时，电线杆以及它的影子可能会影响摄影，但此时却显得弥足珍贵。

大约过了十分钟，小吴安装好新车胎，我们便再次坐到车里。

"备胎一个也没有了吗？"妻子用日语问我，大概她是担心若再次爆胎的话，我们会陷入进退维谷的窘境吧！

"车到山前必有路……"我安慰她。

这时，车子开动了。

03

从英吉沙到莎车有一百三四十公里的路程，而爆胎的地点离莎车还有一段距离。

消失了一段时间后，艾拉夫的车停了下来。因为是向导车，所以他会时不时地注意我们的行踪。可能是觉得长时间没看到我们，他索性停车等候。看样子如果短时间内等不到我们的话，他很可能会驱车返回。

周围没有人影，电线杆漠然呆立的情形似乎只在车子爆胎的地方出现过。行驶了没多长时间，沿路两旁便可以看到许多村落了。要是从爆胎的地方开始步行的话，一个小时就能走出无人区，看来此行确实没有那么惊悚。

莎车和喀什、和田一样，同是西域南路的主要城市。古时候的楼兰也和前三者一样曾辉煌一时，但后来由于罗布泊的消失而灭亡。

莎车古称叶尔羌，维吾尔语写作"YəRKə"。据《汉书》记载，当时的莎车就是西域重镇之一，其规模和疏勒（喀什）相当，总体实力也名列前茅，而且在汉代开始就已经名噪一时了。

在清朝的隔离政策之下，维吾尔族聚居的莎车也另建了汉城。和现在喀什和疏勒县的关系一样，这里的旧城沿用古名叶尔羌，新城则被称为莎车。不过唯一不同的是喀什距疏勒县有十多公里，而叶尔羌和莎车则是紧密相连的。如今旧城墙被拆，曾经的两城已经合二为一了。

　　和卓兄弟反叛时，弟弟霍集占据守喀什，兄长波罗尼都则占据莎车，两城之间互为犄角，协力抵抗清军。喀什陷落后，霍集占即逃到了兄长所在的莎车。如果说香妃是霍集占的妃子，那么她必然是和丈夫一同前往的。

　　莎车的河流密集，水资源似乎要比喀什丰富很多，因此，这里的水田很多。来到这里，就跟到了日本的农村一样。

　　吉普车穿过村庄来到市区，也许是道路宽阔的缘故吧，城市的交通看起来十分顺畅，同行的小女孩儿在这里下了车。

　　我们先到汉城，穿过旧汉城继续南下就是回城。旧汉、回两城的交界处，有一条大道向南延伸。

　　临近市区的道路虽然尚未铺设完毕，但也已经相当平坦，吉普车疾驰在上面几乎畅通无阻。和戈壁中的道路比起来，这里简直要好很多，而且周围的水田一望无垠，让人赏心悦目。

　　和我们一样，老阿时不时地看一下手表，算计着到达的时间。

　　"如果太在意时间，就会让人心不在焉了。"老阿说道。

　　在此之前我们曾路过一条大河，我以为是叶尔羌河的主流，但马上被告知只是一条支流而已。

　　指针划过十一点，我们已经行驶了五个小时。途中仅因车子爆胎休息了一阵，后来又因搭便车的小女孩儿下车稍停了一下，看来现在确实需要好好休整一下了。

　　司机将车停在道路两侧都是大块水田的地方，我们也都想好好舒展舒展身体。

　　虽然我们带了很多啤酒和果汁，但早已不是适合饮用的清凉温度。但中国人似乎不太喜欢喝太冷的东西，所以并没有在意啤酒是冷是热，老杨果断地"啪"的一声拉开啤酒盖喝了起来。我吃着从宾馆带来的点心,把啤酒倒进杯子里,权当有利于下咽吧!

车上也放着一些从喀什带来的甜瓜和西瓜,但用刀子切开时却大都熟过头了。出发的时候算计着时间刚刚好,但温度超出了预期,瓜果都坏掉了。结果,切开的四个之中只有一个勉强能吃。

04

庄稼地里有人戴着斗笠样的东西干着农活儿,这让我想起了日本的农村。既然日本和这里种植的农作物相同,田间管理和日常生活方式应该也比较相似吧!

南边的山已经渐渐地笼罩起一层薄雾。我想,霍家兄弟以及香妃应该就是沿着莎车境内的某条河流逃向巴达克山的吧。

后来,兄弟二人虽然枭首,但兄长波罗尼都的儿子萨木克却逃到了浩罕汗国,伺机报仇雪恨。不久,萨木克大仇未报身先死,其子玉素甫、张格尔、巴布顶继承了父亲的遗志,时刻想着祖父的深仇大恨。

兆惠在平定回疆数年之后,乾隆二十九年(公元 1764 年),阿克苏西部城市乌什又发生了叛乱。

在维吾尔族之中,清政府对早期归降的哈密和吐鲁番出身的人最为信任,并委以重任。因此,南疆诸城的行政长官也都由北疆出身的维吾尔族人担任,行政长官也会任用北方出身的翻译和公差。虽然这样达到了"以维治维"的目的,但新疆南北广袤,所以风俗习惯及人物禀性也多有差异,加之下级官吏有的狐假虎威,南疆人因此对北疆人也产生了不满情绪。

乌什的行政长官阿卜杜拉品行恶劣，对下属和民众残暴不仁。此外，派驻当地的满族办事大臣素诚只知贪污受贿，也是一个吃人不吐骨头的贪官。不堪忍受剥削和压迫的民众杀了阿卜杜拉和素诚，树起了反叛的旗帜。但南疆其他城市并没有呼应，造反不久就以失败告终。

也许是担心处置过于温和会受到清朝中央政府的责难，对于乌什之乱，坐镇新疆的最高指挥官——伊犁将军阿桂采取了铁血政策。包括降兵、降将在内的城内青壮年尽皆被杀，老幼妇女则全部被发配到遥远的北疆伊犁。

乌什之乱平定后，清政府的隔离政策从维吾尔族和汉族之间进一步延伸到南疆和北疆的维吾尔族，并授予地方行政长官更大的控制权。此外，和卓一族被带到北京，使其无法和当地信众串联。

清政府也采取了一些怀柔政策。例如，对于汉族强制推行的剃发令就没有要求伊斯兰教信仰者一一执行，而且他们的穿着和生活习惯等都可以自由选择。

在一般人看来，我们参观的阿帕克和卓一族的墓园极有可能因其子孙和卓兄弟的叛乱而遭禁，但出乎意料的是，乾隆皇帝却谕令：

逆贼霍集占等有负朕恩，虽肆恶自取其戮，然其先世君长一方尚无庚罪。今回部全定，喀什噶尔之旧和卓坟墓宜派人看守，须禁樵采污秽之事……

乌什之乱后，南疆维持了六十年的太平光景。

六十年的安定团结并非是民族隔离政策的胜利，或许是对乌什叛徒在秋霜烈日下的杀戮震慑了当地的人心，又或许是保护和卓坟的民族政策获得了成功，总之，这里面包含着诸多复杂的因素。但在我看来，最主要的原因并非是玩乾坤于掌上的乾隆皇帝心系万民，而是统治者汲取了乌什之乱的深刻教训。也就是说，地方行政绝不能赋予阿卜杜拉和素诚那样的贪污受贿之徒、昏庸无能之辈。

事实上，乌什之乱后，清政府对该地行政长官的任命确实慎之又慎，清廉自守、才华出众的官员被选派过来，同时杜绝了投机钻营的庸官惰吏。行政长官的权力也受到了限制，从而抑制了一人当官、鸡犬升天的顽疾。

民族隔离政策既非明智之举，亦非长久之策。严刑峻法和血腥镇压也不能扼杀人民心中涌动的自主和自尊。

六十年的和平看似漫长，却也如白驹过隙。

05

喝了点儿啤酒润了润嗓子，放眼望去只见前方的道路愈加宽阔起来，此时一个庞大的羊群映入眼帘，霎时沙烟四起，空气中弥漫着独特的沙土味。

"羊群中会有一只领头羊，其他羊都会跟在它后面。如果缺少领头羊，偌大一个羊群很难由一两个人管理。如今向我们跑来的羊有好几百头，这么庞大的群体也分为若干个小群体，每个小群体都有一只领头羊，而跑在最前面的那只黑羊就是它们的总头儿。"老杨边喝果汁边用手指着告诉我。

那只黑羊看起来确实有些不同寻常之处，自信满满地带领着整个队伍。

比起曾经互相征伐的军队，羊群卷起的浩浩沙尘岂不是一派和平的诗画景象？

道光六年（公元 1826 年），莎车城内兵戈云集。始作俑者并非别人，正是在巴达克山死于非命的和卓家兄长波罗尼都之孙张格尔。虽然祖父已经故去六十八年，但张格尔对清廷的仇恨丝毫没有被时间冲淡。

他从浩罕汗国入境后，首先祭拜了祖先的坟墓，也就是我们之前提到的和卓坟。然后率领从浩罕汗国借来的五百余骑就地排兵布阵。

虽然张格尔长期亡命浩罕汗国，但一直以来南疆的白山派都在暗中与之有联系，并给予其经济支持。也正因如此，张格尔才能兵临喀什城下，如入无人之境。此时，坐镇新疆的最高统帅——伊犁将军庆祥闻讯火速赶往那里。

另一方面，张格尔又获得了浩罕汗国三千安集延兵的支援。安集延是浩罕汗国的城市名，那里的原住民天生善于经商，同时又能征善战。当时有句谚语为"回兵一百不如安集延兵一个"，足见其战斗力之强。

很久以前，就有很多安集延人在喀什或南疆其他城市从事经商活动。他们买进中国的绢、陶瓷、茶叶等商品，然后又转手卖给中亚各国或俄罗斯，而各类商品交易税也构成了国家财政的主要来源。因此长期以来，浩罕汗国和清朝保持着和平友好的关系。1821 年，野心勃勃的阿里汗即位后，妄想将南疆纳入浩罕汗国的势力范围，于是派兵支持张格尔。

在得到了浩罕汗国的支援后，张格尔于次年 8 月 12 日攻陷了其祖父曾经用神权政治统治过的土地——喀什。伊犁将军庆祥战败自缢。

张格尔继而又乘势攻取了英吉沙、莎车以及和田。旧历八月早已是深秋时节，当时的丝绸之路上一片肃杀之景。

燃烧着复仇之念的张格尔军队对莎车城内的清军进行了全面血洗，历朝历代，这里似乎都逃脱不了战争的祸害。

清政府封长庆为扬威将军，封山东巡抚武隆阿为参军，同时又命陕甘总督杨遇春协助征讨。

此时的张格尔意在南路四城，却忽视了给予其军队支援的浩罕汗国的因素。他觉得"我的祖先乃圣族和卓，当地无不顶礼膜拜，因而群众自是一心向我，南路四城才会如此轻易夺得"。

盲目自信使他小觑了援军的力量，因而常常与自己的援军指挥官冲突不断。也许是再也无法忍受他的骄纵，浩罕汗国终于决定撤回援兵，张格尔阵营自此战斗力大减。战争的天平瞬间此消彼长，然后清朝大军蜂拥而至。

清军借助强风吹起沙尘后遮天蔽日的有利天时果断渡河作战，一举收复了喀什。喀什失陷后，其他三城也相继落入清军之手。

可想而知，喀什城内的街道再次成了张格尔部下及其白山派族人的坟场。

张格尔死里逃生，被白山派部族隐匿了起来。

清军贴出布告："捉到张格尔者，赏黄金十万两，赐封亲王。"

张格尔困兽犹斗，妄想扭转战局，但却中了长庆设下的圈套，结果带了三十余骑仓皇败走，逃往布鲁特族。布鲁特族是他父亲的盟友，曾协同一道和清军游击作战，是当时最为信赖的去处。

隔代友谊早已不是蜜月时期。和祖父在巴达克山被出卖一样，布鲁特将他献给了清军。

张格尔被带回北京后先是被游街示众，之后被处以凌迟之刑，尸体被丢掉喂狗。

战后，清政府没收了南疆各地安集延人的财产，并将其流放，还断绝了和浩罕汗国的贸易往来。

对浩罕汗国来说，交易税是国家的主要收入来源，断绝了交易就意味着卡死了该国的经济命脉。当再开榷场的要求被拒绝后，1830 年，浩罕汗国拥立张格尔之兄玉素甫为白山派部族首领，再次兵犯南疆，并包围了喀什和莎车。浩罕汗国拥立玉素甫，也许正是想借助他的影响和白山派人里应外合。

经历了两次被利用，两次又被出卖的"圣族"，几乎再难用信仰集结起来。此外，浩罕汗国的敌对者布哈拉汗国在他们后方蠢蠢欲动，其军队也不得不迅速回防。

欲望如梦，终为泡影。

此时，羊群激起的沙尘逐渐淡薄远去。

"走吧，接下来可就要进入险境了。"老阿的声音飘到我的耳际，我随即喝完了剩下的啤酒。

中转站叶城

01

莎车河是我此次旅行见到的最为壮丽的河流，水流舒缓、质地清澈。《汉书·西域传》中关于莎车有"出青玉"的描述，看来此言的确不虚。

河流如此，横跨两岸的铁桥也显示出一派雄伟的气势。宽阔的桥面如同柏油马路一般，令人感到无比舒爽。

《大唐西域记》称这条河为"徙多河"，看来玄奘似曾走过。不过其中并没有莎车城的只言片语，也许是他穿越了河流却未入城吧。

关于莎车，还有一点我颇为关注，因为很多人的游记中都有该地附近居民颈上长瘤的描述。赫定也好，大谷探险队也好，在他们的报告中都有确切的说明。此外，大谷光瑞的《帕米尔游记》中有一段值得关注：

该地居民下巴下面长瘤者甚多。究其原因，赫定博士认为和不洁饮水有关，但我仍不敢妄下定论。

13 世纪到此旅行的马可·波罗也曾有过类似的记载，并在七百年前就提出了"水质存在问题"的看法，看来这种病确实年深日久。

从英吉沙到莎车，只要透过车窗看到人影，我都会下意识地看他们的喉结周围，休息时看到的行人我也会往他们的颈部瞄上几眼。当我确定他们脖子上没有瘤后，方才放下心来。（其实并未真正放下心来。虽然过了莎车城区，但目前仍在其管辖范围内。）

我一边担心着碰到脖颈有瘤的人，一边又继续往车窗外面眺望。毕竟在莎车的维吾尔语"Yeken"中，"Ye"即土地，"ken"即广大的意思。所以虽然过了城区，但郊区依然广阔。

过了莎车河，我便放心了许多。那种数百年，或许延续了更长岁月的地方病应该不会出现了吧！

实际上除了关注他们的颈部外，我也会扫视一下他们的脚。虽然这样做有点儿荒谬，但这皆源于马可·波罗的奇妙描述：大部分莎车人的脚都是明显的一大一小，故而走起路来很不便。

颈部长瘤是近些年也时有发生的事情，所以可以说是不争的事实，但双脚一大一小是怎么回事呢？莫非又是因患脚气而致使脚部肿胀？所幸的是，我没有见到任何一个脚掌一大一小的人。

吉普车开进了一个不起眼儿的街道，就像西部剧中出现的农村景象一般。

"这是泽普县，维吾尔语念作 Poskam，是一个县城。"老阿告诉我。

穿过泽普，再次进入水田地带。我们俨然已经沉醉在这一半是田园、一半是沙漠的独特风光中了。

"快到了。"老阿看着手表说。

"快到了吗？"我也看了看手表，发现时间刚刚过了正午。其实，我们也正在靠近问题地点。

我本想着目的地近在咫尺，不料一条河流却横亘在眼前。河滩旁边是一处高地，正好遮住了我们的视野。我们绕过高地，谁知又被河滩阻隔。

在河滩边，未曾见过的一辆吉普车超过了我们。

"哈哈哈……能否渡河，就看前面那辆吉普车了。"老阿笑着说道。

虽然不知道那辆吉普车从何而来，但看起来好像是解放军的军用车辆。我们的两辆吉普车都放慢了速度，而那辆解放军的吉普车却开足马力驶向对岸，看那架势是想冲过去。

河对岸蹲着四五个维吾尔族大爷，似乎正在闲聊。看到吉普车阻在河中，他们便走了过来。为了让他们看到，我们的车子也向前开了一大段。

原来是上游的桥正在修缮，目前业已完成了三分之二。两三个小时内完成不了作业，但吉普车是可以临时通过的。

"如果现在无法渡河的话，也没必要再迂回三百公里，莫不如在这里悠闲地等待片刻，待桥修好后再走。"我想。

维吾尔族的老大爷和前面那辆吉普车的司机大声交流着，我全然听不懂。问后才知道他们的意思是这条河并不深。维吾尔族的热情每每令我为之动容，他们设身处地地为别人考虑，并不求任何回报。

"太伟大了！"我不禁感慨。

"什么？其实热情好客是维吾尔族人的天性。"老阿告诉我。

我问老阿"好客"用维吾尔语怎么表达时，他告诉我说是

"mehmandost"。听完后我豁然开朗，因为这是源于波斯语中的词汇，"mehman"是"客人"，"dost"是"朋友"，合在一起就是"友好"的意思。

我又开始注意那辆不认识的吉普车，对我们来说，它多少带有探路的作用。这时，一名维吾尔族老大爷已经挽起裤腿走入河中。河水看起来并不深，约莫刚刚没过他的膝盖。他在车前比画着说着什么，和他同行的人也都大声吆喝。

那辆吉普车发动后直接一股脑儿地冲入水中，将河水劈成两半。此时，三位老大爷站在河里，他们依然大声喊着什么，并指挥吉普车努力向对岸行驶。吉普车在他们的指导下顺利地过了河。

"漂亮！"我激动地说道。那辆未曾谋面的吉普车终于靠了岸并成功上路。既然那辆车可以，我们的车子想必也无大碍。

轮到我们了。

老司机艾拉夫打头阵。虽然看起来并没有刚才那辆车的冲天气势，但终究姜还是老的辣，车辆穿行河流如履平地，丝毫不逊色。我们这辆车的司机小吴看起来多少有点儿紧张。我坐在他的后面，发现他似乎几度耸肩。

"准备好，我们要冲了！"小吴说道。

车子开始前行，希望就在眼前。由于前面已经顺利通过了两辆，所以此次维吾尔族老大爷们并没有再指导什么。

车内的踏板渗进了水，但无论如何只要车轮转动着往前走就不会有大碍。我们通过了险阻，小吴也不再耸肩了，他似乎也松了一口气。

"过了！"小吴说道。

我们的车子总算有惊无险地顺利上岸了。

02

我们走了五六公里的冤枉路。也许是他之前路过时没有注意到吧，驶离渡河地点三公里左右的时候，老司机艾拉夫觉得路线有点儿不对劲儿。于是，他向对面走来的维吾尔族青年询问叶城怎么走。

"你们走反了，叶城在那边。"维吾尔族青年告诉他。

老阿和艾拉夫听得很仔细，老杨虽然不是维吾尔族人，但也能听懂。于是，两辆吉普车随即掉头向右行驶。我们又回到了刚才的渡河处，便赶忙询问依旧停歇在那里的老大爷们。

"去叶城？为什么返回来呢？叶城在那边，就是你们刚才走的方向。"我虽然听不懂他们在说什么，但从老大爷们的语调和手势我也明白了他们的意思。

老阿和艾拉夫表情愤愤地走下车来，想再详细地确认一遍。问清楚后才知道，其实那名青年和老大爷说得都没错。

原来车辆应该在这条路前方两公里处左拐，但由于那条路比较狭窄，而且入口拐弯处又被茂盛的树木所遮挡，不仔细观察极易与其失之交臂。而我们正好没在意那个地方，所以走过头了，因此那名青年告诉我们往回转确实是没有问题的，只是他没说清楚，而我们也囫囵吞枣地听了个大概。

除了观察当地人的颈部和脚部之外，我也经常会观察他们的脸，发现他们五官都长得十分周正。为我们指路的青年也好，热心助人的老大爷们也好，他们的脸庞都呈现出了清晰的轮廓。根据1865年曾到此地做调查研究的罗伯特·肖的说法，叶城人本属于鞑靼化了的雅利安人种。在古代中国的汉族人眼里，包括通古斯人在内的塞外民族都被称为鞑靼。欧洲人眼中的"Tatar"也是这个意思，只不过中国的鞑靼一般指蒙古裔，欧洲的"Tatar"指的是土耳其裔而已。

按照罗伯特·肖的说法，吉尔吉斯人属于纯种的鞑靼，而乌孜别克族则属于雅利安化了的鞑靼。因为鞑靼是古语词汇，所以日语中也已弃之不用，而是直接将西方语言中的"Tatar"音译为"タタール"。在新疆主要的十三个民族中就有鞑靼族，但他们都是近代化早期的土耳其裔，所以只能算是狭义的称呼，应该和汉民族广义的鞑靼概念区分开来。

如果我们沿着最初走错的那条路继续走下去，便会到达昆仑山间的小城塔什库尔干。在《大唐西域记》中，塔什库尔干被称为朅盘陀国，玄奘从印度归来时曾路过此地。玄奘之前的法显在他的《佛国记》中又将其称作竭叉国，并由此借道印度。看来，从古至今这里都是南下印度的交通要道。

塔什库尔干大体相当于《汉书》中的蒲犁地区，如今已经成了塔吉克族自治县。塔吉克族属于雅利安人种，而塔吉克语则和伊朗语近似。

车子在田间小道走了大约二十分钟后又驶入平坦大路。只不过在小路上行驶的时候，曾经走在我们前面的那辆吉普车不知何故掉进了沟里。

那条沟看着很宽，像是一条水渠，只是现在并非灌溉时期，所以渠中并没有水。如果有水的话，水渠上通常会搭一条木板。村民们向下走到这条斜度并不太大的沟渠之中，试图帮忙把车子推上去。而那辆吉普车也顺势先向下开到堑壕状的渠道中，然后加足马力打算冲上去，却没有成功。

村里人用铁索绑住吉普车，然后开来拖拉机牵引，费了九牛二虎之力后，吉普车才冲上了沟渠。

"我想冲一下，大家先下来。"虽然前面的那辆车失败了，但小吴还是想努力强行通过。为了减轻车身重量，我们先下车，然后走到沟渠对面为他加油助威。

年轻的小吴一口气冲入渠道，然后又一口气完美地冲了上来。见此情景，聚集在旁边的村民无不拍手称赞。跟在后面的老司机艾拉夫一扫往日的沉稳，也一次性成功冲过来了。

田间小道的经历饶有趣味，令人难忘，那种场景让我切身感受到了不同的生活。行驶到大路后，我反而有点儿恋恋不舍了。

03

下午1点半左右，我们到了叶城。喀什和莎车两地的城墙被拆除之后，交通得到了缓解，通风效果也明显变好，但叶城不一样，因为这里原本就没有城墙。

我们先来到了叶城县一家环境不错的招待所，当地接待人员安排我们在这里先休息一会儿，然后用午餐。

从行政区划上来说，这里属于喀什最东端，再往东就是和田地区了。虽说只是在这里中转，但从整个行程上来看，中午休息一阵已经算是停留了较长时间了。

"一路辛苦了，现在请先休息一会儿，稍后吃饭的时候我再来拜访您。"叶城县政府的穆沙耶夫主任和马福马德·史铁克副主任来这里迎接我们，并带来了热情的问候。

穆沙耶夫主任周到的安排让我充满了感激。已经走了七个小时，其中大部分时间都在穿越沙漠，因而我们身上就像是灌满了沙子一样。离2点左右的开饭时间还有半个多小时，分好房间后，我先跑到阳台上迫不及待地拍打起衣服来。其他人也都在不约而同地做着同样的动作。虽然每个房间都有隔墙，但阳台却是连着的。旁边的阳台上，儿子也在那里拍打着衣服。过了一会儿，老阿微笑着出现在对面的阳台上，巧妙地将上衣挂起来。看着他拍来拍去，我不得不由衷地叹服久在沙漠的人，其拍打技法果然娴熟。

拍打完衣服上的沙尘之后，我走进洗手间，发现洗澡的热水已经准备妥当，这让人感到无比贴心。看完地图，我才惊讶地发现我们才走了整个旅行路程的一半不到，但已经风尘仆仆了。不管怎样，先用这一汪清水洗去一路上沾染的沙尘吧！

叶城在《汉书·西域传》中被称为西夜国，国王名为子合。公元401年法显去印度途经此处，在这里滞留了十五天，他的大作《佛国记》将这里称为子合国。《佛国记》中还说从于阗（和田）出发到此要走二十五天，而今天之内我们也将出发去往和田。当然，途中我们还得继续忍受风沙的肆虐。

桌子上的大果盘里摆放着西瓜、甜瓜、鲜桃、葡萄等各种水果。我吃了一块西瓜便躺在了床上。和之前在半道休息时因天气过热而索然无味的西瓜相比，这里的西瓜真是甜美无比，清凉爽口、沁人心脾。

终于到了开饭时间。饭前，先是一阵啤酒下肚，将肠胃都清理了一番。

不仅如此，接下来的烤串也让我们大饱口福。说实话，刚刚端上来的时候我还有点儿望而生畏，因为肉块实在太大了。乌鲁木齐和喀什的烤串切一刀就可以入口，而这里的肉串不仅连着骨头，而且有拳头大小，看起来似乎确实无法一口下咽。但尝了一口后我不禁为这样的美味拍手叫绝。虽说对美味的品尝因人而异，但后来谈论时，我们一行人都认为叶城的烤串最好吃。就连不善评头论足的老阿也说"这儿的羊肉可真鲜美"，看来这确实是他对美食的最高褒奖了。

"这才是名副其实的羊肉，只有这样的羊肉才能做出这般可口的烤串。"彻头彻尾的美食评论家老杨用肯定的语调评论道。

说起叶城的肉，我倒想起一个故事来。在法显去世的一百多年后，玄奘出生的一百多年前，即公元519年，北魏有个叫宋云的人也曾到此。《宋云纪行》中曾提到于阗以西千里，莎车之南三百里有朱驹波国，我想必然是现在的叶城无疑。另外，《新唐书》中也有如下记载：

斫具波亦名斫具槃，汉子合国也。

依《宋云纪行》来看，当地五谷丰登，居民以面食为主，虽然也偶尔吃肉，但所食之肉大都来源于死去的动物。可见在一千四百六十多年前，当地人几乎是不怎么吃肉的。这也片面地印证了当时这里的人基本不杀生。

吃饭的时候，他们谈论了很多关于叶城的逸闻趣事。岁月的车轮转过了一千四百多年，不好杀生的当地居民也变成了烹调羊肉的行家，但唯一没有改变的，就是这里的农业依旧富庶如初。

只顾着将羊肉的鲜美大写特写了，其实这里的鸡肉也毫不逊色，而蔬菜更是合我口味。不知不觉中我觉得自己已经吃撑了。

"出发时间大概在三点半到四点……"他们定了一下大概的出发时间，也可能是考虑到让我们能在饭后休息得充足一些吧。

04

出叶城之后，就意味着我们要告别喀什地区而踏上和田的热土了。

"接下来的沙漠可就是正儿八经的沙漠了。"代表喀什一路陪同我们的老杨的这番话，好像是在提醒自己故土渐远，他乡的天空就在眼前。

从叶城出来，沙漠的气息较以前确实浓厚了许多，但好在休息后我们的体力已经恢复，即便接下来将要经历一段辛苦的旅程，但想必也是有惊无险吧。

满是沙砾的荒野被称为戈壁，而颗粒细小的沙原就是通常所说的沙漠。从叶城到和田，一路上既有戈壁纵横其间，也有沙漠横亘千里。泛黄的沙漠中，灰色的大道笔直地延伸开来，仿佛直通天边。

旋风时而卷起黄沙冲向天空，时而裹挟沙粒形成沙柱在大漠中肆虐横冲。有时候，也会看到沙柱旋转着从吉普车前穿过。

"这个没事吧？"我有点胆怯，便不假思索地问起了司机小吴。

"我都是计算着旋风的移动而控制车速的，您就放心吧。"小吴告诉我。

"那都是小儿科，这里的龙卷风能卷起吉普车，不过现在是安全季节。"老阿说道。

"什么时候是危险期呢？"我好奇地追问。

"大概从三月到五月，这三个月的龙卷风十分厉害，可不像现在这样小打小闹的一样。"老阿补充道。

离开叶城两小时后，我们进入了皮山县境内。皮山县也就是汉代所谓的皮山国，维吾尔语音译过来即"固玛"。虽然我们行驶的线路距离县城还有些远，但沿路两旁的农家院落却零星可见。

我们决定在靠近农家的地方小憩一会儿。虽说是略做调整，但也许是在人迹罕至的沙漠中走得太久而渴望看到人间烟火吧，几户农家院落也足以让人放松身心。沙漠绿洲中的居民也经常外出踏上旅途，所以他们十分清楚旅客的心理。而他们热情的待客之道，似乎也是基于自身刻骨铭心的体验吧。

有农家的地方，街道两旁都栽有景观树。这些树不仅仅只有一排，而是两排、三排，甚至四排、五排地站立着。因为考虑到树荫可以为行人提供绿荫，所以面向道路的第一排都是白杨，第二排往后都是桑树。

老阿伸手摘了几颗桑葚，但没嚼几下就吐了出来。他感慨地说道："桑葚已经熟过头了。还是五月好，那时候的桑葚比任何水果都好吃。"

这里的桑树并不是为了采食桑葚而栽种的，茂密而林立的桑树其实正在诉说着这里过往丝织业的繁荣。

丝绸之路沿线的居民总喜欢强调"我们也会做丝织品"，而沿路两旁的桑树似乎也给了他们最为有力的证据。当我们觉得这里只盛产原料时，当地人却予以了坚决的否认。这种否认透露着他们的自尊心，而自尊心又是能量的源泉。至今所看到的农业和工业如火如荼地发展，也许就是他们将无尽能量转化成了源源不断的动力吧。

在树荫下，我们吃着穆沙耶夫主任精心为我们挑选的西瓜和甜瓜。因为只在车子里放了两个多小时，所以味道依然十分甜美。

忽然一阵毛驴的叫声传来，那种奇妙的"嗯昂、嗯昂"的声音，向我们传达出附近可能有人正在忙着农耕的信息。漫长的沙漠之旅后，这样的感觉着实令人怀念。此时，我也即兴吟诵出俳句一首：

夏食甜瓜果，

丝绸之路快乐多，

毛驴叫声过。

因为行程比较紧张，所以我们休息了十五分钟后便匆匆上路了。吉普车开始驶离皮山一带，再次向广袤无垠的沙漠出发。

有时候会看见一两户人家孤零零地坐落在沙漠之中，实在难以理解在这种生存难以为继的地方他们是如何度日的。那时，我就尽量将目光转移到整齐成排的电线杆上苦思冥想——既然我们可以通过毛驴的鸣叫探知人们的生活气息，那么通过成排的电线杆也自然可以领悟到人类生活环境的无边无际。

大约过了两个小时，我无意中看见沙漠中一个身着黑衣的人突然倒在了地上。

"啊，中暑了……"我惊呼，然后催促小吴赶紧过去救他。但那个倒下的人又忽然站了起来。

"他是在做礼拜。"副驾驶上的老阿虽然目视着前方，但仿佛也觉察到了我的疑惑，所以特意解释给我听。

难道他是在向太阳祈祷？沙漠上空的太阳已经西倾，小吴和艾拉夫就像夸父追日一样纵情疾驰。这里既没有红绿灯，也没有交警巡查，所以两辆吉普车沿着塔克拉玛干沙漠南端一路飞奔似的向东行驶。

在沙尘和暑热之间，必须忍受其中一种。也就是说对于到底要不要开窗的问题，思来想去我还是决定强忍沙尘开窗透气。虽然道路没有修整，但毕竟是用沙石铺成的，所以总强过满是黄沙的路。而且两辆车之间保持着一定的距离，所以也没有必要过于担心扬沙的影响。我们的车子在疾驰中，后方会卷起沙尘，但前方绝不会浓烟滚滚，而前面的那辆吉普车和我们的距离刚好可以让他们激扬起来的沙尘稀薄很多。不过迎面驶来的车却会造成巨大的麻烦。于是，我密切注视着前方，一旦有车辆迎面驶来的话，我就会在两车靠近的时候迅速关窗。在这条古老的丝绸之路上，迎面而来的多是运输货物的卡车。

05

"和田就在眼前，看看那些人的帽子就知道了。"老阿告诉我。

听完老阿的话，我注意观察了一下，发现戴着软绵绵的黑色帽子的人还真不少。看来即使是夏季，和田人也依然保持着这样特殊的习惯。

"可真是一派原始风貌呀！"我多少感到有点儿不可思议。

"在他们看来，太阳晒到头顶之前，其热气就会被羊毛吸收掉……确实是一种奇怪的逻辑。"老阿边说边摇头，可见他对和田人的风俗习惯也多有困惑。虽然同属维吾尔族，但在这片广阔的土地上，各处风俗习惯却早已发生了变化。

一路上，我已经习惯了沿途的剧烈颠簸。不一会儿，周围的景物也逐渐由大漠孤烟变为绿洲村落，水田也多了起来，看来和田也是一个水源富足的城市。对于西域诸城来说，其规模大小也许就是根据附近的水源流量决定的吧。

虽然已经过了九点，但暮色尚未西沉，前方的雄伟铁桥依然清晰可见。铁桥坐落在大河之上，桥这边的道路中央竖立着一个指示牌，上面醒目的箭头是一个右行的标志，下面用维、汉两种文字写着"道路施工，请绕行"的标语。

我们的吉普车按照箭头指示方向行驶，后来才知道因道路施工而多走了大概半个小时。和田地区革命委员会的人到桥对岸迎接，只因天色渐暗双方都未曾注意，懊悔不已。虽然桥梁正在施工，但工事大体已经完成，除了载货的重型卡车外，吉普车通行应该是没有问题的，然而我们并没有多想，而只是机械地遵从了路标的指示。

从和田开来的欢迎车在桥对面，所以他们并没有看到指示牌，想着我们肯定会从桥上通过。过了好一阵子没等到我们，他们才注意到对面的绕行提醒，于是急忙打电话跟我们联系，然后重新派车从另一路迎接。这样一来二去，着实给当地平添了不少麻烦。

虽说我刚才写到因为多绕行了半个小时而有些懊悔，但实际上也并非如此。也正因为这样，我才有幸欣赏到近郊农村的样子，后来还为此兴奋了好一阵。吉普车的右手边，大约三米深的水渠正在灌溉，渠堤略高于路面。孩子们脱得精光，一个个从渠堤上"扑通、扑通"地跳进水里痛快地游了起来，俨然一幅祥和的景象。

因为是乡间小路，有时候吉普车看起来几乎都快碰擦到左边的低矮房墙，那时司机会放慢速度缓缓行进，以至于路边的情景都能看清楚——这一家的老头儿坐在阳台上摇着团扇；可能是因为天热的缘故，另一家的老太太将炭炉搬到院子里，看样子正在准备做饭；有一家的母亲正在呵斥着自己的孩子；而另一家年轻的母亲正在哄着自己的宝宝入睡……女人的活动最引人注目，而她们也是平凡生活中的主角。

我们在看着别人，也有人在看着我们。特别是诙谐逗笑的顽童，吐着舌头做着鬼脸，说着维吾尔语，不知道说的是什么。

"真够顽皮的。"老阿说道，同时耸了耸肩，一副很无奈的样子。

其实，这里呈现出来的完全是真真切切、毫无修饰的生活场景，怎么都欣赏不够。虽说是无奈绕行，但沿途却毫无枯燥之感，毋宁说收获颇丰。

过了这条悠长的小路后在平坦大道上行驶了一会儿，我们便看见等在那里的和田接待方的车。

"是喀什地委的车吗？"前方大声询问着。

当地的车在前面引路，此时夜幕已经降临，在幽暗的道路上我们一路紧随其后。

途中，有一座小城灯火辉煌，而且街道林立，我以为是到了和田市区，后来才觉得那里应该是墨玉。

当我们终于来到和田地区招待所时，已经十点半了，从自喀什宾馆出发算起，我们已经走了将近十七个小时。除了中途休息了两个半小时，乘车时间差不多有十五个小时。

"真是辛苦你们了！"

我们坐车虽然比较疲劳，但开车的老司机艾拉夫和小吴要比我们辛苦很多。在叶城县我们小憩的时候，小吴一直在忙着修车，几乎没有休息。对于他们的付出，我无以言表。

"真是辛苦你们了！"我带着深深的感激，由衷地向所有人表示感谢。

古城和田

01

和田古称"于阗"。"其国丰乐，人民殷盛。"公元 5 世纪初期，曾经到访此地的法显在其著作《佛国记》中记录如是。而且据说当时和田僧侣有数万之众，简直称得上是佛教王国了。

法显也曾在此看到过"行像"仪式。和田寺院众多，仅规模庞大的就有十四座。从 4 月 1 日起，十四座寺院依次将佛像请上彩车供众人随行瞻仰。每寺一日，所以行像仪式总计持续十四天。其中，瞿摩帝寺规模最大，且国王最受敬重，故而最先行像。行像所用彩车高约三丈，七宝庄校，悬缯幡盖，金银珠玉，美不胜收。

两百多年后，从天竺求经归来的玄奘路经此地。《大唐西域记》称和田为瞿萨旦那，即"大地乳汁"的意思。传说上古时期，最先统一了此地的国王久久未有子嗣，于是就向毗沙门天祈愿。后来佛陀显灵终得贵子，但却苦于无奶喂养。国王无奈，只得再求灵法。

不久，庭院土地隆起后宛如乳房，乳汁涌出滋养了王子。故事中国王之所以向毗沙门天祈祷，就是因为毗沙门天自古以来便居于此。唐代，掌管和田一带的行政机构叫作"毗沙都督府"，据说也是因此而得名。

古代，于阗王曾用姓"毗沙"，但不知何时汉字表记成了"尉迟"。正如唐长安城中撒马尔罕人取康姓、喀什人用裴姓一样，和田人也一改传统开始了"尉迟"这一姓氏的使用。"尉迟"一姓中有名的人物有住在长安长寿坊的尉迟敬德，作为大唐武将，他曾为太宗出生入死，新旧《唐书》都为其单独列传。此外，尉迟跋质那和尉迟乙僧父子都是名噪一时的丹青妙手。而住在长乐坊中的尉迟青官至将军，同时也是音乐大家。文宗大和年间（公元827～835年），长安的尉迟章也以"善吹笙"广为人知。所谓"万方乐奏有于阗"。在音乐方面，于阗和龟兹堪称西域双璧，为世人称道。

下了吉普车踏入和田地委招待所时，我悠悠地吟诵起毛主席的一首词来。之前在乌鲁木齐机场候机时，我发现这首词高挂在机场候机大厅里，全文如下：

长夜难明赤县天，百年魔怪舞翩跹，人民五亿不团圆。
一唱雄鸡天下白，万方乐奏有于阗，诗人兴会更无前。

这首词是1950年10月为了庆祝中华人民共和国建国一周年，毛主席在北京中南海怀仁堂观看少数民族歌舞晚会时所作的。确切地说，是毛主席作给诗人柳亚子先生的词（即《浣溪沙·和柳亚子先生》）。柳亚子虽然已经作古，但却是中国近代文学史上不可忽视的人物，成就斐然。他还和出生于日本横滨的漂泊诗人苏曼殊（1884～1918年）交好，在其死后帮忙整理年谱。当日的歌舞晚会由西南民族文工团、新疆文工团、吉林延边文工团以及内蒙古文工团联袂演出。其中，西南民族主要是指居住在广西、贵州、云南、四川等地的壮族和苗族，而吉林延边的居民以朝鲜族为主，所以歌舞也旨在彰显朝鲜族特色。

这首词展现了建国初期的一派清新气象。"万方"是指全国基本统一，铺垫了全词喜悦的背景。东至吉林，西到新疆，众多民族齐聚一堂，各类音乐竞相演奏，就连"于阗之乐"也出现在了词句中，好一派热闹的场景。在这样的氛围下，同席的诗人自然是喜不自胜。最后一句的"诗人"当然就是指柳亚子先生。

在这里，我也顺便将柳亚子之词列出，以飨读者：

火树银花不夜天，弟兄姐妹舞翩跹，歌声唱彻月儿圆。

不是一人能领导，那容百族共骈阗？良宵盛会喜空前！

"火树银花"大概是指华灯装饰下，花火漫天的动人场面。除了第四句外，两首词的每一句句末都押同一尾韵，也就是"和韵"。正因为"和韵"有苛刻的条件，所以当场作来十分困难。这首词让诗人毛泽东的形象跃然纸上。每一句词都含义深刻且颇有来历，比如第四句，我自然会联想到李贺诗中"雄鸡一声天下白"的气魄。

李贺是唐代诗人，被誉为"鬼才"。他的诗风格多样，也有"二十心已朽"的颓废唯美倾向。一般人也许认为他的诗作在刚刚诞生的中华人民共和国难受追捧，但对于有着革新思想的弄潮者来说，他们往往偏爱李贺，毛主席就是其一。鲁迅喜欢李贺诗也是尽人皆知，也许是对这位英年早逝但能独具匠心、创作出闪耀诗句的诗人的爱惜吧。

对于我这个久居城市且缺乏锻炼的人来说，此次途中颠簸着实难以消受，但当念起"于阗之乐"的句子时，却感到体内蕴含的力量一下子被召唤了出来。

这就是于阗。《佛国记》《宋云行纪》《大唐西域记》，马可·波罗、赫定、斯坦因、大谷探险队……看到他们的著述和体验时，我曾对这片未知之地充满了疑惑和向往。而今我站在这片土地上，和田再也不是陌生的地方了。

02

和田地区政府副主任阿布热西提、阿提库尔班、脱提撒玛提和艾伦西特意来迎接我们。四人当中，阿提库尔班是位女性，和喀什的阿依哈姆那纤细苗条的身材相比，她显得高挑、魁梧许多。

在白壁的房间内进行简短的交流后，就两天的日程安排进行了沟通。也许是觉察到我们途中多有疲惫，地委同志随即就将我们带到客房入住，好让我们稍事休息后一起用餐。

我们夫妇的客房应该是最高档的，有卧室、浴室和大会客厅；欧式风格的浴缸，有二十四小时热水供应。乌鲁木齐那样的大城市，宾馆一年四季都有热水，喀什虽然也有相关设备，但烧热制暖仅限于冬季。所以在夏季，喀什宾馆会为客人准备一桶热水，客人根据自己的需求加水调温。可能是地处内陆气候比较干燥的缘故，我平时并没有那种强烈的"入浴饥饿感"。然而在穿越沙漠之后就另当别论了，虽说没有潮湿的感觉，但全身沾满了沙尘。

"真想一股脑儿钻进热水里泡个够……"虽然内心十分渴望，但并没有太多期待，不想现在却变成了现实。和在叶城看到桶装热水的心情一样，当这里的浴缸放满热水时，我内心的感激难以言表，而这种心情中蕴含的更多的是久居大都市的人对日常生活的审视和反省。

因为有两小时的时差，所以晚饭开始时已经十一点多了，较平常来说也是一场迟来的晚宴。

阿布热西提副主任是个男人也会为之着迷的美男子。他的相貌很好地继承了雅利安人的优良血统，所以若要谎称他是北欧出身的好莱坞当红小生，初见之人也会信以为真。他看起来三十来岁，待人接物很是随和，但却不失礼节。吃饭时，即使我多次谦让推谢，他仍不断地为我添饭夹菜。看起来如同女中豪杰的阿提库尔班也在陪同，聊过之后，我才知道她是一个以家庭为中心的细腻女性。她的孩子正在汉族班学习，看来昨天刚刚在喀什一中亲历的场景，今天在和田碰到了。如果觉得孩子在家里就能学好民族语言，那就让孩子在汉族班学习汉语，如同留学一般，这对孩子来说无疑是锦上添花的事情。

"其实，和田还真没有什么值得一看的地方。"阿布热西提副主任言语中频露谦虚。

以斯坦因等人探查过的丹丹乌里克为首，和田周边最负盛名的文化古迹几乎都在 20 世纪初期被外国探险家劫掠一空，有幸残存下来的文物也因保存的需要而被运到了乌鲁木齐博物馆。如今，茫茫大漠之中只有古老的木桩依然孤独地矗立着。在乌鲁木齐时，我就听说和田并没什么珍贵的遗迹，如此说来，驱车数十公里去往连道路都没有的荒漠岂不是毫无意义？其实，此行可能就是为了让梦想多一层斑斓吧！那里古时候的样子已经在我脑海里自由地浮现开来，或者说，这也是对追梦的一种执着。所以,我丝毫不会因此而失望。

吃饭闲聊中,听说此次带领我们出去的是个名叫王彬的汉族副主任,他也是学语言出身的。现在正在出差,所以晚上就不过来了。在中国,副总理或副部长往往有多人担任,因此地方政府的副职干部自然也不少。

和田地区的面积有二十二万平方公里,和日本本州大小相当,但人口却只有一百零二万,即便如此,这也比中华人民共和国成立前的六十二万有了大幅提升。在我看来,这里的"地区"相当于日本的县,那么阿提库尔班和英俊的阿布热西提副主任就相当于日本的副知事了。

和田的饭菜和我们白天在叶城吃的午餐形成了鲜明对比。叶城的烤串是"骨肉相连",有一种江湖豪杰大块吃肉、大碗喝酒的感觉,而和田的肉却切得很考究、很细腻,更在于以品质取胜。如果一盘不够,那么多盘也能管饱。

晚饭之后的冰棍儿在盘子里如同小山。在和田期间,每餐如此。

那天晚上,头一挨枕头便熟睡了过去。第二天早晨醒来,才发现自己躺在了床上。

03

早上起来脊背疼痛,我还以为是睡眼惺忪时的意识障碍,但耸了耸肩、扭了扭腰之后才发现疼痛是真实的。

"你也疼呀?"妻子问道。她这么一问,我反而放心了一些。看来她和我一样,都是坐车过于疲惫,其实并无异恙。

"我比你大五岁,可都没有你那么矫情。"我逐渐恢复了过来,便有意抖起了威风。

"我被你们夹在中间，是最难受的。没有扶手，颠簸的时候只能把身子挺直，双腿使劲儿前蹬。"她反驳我。看来还是儿子毫发无伤，二十五岁的他真不愧有一股少年拼劲儿。

"辛苦了！"吃早餐的时候，老阿问候我说。

"其实辛苦的是您！"我回答说。

像老阿这样久在戈壁生活的人，我相信昨天的经历对他来说不在话下。由于对丝绸之路抱有太多的憧憬之情，我们一行才特意驱驰来到此地。如果我们不来这里，他们也就没有必要穿越近六百公里的沙漠戈壁为我们做向导。所以，我对老阿等人充满了愧意。

这天，我们计划参观丝绸厂和地毯厂。其实在喀什滞留的那一天，我们就参观过类似的厂房，坦率地说，和田的工厂各方面都更胜一筹。正如工厂定名为"缫丝厂"那样，喀什目前只生产生丝，绢匹生产尚在筹划之中。而和田的丝绸厂于中华人民共和国成立后的第二年成立，要比喀什的缫丝厂早建十年，绢匹也早在 1965 年就开始量产。

二十七年前，这座丝绸厂建立伊始，那时的工人主要来自两大丝绸产地的苏州和杭州。现在的工人是他们的子女一代，已经成了地地道道的新疆人。与喀什工厂拥有三百零六名工人的小规模相比，这里的工人几乎是其五倍，多达一一千五百余人。

令和田丝绸厂倍感荣耀的是，他们在 1965 年迎来了周恩来总理的莅临。周总理在陈毅副总理的陪同下视察时，这里的绢匹生产刚刚拉开帷幕。在这之前，这里的状况和目前的喀什一样，只是一家生丝工厂。多年的不懈奋斗让他们迎来了产业升级的机会，也在这希望燃烧、万象更新的岁月中迎来了敬爱的周总理。我想，十二年前周总理的到来，定然已经被工厂传为了佳话，并不断激励着后人。

工厂场地很大，工人的表情也十分悠然。这种悠然并不是说随意旷工，而是一边工作一边面带微笑地对我们的参观表示欢迎。

参观期间，我们还被带到了一处可容五百人的接待室。那里就像一座大讲堂，和工人聊过后才知道，这是他们开会的地方。当然，歌舞、相声表演也会在此举行。舞台上面，如今正展示着工厂的产品。

厂区内部还设有员工住宅。现在正值夏季，院子里孩子们欢快的身影最为引人注目。厂区内的黑板上，按惯例依然写着维、汉双语，彩色粉笔绘就的椰子树点缀其上。一列"台湾同胞是我们的骨肉兄弟"的标题十分醒目，表达了对我的欢迎之意。

刚刚出差返回的和田地委副主任王彬先生今天专程为我做向导，阿提库尔班则和我的妻子相谈甚欢。王彬先生似乎对和田的事物无所不知，是一个耿直且精明能干的领导。对于到访的地方，他都是认真地补充介绍相关情况，并细心地倾听我的关注点、心得和疑问。承蒙他无微不至的关怀，我在和田期间几乎没有留下疑惑。

和田地区下辖皮山、墨玉、和田、洛浦、策勒、于田、民丰七县，共五十八个公社、八个国有农场和一千二百个生产大队，灌溉水渠绵延八千五百公里，这样的数字对于在城市长大的我来说简直闻所未闻。此外还有大坝五十三座、耕地面积二百九十万亩、造林面积二十二万亩、桑树种植面积七千亩。算上沙漠在内，和田地区幅员辽阔。中华人民共和国成立初期，这里几乎没有一辆汽车，开会时较远地区的干部也只得骑着毛驴用一周的时间赶过来。现在各县、各公社都配备了公交车和吉普车，无论多远，一天之内都可赶到市区。

和田地区有十个民族聚居，人数总共一百零二万，要从当地选出二十七名人大代表，其比例大概是四万分之一。虽然在总人口中，维

吾尔族占据多数，但在皮山县的六百五十六名塔吉克族之中，也必须
选出一名人大代表。这里的省和自治区一级的人大代表就相当于日本
的县议员。关于大体相当于日本国会的全国人民代表大会，我之前略
有提及。全国人大代表如果根据人口比例来选，那么代表基本都会是
汉族，所以选举法规定必须保障每个少数民族都有自己的代表。

04

　　走出招待所大门，残垣断壁的城墙依稀可见。近代以来，为了保
障交通顺畅，大部分城市的城墙都被拆除，但也有像西安城那样作为
历史遗迹被留存下来的地方。不过，眼前看到的和田城墙似乎是嫌麻
烦而没有被彻底拆除。原先的土城城壁相连，傲视过多少成败烟云，
而如今半拆不拆的样子就像停工的工地一样，着实大煞风景。

　　由于清朝实行隔离政策，所以和田地区的维吾尔族和汉族也是分
地而居。两地之中只有汉城建有城墙，回城倒是一如往常。此外，和
田在西域诸城中规模也比较小。和其他城墙一样，为抵御外敌而建的
和田城东临玉龙哈什河，西接哈剌哈什河（二者都是护城河），北临
塔克拉玛干沙漠，南靠昆仑山脉，真是一处要害之地。在危急关头，
城墙可以用来躲避兵乱，但一般情况下，普通民众还是大多住在城外。

　　看到城墙，我想起了金戈铁马的战争往事。根据和田的古老传说，
阿育王统治时期，印度北部的塔克西拉国贵族被发配至此，几乎在同时，
东土皇帝的一个儿子也被流放至此，后者在交战中取得胜利，控制了
该地。由此可以得出三点结论：和田自古就是东西交流的枢纽；双方
统治者都是"遭受流放的人"；来自东方的流放者最终统治了这里。

这片水源丰茂、热闹和平的绿洲城市也曾屡遭战乱。因为历史年代久远，和田的历代王城频繁变迁。东汉时期，遭到莎车王贤攻袭并占领的于阗城也许不是现在的和田市区。也许公元 1 世纪的往事被历史的尘埃掩埋太久，我们的脑海只能残存一些模糊的记忆。

在百年前的清末大乱，这些城墙确实像是一座坚实的壁垒，发挥着保境安民的作用。太平天国时期，清政府无力征伐，于是广征强悍的回族士兵。之后，盘踞在陕西的一群回族士兵想要抢夺某个村子的竹子用以制作竹枪，但被竹子的主人发现了，他找来帮手，双方发生了厮杀，引发了大乱。那次反乱，以白彦虎、马化隆、马占彪等人为首。后来，马化隆兵败被俘，马占彪归顺清朝，白彦虎则从甘肃逃往了新疆。"盗竹"事件发生在 1862 年，马化隆被捕处死却发生在 1871 年，由此可见反乱之久，影响之恶。

南疆的事态也不容乐观。1864 年，南疆的首领马潍拥立和卓家族的黑山派后裔拉施德丁为王，在库车竖起了反清大旗。随后，阿克苏和乌什投靠过来，其他各地纷纷作乱。

驻守莎车的清朝参赞大臣是个优柔寡断之辈。在暴乱之前，他就打算采取尽数剿灭的镇压政策，但是再三犹豫后，反而让自己成了刀俎上的鱼肉。当时，虽然喀什已经落入金相印之手，不过汉城仍旧有清朝守军拼死坚守，叛军久攻不下，于是便向浩罕汗国求援。

浩罕汗国中有一位失意的将军，他就是阿古柏。那时候，阿古柏正在担任浩罕汗国北部要塞防守要务，后来遭到沙俄进攻而败走。

克里米亚战争结束之后，沙俄对中亚的觊觎之心逐渐昭然若揭，托克莫克、塔什干都落入其手。后来，浩罕汗国、布哈拉、希瓦也相继被其占领。在这种背景下，与沙俄交战的阿古柏感觉前途渺茫。恰在此时，亡命浩罕汗国、自称和卓家族后裔的预言者向他抛出了橄榄枝，邀请他进入喀什。这个预言者就是布素鲁克汗，其父亲张格尔曾遭人背叛，押送到北京后被凌迟处死，尸体被喂狗了。父亲惨遭横祸，布素鲁克汗对清朝自然是恨之入骨。但自己作为亡命之徒，手中并没有什么兵权，因此他频频鼓动阿古柏进攻喀什。

除了布素鲁克汗之外，英国担心沙俄南下威胁其在印度的利益，所以希望喀什地区有股势力能够对沙俄形成牵制，于是也想将阿古柏引为后援。战争的经过我们暂且省略。后来，阿古柏果然于1866年攻陷和田，同年又攻下了库车。布素鲁克汗因想夺取实权，阴谋败露后被阿古柏流放到了麦加。其实，阿古柏绝对不可能为了和卓家族出生入死，他只是想在新疆建立独立王国而已。紧接着，阿古柏的势力绵延到了天山南路，库尔勒、吐鲁番接连失陷其手，兵锋直指乌鲁木齐。

就在阿古柏肆虐新疆之时，清政府起用左宗棠，命其平叛。在经历了一系列征伐和交战之后，阿古柏兵败，于1877年在库尔勒自杀。当时，正好是其出兵进攻喀什的第十三个年头。

阿古柏也好，清军也好，他们都奉行"杀光"的铁血政策，给这里留下了深深的伤痛。阿古柏将浩罕汗国的风俗引入新疆，并强制推行。起初建立起来的团结一时间化为泡影，除此之外，回族内部的新旧教派之争极为惨烈。

05

在阿古柏征战新疆期间，和田城中还住着一个名叫别克·尼亚斯的实权派人士。在阿古柏势力强盛之际他蛰伏待机，但阿古柏死后，其子伯克·胡里结集其残余势力，利用阿古柏从英国购来的大量武器继续负隅顽抗，并趁机占领了莎车。后来，伯克·胡里继而率领五千骑进攻和田，别克·尼亚斯不敌败走，投降了阿克苏清军。

伯克·胡里早就看中了和田这个夹在两河中间的要害之地，并曾将大本营驻扎于此。不过，老巢喀什情势突变，伯克·胡里只得将家族留在和田，自己率兵驰援喀什。当时，清军将领刘锦棠正整军阿克苏，意欲收复喀什。清军三路齐发，以伯克·胡里为首的阿古柏残党尽皆逃往沙俄。

清军于 1877 年收复喀什，第二年，清军将领董福祥收复了和田。和田之战其实并未费吹灰之力，因为那时伯克·胡里已经弃喀什逃走，但他的孀妻、子孙等都以大逆之罪惨遭处死。

从乌鲁木齐到喀什首次经停的库尔勒便是阿古柏的自戕之地，距今正好百年。百年——好似遥远的过去，又像恍如昨日。1877 年是明治十年，也是西南战争发生的年份，日本人的传统发髻也大约从那时开始逐渐消失。

当时新疆各派之间的征伐其实都能看到列强的影子，而阿古柏身后的支持者就是英国。只不过他没有一边倒，最初也派使者结好沙俄，以换取外援。沙俄向来善于见风使舵，并没有真心援助阿古柏的意思，他们只是想借机牵制英国的势力而已。日俄战争时期的俄军总司令库洛帕特金，在当时只不过是个大尉军阶的二十多岁青年，他曾作为使者来到阿古柏军营。年轻的库洛帕特金大尉仅仅带来了沙俄的口头承诺，最终并没有提供实质性的军事支援。

原因何在？其实阿古柏本就不是清军的对手。1868 年，沙俄自称为布哈拉的保护国，1873 年又征服了希瓦，紧接着在 1875 年侵占了阿古柏原先所在的浩罕汗国。沙俄自然是希望这些国家都在战败的挫折中一蹶不振。如果阿古柏战胜了清军，也许就会给他们精神鼓舞，从而容易引发叛乱。所以从大局来看，沙俄不可能希望阿古柏取胜。此外，阿古柏的身后有英国支持，阿古柏的胜利也就意味着英国势力在新疆的大肆蔓延。在沙俄眼里，比起难以对付的英国，元气大伤的清王朝似乎才是软柿子。

给新疆留下战争阴云的，除了英国和沙俄，日本也起着间接作用。1874 年，左宗棠正欲整军开赴新疆之际，日本以琉球漂流民被杀害事件为由命西乡隆盛远征中国台湾。对此，李鸿章派驻守陕西的刘铭传部队移军南方。后来，李鸿章和大久保利通会谈，清政府以五十万两偿金息事宁人，但协防南面的刘铭传没能回到陕西。因此，以左宗棠为帅、以刘铭传为骨干的远征军开赴新疆的时间至少比原计划晚了半年。

这些事件都和世界现代史紧密相关。

从招待所出来的时候，我望了望残损的和田古城墙，感受到了这段历史好像就在我的血管中流淌，而且时不时地激越翻腾着，下意识地压抑时反而会觉得痛苦窒息。

听了阿提库尔班的建议，我们决定继续到地毯厂参观。虽然之前在喀什也参观过类似的厂房，但这里的规模要更大一些。这里的绒毯之前都是手工制作的，不过听说明年将尝试性地引入一些机械设备。一般的绒毯都是羊毛制成的，但也有一种为绢织。欧洲人喜欢绢织绒毯，而日本人似乎仍旧对羊毛绒毯情有独钟。

新疆的绒毯制造可谓历史悠久，和田地区民丰县的一座东汉古墓中就曾出土过绒毯残片，算起来也有近两千年的历史了。

晚上，当地为我们在招待所大厅安排了欢迎晚会，演出者是驰名和田的新玉文工团。1965年，周总理来和田视察工作的时候，将该地的歌舞及相关文化工作团体统称为"新玉"。其中，"新"意为新疆将迎来新时代，"玉"乃和田玉，自古便是当地的特产和象征。此外，"玉"还有另一层意思，那就是在新时代的打磨下将愈发亮丽光彩。

和喀什电影院的专业节目相比，这里的表演相对少一些，也业余一些。不过，儿童节目倒是不少，其中有一首女生小合唱《周总理来到丝绸之乡》尤为引人入胜。

06

7月29日的参观只安排了半天。我们去了跃进人民公社，那里有许多树高冠大的核桃树。参观了一圈后，野外大宴已经准备妥当。说是野外，其实用餐地点就是公社的庭院，院子里铺上绒毯，也有载歌载舞的欢愉场面，之后便是一盘盘丰盛的午餐。烤串、羊肉、馕、奶酪以及各色鲜美的水果，真是令人大饱口福。虽然已经吃了不少，但维吾尔族的朋友们仍然频频劝我多吃。"热情好客"大概就是如此吧，而我又是一个不善推却的人，所以我和妻子都吃撑了。儿子拿着相机随时捕捉着欢乐的镜头，倒是躲过了多次劝吃的盛情邀请。

老阿热情好客，在这种场合中大显神通。后来我学会了几个要点：第一就是吸烟，如果右手夹烟，在烟抽完之前就不会有人劝吃；第二是手抓羊肉送到嘴里后要细嚼慢咽，也就是说，手里只要拿着吃的东西，对方便不会再劝吃。当然不仅仅是羊肉，手捧茶杯也可应付一二。可惜的是，发现这些时为时已晚，自己早已吃得撑肠挂腹。

"太饱了。"我说。

"那就再吃点儿甜瓜吧，这个再怎么吃都不会撑着的。我可从来没听过吃甜瓜会吃坏肚子的。"劝吃之言依旧没有停下来。

宴会之前，循例还是先行"献礼"。我推脱不过，只得跳了一曲带有阿波舞调的维吾尔族舞蹈，貌似也颇受欢迎。就连地委的司机师傅都学着我跳起来，收获了很多喝彩声。

"你还真有两下子。"妻子说道。其实她不说我也多少有些自信。

在这里，我第一次见到了一种比乌冬面稍宽大一点儿的面状油炸食品。由于牙口不好，所以没敢尝试。据说吃起来起初会觉得惨淡无味，但越嚼越有后劲儿。当时自己没能尝上一口，想来还真有点儿遗憾。

下午在招待所，和田地区师范学校教师殷晴女士向我们介绍了和田的历史。她告诉我们说，《大唐西域记》中就记录了唐朝公主嫁给于阗王的时候，曾将春蚕藏在帽子里面的故事。后来，这样的故事也逐渐融入了壁画之中。从汉到唐，丝绸都是重要的贸易产品，其制作方法乃是机密。就连皇帝的女儿也要经过严格的搜身，所以只能将蚕藏于帽中。这种甘冒风险将"娘家的企业机密"传到夫家的大胆之举，大概已被当地传为美谈。

接着，年龄稍长的储清元女士为我们讲述了现在和田周边的养蚕情况。据她推算，现在和田地区的桑树已经达到五百七十万棵。

丝绸之路之行，我们到过很多维吾尔族家庭和人民公社，品尝过各类美味佳肴。除此之外，在哈萨克族包（类似于蒙古包）的访问也是趣事一件。

从和田回到乌鲁木齐的第二天是 7 月 31 日，星期天。从乌鲁木齐驱车约一个小时，背靠南山的地方有一片草原。我们来到那里，看到远处有几个可以移动的毡帐——哈萨克族包，脑子里顿时浮现出了游牧的场景。不过仔细看看那一个个撑开的帐篷，才发现这里原属东红人民公社。需要补充说明的是，东红人民公社下辖四个生产大队和二十二个生产小队，人口大概有七千五百人。公社社员除了哈萨克族人之外，还有汉族、回族、鞑靼族以及乌孜别克族等多个民族的人。

帐篷的主人名叫卡达尔·别克。为了招待我们，他特意宰了一头羊。在烹饪方面，他们的做法和维吾尔族不同，只是以盐入味。

我们围坐在一起，面前摆着菱形干面包状的食物。我们一边慢嚼，一边喝茶。哈萨克族十分喜欢这种用纯牛（羊）奶制成的奶茶。过了一会儿，众人期待的带血羊肉端上来了。没有筷子，只能用手抓。肉已切成块状，但块头很大。羊肉刚端上来的时候，众人都静静等待。只等主宾用刀切掉羊耳之后，宴席才算正式开始。我作为主宾，带血的羊头自然看得清楚。卡达尔·别克将小刀递给我。不知道是小刀锋利还是羊耳柔软，稍一用力便大功告成。

吃完饭后，听说附近的一个帐篷中正在举行婚礼，我们决定前去观看。

南山真是个好地方，有飞流直下的瀑布形成的溪流流经此地。因为是周日的缘故，来自乌鲁木齐的游客蜂拥而至，在这里欢乐地野炊。此外，几座颇具欧洲风情的疗养地赫然屹立。在离疗养地不远的草原上，正在举行哈萨克族婚礼上的赛马和刁羊游戏。

赛马的第一波参与者是少年，接着才是年轻男女的骑马表演。小伙子可以随意向姑娘说诙谐逗趣的俏皮话或者表白爱慕之心。不管如何，姑娘都不能表示反对，只能默默地听着。到了指定地点，在往回折返时，为了报复小伙子的调戏，姑娘便举鞭策马追赶小伙子，如果姑娘追不上，就算小伙子走运；如果追上了，姑娘就会举起马鞭，在小伙子头上频频挥绕，甚至雨点般地抽打下去。不过，要是姑娘对小伙子怀有好感，那马鞭就会高高举起，轻轻落下。不管怎样，小伙子绝不能还手。

刁羊就是指两个队争夺切掉头、除却内脏的羊体，跟骑在马背上打橄榄球一样。

哈萨克族也非常好客，只不过在表现方面没有维吾尔族那样细致入微。这也许就是从事农业及商业的维吾尔族和主要从事畜牧业的哈萨克族之间的区别吧，哈萨克族更多体现出的是一种男性雄壮之风。

07

按照计划，我们将于 7 月 30 日告别和田。由于很早就要出发，前一天晚上，老杨和司机艾拉夫就已来到了我下榻的宾馆和我告别。他们告诉我，这次不用像来时那样乘坐吉普车风尘仆仆地赶路，中途还可以在叶城小住一天。听完这样的安排，我也舒了一口气。即便是对经常跑长途的老司机艾拉夫和土生土长的老阿来说，一日之内走完喀什到和田的路程也是首次体验，当然也是辛苦异常。

航班起飞时间是在下午，所以当天早上我们趁机去参观了手工业作坊。那里陈列着古时候的丝织品，确实令人叹为观止。此外，和田玉原石采自发源于昆仑山的河流之中，这里只做原石的打磨等工序，深加工地点则主要在北京、上海等地。

早晨，我睁开眼看了看窗外，天气不由得增加了我的忧虑。传说中几乎不下雨的地方，却突然阴云密布。可能是来的时候坐着吉普车摇摇晃晃，回去的时候也对飞机的颠簸产生了些许恐惧。

"天气不太好，飞行期间会不会特别颠簸呢？"我有点儿疑虑。

"今天肯定会放晴的，一会儿说不定就是飞行的绝好天气。"王彬先生笑着安慰我。

"可是，乌云这么厚，恐怕……"我看了看天空，依旧难以释怀。

"不，其实那不是乌云。昨天晚上狂风大作，沙漠中的沙子被大量卷入空中，现在那些沙子正在往地上降落，所以看起来很像云头。"王彬先生向我解释道。

仅仅在和田住了三天，离别终令人惋惜。在机场送别的时候，阿提库尔班和我的妻子相拥而泣。不管到哪里，人与人之间的羁绊都是相似的。

我们乘坐的是一架中型飞机，途中将经停阿克苏，在穿越天山后飞往乌鲁木齐。飞机上的广播提醒我们，从和田到阿克苏会横穿塔克拉玛干沙漠，飞行距离为四百二十二公里，然后由阿克苏飞越天山再到乌鲁木齐，还需飞行六百四十二公里。

从天空俯瞰，塔克拉玛干沙漠浩瀚无边，银白色的天山山顶气势雄伟。吉普车通过的那条架设铁桥的莎车河，不知在这片浩瀚的沙漠中隐遁到了哪里，但我绝不相信它会消失在我的视野中。这种高空俯瞰或者说宏观扫视自然，和在地上行走时完全不同，我可能是错过了它的倩影。

来时在地上疾驰，归去在空中飞行——我忽然觉得来回方式的不同似乎反而恰巧相得益彰。

丝绸之路上的风光、历史、现状，还有风土人情，都如此令我难以忘怀。飞机上，我几度思绪难抑地发出声来：

"再见，丝绸之路！再见，丝绸之乡！"

第三部分

东西方的碰撞与融合

库车迷思

01

"Kuqa"这个地方现在被称为"库车"，但在《汉书》《后汉书》等历代史书中都被记为"龟兹"。在唐朝三藏法师玄奘所著的《大唐西域记》中，则称其为"屈支"。

对我而言，这个地方别有一番魅力。这里自古就是歌舞、音乐的胜地，"龟兹之乐"确实别具风格。即便是现在，新疆歌舞团的骨干成员也大多来自这里。不过，龟兹的魅力不仅仅源于音乐和歌舞。

一般来说，强烈的新奇色彩大抵都深含着诸多的未知感。如果对万事万物都无所知，一切探求都靠推测，那么新奇就不具备吸引力。但是，如果在事实尚未全部明晰的情况下能了解一二，我的想象力便会被悄然唤起，这便是猎奇意识。比如说关于邪马台国的位置问题，大和说和九州说争议未定，虽然整体情况尚如迷局，但却引发了广泛关注，究其原因，大概就是由于《魏志·倭人传》中有相关的记载。

古代库车到底有什么民族居住尚未可知，但现在居住的都是维吾尔族。维吾尔族属于土耳其系，不过在玄奘法师历经此地的7世纪时期，这里却是雅利安人的聚居区。据说从9世纪中叶开始，这两个民族才开始在此杂居。

对于古代库车的原住民是否是雅利安人这一疑问，一般人都无意太过关注，而我却愿闻其详。语言文字可以准确地传递出当地的文化信息，所以这里曾经出土的由斜体婆罗米文写成的历史资料，与《魏志·倭人传》具有同样高的文献价值。这种语言被称为吐火罗文。曾出土的由古土耳其语翻译的《弥勒下生经》的后记部分就有关于"经文由印度语译为吐火罗语，再由吐火罗语转译为土耳其语"的记载。

在其后的研究中，我们可以了解到"Tokhara"（吐火罗）曾读作"Toxri"，虽然两者在命名上存在差异，但不能否定二者之间的内在关系。吐火罗在中国文献中也曾被写作"睹货逻"，包括今阿富汗北部、塔吉克斯坦和乌兹别克斯坦的一部分，相当于曾经的大夏国，即当时大月氏被匈奴驱逐而不断西迁时征服的区域。

吐火罗文有两种方言体系，一般在焉耆地区被称为吐火罗A系，而在库车地区则被称为吐火罗B系。研究吐火罗语的人应该知道，这种语言是雅利安语的分支，属于印欧语系。当然，印欧语系又可细分为颚音类和咝音类两类语群。其中，印度语、伊朗语等属于咝音类语群，而希腊语、拉丁语、日耳曼语等则属于颚音类语群。

天山南路的库车在地域上比较靠近印度和伊朗，在语言上也借助了印度西北地区的婆罗米文字，所以一般人都会觉得它应该属于咝音类语群，但实际上并非如此，库车地区的语言属于颚音类语群。库车地区的语言就像大海中的孤岛一样，在咝音类语群中别具一格。

语言并非无缘无故地从远处飘来，而是和民族的迁徙息息相关。吐火罗 B 系语让我们对古代库车人产生了种种猜想：他们到底来自何方？又是通过怎样的路径来到天山南路的？为什么和他们同属一系而使用希腊语、拉丁语等的民族却都在遥远的西方？

莫非他们是亚历山大大帝远征军的后裔？亚历山大远征军曾在锡尔河南岸建立了埃斯哈塔亚历山大里亚城作为其最东北处的军事据点。锡尔河北岸，斯基泰人在那里安营扎寨，对亚历山大大帝的霸业构成了最后的威胁。据说斯基泰人使用东伊朗语，他们的势力范围从黑海北岸延伸至乌拉尔山脉周边。既然西方和库车之间存在咝音类语群的阻隔，那么古代的库车人又是如何实现语言的跨越的呢？

其实，我们被希腊语和拉丁语的光辉所迷惑，容易产生一种先入为主的错觉，认为古代的库车人肯定来自西方。汉初，西域东部有个谜团一样的月氏国。关于其国人种，有土耳其系、西藏系、伊朗系等观点，众说纷纭，莫衷一是。此外，也有人认为月氏人使用的语言就是吐火罗语。如果古代库车人来自月氏大本营敦煌的假设成立，那么刚才我们的诸多疑问就会迎刃而解。

话说回来，比起清晰的历史脉络，那一团团未解之谜才是吸引我们来此一游的真正原因。也正因为对库车地区吐火罗语的兴趣，我才觉得这是一片引人入胜的土地。

02

从乌鲁木齐到库车，乘坐小型飞机需要两个小时。

在库车机场，我看到了两年前就曾见过的熟悉面孔，他们的到来让我倍感温馨。两年前我只是途经此地，而今首次游历，难免令人兴奋和充满期许。

到达库车的当天，我们就马不停蹄地参观了历经汉、唐风雨的龟兹古城遗址。说是城址，实际上只不过是座高约七米、长约二百米且断断续续的土丘。

站在这残损的城墙上极目四望，周围的高粱地广阔无垠。库车县城也距此不远，从招待所到这里只有二十分钟的车程。

古城遗址往往能够催发人的怀古之情，但这座隆起的土丘却非常缺少让人追思的韵味，只有当风吹起的沙尘在空中飞舞时，才能约略感受到历史的气息。

风卷沙尘的味道古今未变，而汉代的库车却留给后人太多的迷思。

关于库车的文献记载始见汉代。虽然在此之前，库车早已经历了悠久的文明，但相关往事也只能依靠推测来展开遐想。作为沙漠绿洲之国，依靠自力更生而谋求太平自然十分困难。频繁往来于此的商队鱼龙混杂，要保障自身安全，就必须依靠强大的域外势力，月氏最有可能扮演这样的角色。

有文献可考之前的库车，要么臣属于月氏，要么是月氏所辖的一个地方政权。对此，《史记·匈奴传》中匈奴单于写给汉朝皇帝的书信有话可证：

以天之福，吏卒良，马强力，以夷灭月氏，尽斩杀降下之。定楼兰、乌孙、呼揭及其旁二十六国，皆以为匈奴。

匈奴击破月氏之后，才平定了西域诸国。由此可以想象，在此之前，西域诸国应该基本上都在月氏的势力之下。因此，似乎也可以推定古代的库车人就是月氏族。

始月氏居敦煌、祁连间……

对于《史记·大宛列传》中的上述记载，很多人提出了质疑。他们认为，敦煌和祁连山一带十分贫瘠，缺少绿洲和良田，以这样的地盘为根基而力压匈奴，并曾经让匈奴王子冒顿单于（公元前209～前174年在位）入朝为质，简直令人难以信服。不过我倒觉得以敦煌和祁连山为大本营并非没有可能，只是其统辖范围不仅局限于此罢了。前面提到，匈奴击破月氏，然后尽收西域诸国。这一点也可以作为月氏势力范围不仅局限于敦煌、祁连的佐证。这和"日本人居奈良"的道理一样，奈良固然全是日本人居住，但除奈良之外，其他地方也不乏日本人。

月氏将产于西域的玉转运到中原，其自身也储备甚多。《史记·廉颇蔺相如传》《淮南子》《韩非子》等书中都有关于"和氏璧"的记载。在日本，"和氏璧"的习惯性读音为"カシノへき"，其中，"カシ"所对应的日文是"呂氏"或"禺氏"。

该玉产自昆仑山，取自和田附近的河流。分别流经和田东西的玉龙喀什河和喀拉喀什河就以盛产美玉而驰名。

在现代汉语中，"玉"读"yù"，"禺"读"yú"，"于"和"禺"的发音相同，也念"yú"，"月"的发音则为"yuè"。月氏和玉渊源深厚，提到月氏，中原人首先就会想到美玉。虽然月氏所在的敦煌并非玉石产地，但却处于交易的要冲，执玉石交易之牛耳。

自西域运往中原的美玉，往往用来交换丝绸，所以丝绸必然向西流转。既然是交易的要地，那么就必须保障交易区域的安全。

到了汉代，由于骏马在作战中发挥的作用愈发重要，所以西域输往中原的商品中宝马名驹也赫然在列。大宛是名马的产地，当地有一种宝马奔跑起来汗如血流，名曰"汗血马"，为汉将所垂涎。据说李广利远征大宛，就是为了获取这种宝马。

丝绸、美玉、宝马等商品都需要在绿洲之国中转才能运往目的地，而库车自古就是交易路上的要塞之一。

月氏战败后，匈奴掌握了西域的交易命脉，后来汉朝又屡次兴兵将匈奴逐出。霸权易主自然是因为汉朝国力强盛，同时匈奴内讧也加速了这种局势的形成。

虽然他们告诉我这是"汉唐城墙的遗址"，但光是汉朝，西汉和东汉加起来也有四百多年的历史。如今面前这座如同废墟的城墙，其具体建造年代自然是难以得知。

神爵二年（公元前60年），匈奴日逐王投降汉朝；第二年，汉朝设西域都护。不过，此时的西域都护驻地位于库车以东，即现在的轮台县乌垒城。东汉时期，班超平定西域，龟兹城始设西域都护。永元三年（公元91年），龟兹王率临近的姑墨、温宿等国向班超开城投降，同年12月，班超即以西域都护的身份驻留龟兹。同时，东汉王朝废龟兹先王而立白霸为新君。

虽然龟兹城于公元91年设西域都护，但并不能说明这座城墙就是当时所建的。早些时候，龟兹虽然也有匈奴作为后援，但其单凭一己之力也可长驱西南而进攻疏勒，并将本国人兜题立为疏勒王。作为驰骋西域的强国，龟兹很可能早就在其国都修建了坚城壁垒。

身任西域都护之后，班超随即开始以铁腕政策经略西域。他率龟兹等八国的七万之兵，攻陷了焉耆、危须、尉黎等负隅顽抗的国家，并于永元九年（公元 97 年）派部下甘英出使大秦（即罗马）。当时西方的丝绸贸易都以伊朗地区的安息国为中转地，而对于安息以西的情况，汉朝尚不清楚。班超遣使甘英，既有弥补信息不足的目的，也有跳过安息直接和罗马通商的愿望。

如果没有较为可靠的信息，一般也不会断然派使者前去，可见公元 1 世纪时期物华天宝的罗马帝国，其繁荣程度几乎已经确切地传到了遥远的库车。虽然当时的东西方交易路途遥远且困难重重，但信息交流绝不可能是完全闭塞的。

03

甘英一行跋山涉水，首先来到了条支（即叙利亚地区），然后准备穿航地中海赴罗马，但恰在此时，他却听到了不愿见到汉朝和罗马直接通商的小人的恫吓之言：

> 若经此海，顺风须三月，逆风需两年，通行者还需备足三年口粮。此外，海中有妖怪，常食人。

听到这样的惊悚之言，甘英放弃了前行，返回原地。回到城中的甘英，将蔚蓝的地中海风情告诉了班超，引起了班超等人对罗马的无限遐想。大概也是从那个时候开始，班超的思乡之情让他陷入了无尽的忧伤之中。他虽然心系西方的罗马，但东方更令他牵肠挂肚。因为，那里有他的故土、有他的家。经略西域三十载，班超已经到了古稀垂暮的年纪。也许是希望在有生之年能够回到让他依恋的故乡吧，他决定给洛阳朝廷奏疏请愿。

臣不敢奢求再回古都洛阳，但愿死前踏上河西之酒泉。望陛下矜愍愚诚，许臣在大汉之地酒泉望乡阙拜，臣平生之愿足矣。

不知是他感受到了体力的衰弱，气力不支，还是疾病缠身，年迈的班超望乡之情溢于言表。

班超之妹班昭（公元 45～117 年）在宫廷中教授皇族女性文笔德行。所谓近水楼台，为了成全兄长的眷眷之情，她四处活动。功夫不负有心人，皇帝批准了班超的乞归之愿。

永元十四年（公元 102 年），戎马倥偬的老将终于踏上了日夜挂念的洛阳土地；第二年 9 月，班超与世长辞。

班超生于文学世家。继《史记》之后的史家巨著《汉书》就是其兄班固的毕生心血。班超虽然也精通文笔，但他厌倦了在衙门里的写写记记。他觉得到头来自己也只能做个刀笔小吏，所以步入中年的班超决意投笔从戎。

大丈夫无它志略，犹当效傅介子、张骞立功异域，以取封侯，安能久事笔砚间乎？

就这样，班超即以远征西域为平生之志，身份也从文士一跃成为武官。最初，他虽然只是假司马这样一名下级官吏，但他素怀雄心、智勇兼备，所以很快崭露头角。"不入虎穴，焉得虎子。"这个连日本人都了然于胸的谚语便出自《后汉书》中的班超故事。

在窦固将军麾下效力时，班超曾率三十六人出使鄯善国，即楼兰。该国臣服于东汉王朝，同时又听命于匈奴。其实，夹在两大势力之间、互不得罪也是西域小国迫不得已的求存之策。关于这个故事，前面已经说过，不再赘述。总之，鄯善王迫于班超之威，约定和匈奴绝交，并以王子为质以昭其对汉朝的不贰忠心。因为出使之功，班超从假司马晋升为司马，开启了他日后腾达的大门。

能想出先发制人的妙计，可见班超之积极敏锐；投笔从戎志愿远征，足见其果敢担当；后来遣使罗马，也承袭了他一贯的伟略之风。

其实，东汉王朝能想到结好罗马，这已经透露着令人敬佩的豪气和壮举。使者甘英对自己因恐惧而退却懊悔不已，班超也对此扼腕叹息。因为当时在万里之遥的朝廷正在默默地期盼着他们的凿空之举。

曾为龟兹城墙而今已化成土包的断壁高低起伏，甚至有的部分已被道路截断。我站在上面观望，感觉那起伏不定的土丘就好像是班超内心波澜的写照。一条路是对探索未知世界的渴望，是对罗马的向往，也是向着未来前进的铿锵；另一条路是对家乡的百转柔肠，是心系古都洛阳，也是退回到过去的平静如常。

身在龟兹城中的将军班超，胸中也曾压抑过那上下激荡的连篇浮想。老将军总算如愿以偿，但他从中原带来的无数无名屯田兵的思乡之情却只能刻在这城墙之上。那些人数众多的平凡生命遥思故乡的河山，牵挂着父母兄弟，却无法重回故土，他们的功绩也不应被历史遗忘。

风乍起，白杨叶沙沙作响。古城遗址上的土被风卷起，仿佛奏起了无名战士们的安魂曲。

在中国，受保护的文化遗产被称为"重点文物保护单位"，根据重要程度，分为国家级、省（自治区）级和县级。"全国重点文物保护单位"就相当于日本的国宝级遗址。龟兹古城遗址和高约二十米、位于库车西北、距其约十七公里的"土塔"都属于自治区级的重点文物保护单位。而那些"土塔"就是建于西汉时代的烽火台。

所谓烽火台，就是在敌军来袭等危急时刻点燃狼烟来传达警报的设施。烽火台建得越高，就能越早发现远方的敌情。一般来说，烽火台每隔十里建一个（西汉时代的一里合四百多米）。每座烽火台的规格并不一致，其中有的因特殊需要而建造得高大坚固，所以从西汉至今，较为完整地留存下来的烽火台就此一处。我想，这里的烽火台既是汉朝控制西域的一种重要设施，也是龟兹国自身防御的需要。匈奴掌控这里的时候，曾设僮仆都尉一职征收当地税金，但作为攻击性很强的游牧民族，却从没有认真考虑过建造烽火台之事。

汉武帝派大军征讨大宛时，这里也随之投降。但对汉王朝来说，征服容易，保障天山南路长治久安却并非易事。征服之后，因为匈奴的威胁，粮食供给就是头等难题。曾经率军远征大宛的李广利就在战败后投降了匈奴，后来的李陵也因弹尽粮绝、士兵尽损而被迫投降。在重重困难交织之下，汉武帝也曾有意放弃对西域的经营。此时，颇具经营管理头脑的大臣桑弘羊即上书汉武帝在西域实行屯田之法。

可惜的是，汉武帝并没有采纳他的谏言。汉武帝死后，汉昭帝即位，于是桑弘羊再陈在西域实行屯田的利害，终获允准。元凤四年（公元前77年），汉朝封杅弥国太子赖丹（当时在汉朝为人质）为校尉将军，派其带人到轮台屯田。

杆弥国在龟兹西南，也曾臣服于龟兹，所以太子赖丹最先被当作人质送往龟兹。照此看来，在西域小国中，龟兹之强大也可见一斑。

李广利将军在平定大宛后的凯旋途中曾路经龟兹。"外国皆臣属于汉，龟兹何以得受杆弥质？"李广利出面诘责龟兹，并将人质赖丹带到了长安，赖丹也自此由龟兹进入汉境。

赖丹作为汉朝的校尉将军来到轮台，这对龟兹来说无疑是一个极为不利的消息。因为在龟兹为质期间，龟兹人对他百般凌辱，赖丹自然对其怀有切齿之恨。

"赖丹今佩汉印绶，携汉朝威灵，来到与吾国相接之轮台。若不杀之，其必为害。"龟兹贵族中有一位名叫姑翼的人向龟兹王进言，龟兹王遂派兵杀了赖丹。同时，又假意向汉朝谢罪。

龟兹认为：如不谢罪，汉朝会因丧失体面而兴师问罪；如果谢罪，多半会不了了之。加之有强大的匈奴在北，料想汉朝也不会因此而大动干戈。自作聪明的龟兹万万没有想到汉朝并没有打算对此事听之任之，而只是暂时佯装不知而已。

当时，为了打击宿敌匈奴，汉朝和乌孙国加强了同盟关系。在赖丹被杀的四十年前，汉武帝就将江都王刘建的女儿细君作为和亲公主嫁给了乌孙王。

吾家嫁我兮天一方，
远托异国兮乌孙王。
穹庐为室兮旃为墙，
以肉为食兮酪为浆。
居常土思兮心内伤，

愿为黄鹄兮归故乡。

身处漠北，吟唱着这切切的思乡之曲，细君公主不久便香消玉殒。后来，为了巩固同盟关系，朝廷又派皇族之女解忧（楚王刘戊的孙女）远嫁乌孙。

04

汉宣帝本始二年（公元前 72 年），匈奴联合车师国（现新疆吐鲁番市的昌吉、奇台县一带）展开了对乌孙的攻击。对此，作为盟国的汉朝派常惠为校尉将军，领兵十五万驰援乌孙。大败匈奴之后，常惠于次年率五万之众进攻龟兹，以报六年前赖丹被杀之仇。

龟兹举国震惊。当时，下令杀死赖丹的龟兹先王已死，于是继位者绛宾向汉军解释说："乃我先王时为姑翼所误，我无罪。"

"若如此，请将姑翼绑缚送出，即不问罪于王。"常惠说。

龟兹王绛宾见状，即命人将姑翼交给常惠。常惠二话没说，便将其斩杀。

一直以来都若即若离的汉龟关系自赖丹事件后竟突然亲密无间。

乌孙王后解忧的女儿为学琴曲来到汉朝。学成之后，汉朝遂命人护送其回国。归国途中，一行人路经龟兹，龟兹王绛宾便大胆地请求解忧"请将令爱赐我为妻"。

"吾女尚在长安未归，此事可容后议。"解忧告诉他。

后来，龟兹王再次遣使赴解忧公主处，表达了自己欲娶其女为妻的迫切心情。此事得到了解忧公主的应允。

既然龟兹王和汉朝皇室的外孙女儿结婚，他自然就成了汉朝的亲戚。元康元年（公元前 65 年），龟兹王夫妇不远千里来到长安觐见，其后旅居一年，绛宾也因此成为西域首屈一指的亲汉国王。

从长安归国之后，绛宾便模仿汉朝衣冠制度，全面学习汉朝宫室、道路、仪仗、音乐、礼法等，国内礼仪、风俗几乎全部汉化。对此，其他西域国家的胡人嘲讽道：

> 驴非驴，马非马，若龟兹王，所谓骡也。

绛宾死后，其子丞德即位。丞德以汉朝外孙自居，进一步加强了和汉朝的关系，当然，那时的汉朝也同样十分重视两国关系。后来，解忧公主的儿子元贵靡和胡人之女所生之子乌就屠展开了王位争夺，龟兹开始发生内乱。几乎与此同时，匈奴也发生了严重分裂，所以才有了后来日逐王投降汉朝的事情。

日逐王降汉的第二年，即神爵三年（公元前 59 年），汉任命郑吉为第一任西域都护，驻留乌垒城。虽然匈奴威胁已经消除，但西域都护的设置也大大提升了乌孙亲汉派的力量。

西域都护的大本营之所以没有设在天山南路的核心地域龟兹，足见对和汉朝保持良好关系的国家的尊重。"都护"即"一切都予保护"的意思，都护的设置既可以威慑乌孙，又可以做亲汉国龟兹的后盾。

如今残留的烽火台，当时的最主要目的就是为了保护龟兹。现在，它已经被赋予了新的名字——克孜尔尕哈土塔。其实，它更应该被视为汉龟友好的纪念塔。

在设置西域都护十年后，汉朝又设戊己校尉一职，专司屯田事宜。

对于戊己校尉中的"戊己"之说尚无定论，但"戊"和"己"在十个地支数中居于正中，以此来象征该职位在西域各官职中的地位之重要，这一说最为有力。只不过时代不同，戊己校尉的驻屯之所有所差别。

史书中有时也将屯田兵称之为"田卒"。他们一边从事生产劳作，一边接受军事训练，所收不仅可以自给自足，剩余作物还可以储存起来以备不时之需，所以他们也相当于补给军。这样的军团在戊己校尉的指挥下统一行动，戊己校尉又受西域都护节制。但由于西域幅员辽阔，驻守兵力自然十分分散，在有突发事件的情况下，便需要点燃狼烟来聚集各地军队。

烽火台是重要的军事设施，而龟兹对汉朝经略西域又具有十分重要的作用，所以这座烽火台被特意修建得更加坚固雄伟。它既是危急关头的警报台，又是高耸的纪念塔，所以当龟兹人仰望它时，必然会产生一种安全感。建造烽火台对当地来说是一个异常艰巨的工程。两千多年前就能修建这样气势宏伟的建筑，着实令人感佩万分。如果是汉朝援建的，那么高耸的烽火台也可以告诉龟兹人，他们的盟国是多么强大。对于督造者来说，也许早就考虑到了这一点。

文献中并没有关于这座烽火台的点滴记录，更没有其他烽火台可做参照，所以我们无法判别它是众多烽火台中极为普通的一个，还是别具特色的代表。

关于烽火台，有一则非常有名的古代故事。周幽王在位时，一向冷面桃花的宠妃褒姒看到点燃烽火后各地诸侯纷纷前来勤王救驾时，终于红颜一笑。此后，幽王只要想看到褒姒笑，便会点燃烽火，所以数次之后各地诸侯就不再为之所动。后来，敌人真的杀来，但这时燃起的烽火再也没有招来救兵。幽王因此而被杀，其子平王也不得不迁都洛阳,从而开启了东周列国的时代。后世可能为了区分朝代的变迁,在历史事实的基础上多有添枝加叶,但这个故事却将烽火台的重要作用体现得淋漓尽致。

五代和宋初,即公元 10 世纪时期,为了抵御北方的契丹,中原王朝曾修筑了高约两丈的烽火台。如果以这些高六米左右的烽火台为标准,那么库车二十米高的"土塔"就算是特制的加高版了。

库车地区还有一个关于这座"土塔"的传说,传说内容和"塔名"的由来息息相关。很久以前,该地的国王将自己的女儿幽禁于此。在维吾尔语中,"克孜尔"是个姑娘名,"尕哈"是她遭受幽禁的地方。

"当国王喜得千金时,算卦先生就给小女婴卜了一卦,说此女可能会被蝎子蜇而有生命危险,于是乎国王为了她的安全,便修建了这座高塔,并让女儿住在塔上。"库车县的文物管理处负责人张锡仑先生告诉我。

这个故事什么时候流传开来已难以追本溯源,但"土塔"距离龟兹古城中心仅有十公里,所以故事中的国王很可能就是龟兹王,而国王的女儿也有可能是王族中的一人,因故被委任于此。若再展开想象的翅膀,那么故事中的国王还可能是汉朝的西域都护、戊己校尉或其部将。故事的来龙去脉和具体细节我没有细听,其结尾部分我倒是听了一二。

"按说,这么高的地方蝎子很难爬上去,但送饭拿来的水果,其缝隙中不知何时藏进了这可怕的不速之客。最后正如算卦先生所言,可怜的王女被蝎子蜇到,不久便撒手人寰。"

讲述这则故事的张先生也并不相信故事本身来自史实,因为他笃信这样的"高塔"并非是为躲避蝎子所用,而是用于传递信息的。

据《汉书》记载，桑弘羊对汉武帝的进言中有这样一句话：

稍筑列亭，连城而西。

日本的"亭"一般多指旅馆，不过这里的"亭"应该接近于望楼，比望楼更大一点儿的就是城楼。克孜尔尕哈土塔作为一种特殊的存在，它的规模更类似于城楼。站在沙漠中抬头仰望，其最大的作用就在于威服四方。

据《汉书》记载，亲汉的龟兹王绛宾对汉文化痴迷之深竟然达到了被其他西域国家奚落的程度。不过这也是汉朝史家的一家之言，因为龟兹方面并没有相关记录，所以龟兹王内心深处到底如何还无从知晓，目前暂以《汉书》为信。

这种过分的亲汉之举，很容易让人起疑。虽然龟兹在西域也算是呼风唤雨的霸权国，但和汉朝、匈奴这样的"超级大国"比起来，那自然是小巫见大巫，所以为了保存自身实力，就必须委身于他人。

对西域诸国来说，是选择臣属于汉朝，还是依赖于匈奴是摆在他们面前的一个棘手问题。不过龟兹王的判断还算高明，因为他早已觉察到匈奴好起内讧。

武帝时期虽然没有实行屯田制，但昭帝却采纳了桑弘羊的谏言。当时，成为屯田兵而远赴西域者基本都是"免刑罪人"。也就是说，这些人虽然是戴罪之身，但只要愿意从事边境开垦或为国参战，国家皆可赦免其所犯之罪。当时的犯罪人员自然是良莠不齐，也不能断定他们都是奸恶之徒，但从整体上看，由"免刑罪人"组成的屯田兵确实并非良民。

对西域诸国来说，臣服于汉朝一般要比听命于匈奴好一些。如前所说，相当于汉朝西域都护一职的匈奴僮仆都尉专门向西域诸国征收税金。其中的"僮仆"即奴隶，也就是说，在匈奴心中，西域居民就像奴隶一样可以任意被榨取。与之相比，汉朝经略西域的目的则主要是宣扬国威和保障丝绸之路的安全，而并不向相关国家征税。

西域各国似乎都负有向汉朝使节提供粮食，在必要时动员其军队和汉军并肩作战的义务，但这和匈奴的巧取豪夺相比自然是天壤之别。这是因为，汉朝守军都是自给自足的屯田兵，生活供给方面基本不需要当地国家的援助，而匈奴整体上经济匮乏，掠夺和畜牧是他们赖以生存的两大手段，所以西域国家都逃脱不了他们的榨取。

产品交易的利益使汉王朝和西域各国建立了休戚与共、互利共赢的关系。这样的利益共享也使二者产生了连带意识。

从龟兹王绛宾高挂亲汉大旗开始到西汉灭亡，龟兹的王室贵族常往长安，两国八十年间的友好往来不断。《汉书·西域传》有载：

成、哀帝时，往来尤数。

后来，西汉政权被王莽所夺，西域也因此陷入混乱。

刚才提到，和匈奴相比，汉朝对西域的支配较为宽松，但这也只是相对的概念，有时候接待汉使或提供兵员，也会成为他们的沉重负担。加上商队中也有人滥竽充数、冒充汉使，对其的接待更是令相关国家叫苦不迭。此外，品行恶劣的汉使常常会额外巧立名目、损公肥私。

05

王莽始建国二年（公元 10 年），甄丰以西域太伯之职到西域赴任。就在之前一年，五威将军王奇等巡视西域时，西域多国都为此耗费巨大。王奇一行的主要目的是将刚刚建立的新朝印绶赐予臣服的西域国家。他乘坐乾文彩车，威风凛凛。史书曾说：

服饰甚伟。

为了炫耀国威，他们很可能对各国国王都提出了苛刻的要求。据说车师后国（其统治范围主要在现在的乌鲁木齐一带）就因接待王奇而使国库耗费甚多。而这次前来赴任的太伯甄丰乃是王莽心腹，其地位远高于王奇，所以对西域国家来说，对甄丰的接待又是一笔更加庞大的开支。

若其前来，吾国将不堪其累，如此当何如？

车师后国王须置离和重臣商议之后，决定连夜逃往匈奴避祸，但不幸被驻守在交河城的戊己校尉刁护所知，并派兵将其擒来。须置离言明了原委，刁护就将其送到西域都护处，西域都护但钦不问三七二十一便将其斩杀。须置离之兄狐兰支闻讯，即率领其弟部众两千余人，带着若干家畜举国逃往匈奴。

当时匈奴和西汉王朝并无交恶，但王莽建立"新"朝之后，两国便产生了抵牾。这一切都源于王莽好大喜功的形式主义作风。最初，王奇持印绶来巡查西域就是对西域各国国王的变相降格。中国印章制度等级森严，王一级称之为"玺"，列侯以下为"章"。对于西汉此前给西域各国的封号，王莽以为"蛮夷之国，封王乃僭越"，于是他命人将新印绶中的"王"改为"侯"，而王奇所带的印绶之一就由西汉时期的"匈奴单于玺"降格为"新匈奴单于章"，其意将匈奴置于新朝统治之下。此外，西汉所赐印绶不仅只有汉文，这一点也有尊重匈奴独立自主的含义，而王莽所赐之印却有让匈奴俯首之意。

在这种情况下，对王莽政权心怀怨愤的匈奴收容了亡命而来的狐兰支。不仅匈奴如此，从王降为侯的西域诸国都对王莽颇为不满。

此时，久居西域的戊己校尉幕僚陈良、终带、韩玄、任商等人，似乎已经预料到了局势的变化。他们认为，匈奴收纳了亡命的狐兰支，就意味着对王莽的"新"政权的反抗。这样一来，西域全境不久将尽归匈奴，而他们自己的性命自然也危在旦夕。

吾等莫如杀校尉率众归降匈奴，此方可求得生机。

他们共同商议之后，决定铤而走险。那时，戊己校尉刁护正好卧病在床，客观上也为他们提供了便利。他们借机杀死了校尉和其子、其弟，即率两千余众逃向匈奴。此外，陈良等人还自称"废汉大将军"，并站在忠诚于被王莽推翻的西汉政权的立场上，申明斩杀王莽旧臣——戊己校尉的缘由。不过，他们偏偏时运不济。

匈奴乌珠留单于死后，其手下大臣须卜当因和新单于关系紧密，所以在匈奴帐中有很大的发言权。而须卜当正是原为汉宫宫女、后来和亲匈奴并嫁于匈奴单于的王昭君之婿。作为王昭君的家人，他自然亲汉。

王莽也洞察到了匈奴内部的局势变化，于是派出使节向新单于庆贺，正使便是王昭君兄长之子王歙。王莽让使节给匈奴带去了大量的黄金、衣服、锦缎等，同时希望匈奴能够将陈良、终带、韩玄、任商和手刃了戊己校尉刁护的芝音及其家人送归本朝处置。匈奴同意了王莽的要求，便将陈良等二十七人戴枷装入囚车交于使者。到了长安之后，王莽下令将他们烧死。

可怜陈良等人虽然有先见之明，但却没能把握好最佳时机。王莽确实没有什么政治才能，只是喜欢好高骛远，所以其所推行的西域政策自然难以奏效。起初他曾将匈奴称为"降奴"，但为了制止其在边境的烧杀抢掠，后来又将匈奴称为"恭奴"，其所作所为确实没有什么战略眼光。

当匈奴发现王莽并无能力应对时，便出兵四下掠夺。此时，原本臣属于西汉王朝的西域诸国也都投入了匈奴的怀抱。距匈奴最近的焉耆国杀死了王莽派来的西域都护但钦，但王莽并没有立即派兵问罪讨伐。

天凤三年（公元 16 年），王莽派五威将军王骏、西域都护李崇、戊己校尉郭钦前往西域，西域各国按照西汉时期的惯例到郊外劳军。王莽军此来本是为了惩罚杀死了戊己校尉郭钦的焉耆，所以焉耆便佯装投降，暗地里却整军待命。王骏等人集结了龟兹和莎车等地七千余兵征讨焉耆，不料途中遭到伏击。混战中，王骏手下的西域兵接二连三地临阵倒戈，王骏也因此兵败被杀。

戊己校尉郭钦从另一路顺利抵达焉耆，当他听闻焉耆壮丁伏击了五威将军后，下令将焉耆的老人和孩子全部杀死。

西域都护李崇则收容了王骏的残兵，躲进了龟兹城。对此，《汉书·西域传》有云："李崇收余士，还保龟兹。数年莽死，崇遂没，西域因绝。"

五威将军远征的七年之后，王莽驾崩，随后李崇也一命呜呼。不过，李崇生前一直驻守在龟兹。虽然龟兹周围其他各国都已尽归匈奴，但唯独龟兹孤立坚守。

初，北边自宣帝以来，数世不见烟火之警，人民炽盛，牛马布野。及莽挠乱匈奴，与之构难，边民死亡系获，又十二部兵久屯而不出，吏士罢弊，数年之间，北边虚空，野有暴骨矣。

上一段也摘自《汉书·匈奴传》。

库车的克孜尔尕哈烽火台建成之后，似乎长时间都未见狼烟。对后人来说，烽火台作为纪念塔，毋宁说是一种好事。

陈良等人谋划杀死戊己校尉的事情上面已经提及，而关于那次军事政变的导火索，《汉书·西域传》记载如下：

既以数千骑至校尉府，胁诸亭，燔积薪……

陈良等人胁迫烽火台上的士兵，命他们燃烧积薪，燃起狼烟。当各地军队看到狼烟时，不知何方来犯，于是纷纷率军驰援。

——匈奴十万大军来袭，大家拿起武器，后退者斩！

这可是天大的事。戊己校尉当然要命人打开城门，擂鼓聚将。陈良等人就趁此混进人群，借机杀死了校尉。

作为预防敌军来袭的防卫设施，此次却被用作政变的助推器。没想到经久未用的烽火台，当再次被点燃的时候却和最初设计的目的大相径庭，甚至是起到了反作用。用于自我防卫的军事设施，如果都这样被逆用，那岂不是十分危险。

西域都护李崇不知在龟兹城坚持到了什么时候。他死后，西域就和中原断绝了往来。孤城龟兹最后也被匈奴纳入其势力范围。所谓刚出虎穴又入狼口，在匈奴的苛捐重税之下，西域诸国苦不堪言。王莽已死，东汉新立，但建国初期，东汉尚无力西顾。

不堪忍受匈奴重税的西域，都希望回到西汉时期，在西域都护的保护下过上太平日子，于是有部分国家自愿送人质到东汉朝廷，但光武帝并没有接受。对此，可见《后汉书·西域传》。

匈奴敛税重刻，诸国不堪命，建武中，皆遣使求内属，愿请都护……

虽然当时西域整体归属匈奴势力，但毕竟难以再和冒顿单于时代相提并论。分裂了四十八年的匈奴，已经没有足够强大的力量将西域玩于掌中。在诸国中，西域南路的莎车因远离匈奴大本营而反抗最为强烈。为此，莎车也在谋求东汉王朝的支援。

硝烟中的西域

01

东汉初，莎车王康的父亲曾作为人质久居长安，所以他对中原的情况较为熟悉。东汉朝廷册封他为"汉莎车建功怀德王西域大都尉"。

莎车王康死后，其弟贤即位，莎车进入强盛时期，并开始了对邻近国家的侵略，这也侧面印证了匈奴的衰落。和匈奴一样，莎车也开始凭借武力苛敛他国。

龟兹也未能幸免。

为了摆脱莎车的魔掌，西域诸国再次期盼西域都护能够主持公道。然而可惜的是，经历了王莽时代的政治混乱和其后的赤眉之乱，东汉初期尚无余力回应这样的渴望。西汉都城长安在赤眉之乱后俨然已成废墟，东汉王朝甚至不得不定都洛阳。

匈奴内部在南北分裂后，南匈奴归降汉朝，已经丧失了威胁，只有北匈奴依然让西域诸国颇感压力。

东汉光武帝在位三十三年，于公元 57 年驾崩。其四子刘庄即位，为汉明帝。永平十六年，汉明帝终于决定派军远征西域，班超也于此时自告奋勇，加入了远征队伍。他借机出使鄯善，以"入虎穴，得虎子"的大智大勇立下了不朽功绩。

据《后汉书》记载，汉朝和西域的关系曾一度中断六十五年。这六十五年间，库车也发生了翻天覆地的变化。

西域诸国为求自保，想尽办法趋利避害，西汉时期龟兹国的亲汉之风是为了维护国家利益、保护国家安全。后来汉朝放弃了西域，龟兹也只能另寻靠山。面对莎车的压迫，龟兹结好北匈奴也是理所当然的自卫之举。班超出使西域之时，西域各国的力量已发生了巨大的变化。曾经的地区霸主莎车已经被龟兹取代。既然结好北匈奴，那么就得听命于对方。因北匈奴和东汉王朝是敌对关系，所以龟兹也理所当然地成了反汉的棋子。那种遥想当年和汉朝的蜜月时光的伤感之情，自然无法在西域这片关系复杂的土地上大量出现。

在远征军出发后的第二年，东汉王朝重新恢复了荒废已久的西域都护和戊己校尉，并继续推行屯田制。又过了一年，四十八岁的汉明帝驾崩。由于举国大丧，所以东汉王朝这时候不会发动大规模的军事行动。对匈奴来说，这确实是个绝好的时机。

北匈奴立刻联合车师国，包围了戊己校尉。然后，龟兹也结好焉耆，攻杀了西域都护陈睦。而当时的龟兹王建乃匈奴拥立，所以他的举动毋庸置疑是得到了匈奴的指示。

明帝之后，十八岁的章帝即位，他随即召回了戊己校尉（当时戊己校尉关雄阵亡，戊己校尉耿恭被救回），并决定不再补缺西域都护一职。

班超等人陆续平定了鄯善、于阗、疏勒等西域南路诸国。当时的疏勒王兜题是龟兹所立的库车人，所以班超平定疏勒之后，即立疏勒先王之子忠为疏勒王。疏勒人都希望班超借机杀死兜题，但班超未允。

"杀之无益。让龟兹感受大汉威德方为上策。"班超心想，他深知平定西域不能只靠武力。

如前所述，汉章帝在处理西域问题上比较消极。也许是担心孤军深入，章帝急忙传召身在疏勒的班超班师回朝。

班超领命离开疏勒，疏勒的边防大将因此悲观自杀。他觉得"汉使弃我等而去，匈奴爪牙龟兹必然反扑"。

离开疏勒途经于阗时，众人紧紧抱住班超所乘之马的马腿。

依汉使如父母，诚不可去。

听到这样的话，班超决定拂逆皇命。

就这样，班超一行急忙转回疏勒，此时的疏勒已经被龟兹占领，班超于是迅速肃清了疏勒国内的龟兹势力。之后的三十年，班超一直待在西域。

此时的匈奴国力日渐衰落。之前已经南北分裂的匈奴，又遇到了鲜卑和丁零等塞外部族的压迫，不得不退出西域。

匈奴既弱，一直伏于匈奴伞下的龟兹对外态度也发生了相应的变化。和帝永元三年（公元 91 年），龟兹臣服于东汉王朝。那一年，东汉再次设置西域都护，并任命班超担任此职，班超即决定将都护府设在龟兹。龟兹曾背叛过汉朝，并和焉耆一道杀死了前西域都护陈睦。

班超将西域都护所在地设在龟兹，是为了便于东汉朝廷对这里进行管辖。三年后，班超集中了龟兹、鄯善等八国七千余兵力讨伐焉耆，以报当年杀死陈睦之仇。此战中有龟兹兵参与，不能不说是对当年战事的一种讽刺。后来，焉耆王被斩，其首级被送往洛阳。这是一场残酷的复仇之战，其间，斩杀五千余人，俘虏一万五千余众。至此，西域全境平定。三年后，甘英出使罗马。

血雨腥风的战争层出不穷，西域人民渴望的并不是因利害冲突导致的战争，而是贸易带给他们的利益。对普通民众来说，他们从根本上希望和平，希望能够和家人一起过上稳定、充裕而美好的生活。但现实往往事与愿违，于是他们不得不寻求一些内在的精神支柱。

那么古代的西域人民都有什么样的信仰呢？这里公元 3 世纪以前的佛教遗址无迹可寻，虽然没有遗址，并不能断定那时佛教没有传来。据说公元 1 世纪中叶，即汉明帝时期，佛教已传到中原，那么从印度传入的佛教，又如何能跨越西域这个地理间隔呢？

02

明帝梦金人，于是问群臣。群臣答曰："西方有神，名佛。其形长丈六尺而黄金色。"于是帝遂遣使者前往天竺求法。据《资治通鉴》记载，明帝永平八年（公元 65 年），明帝遣使印度叩问佛法大道。此外，该书还讲述了东汉皇族出身的楚王刘英酷爱佛法的故事。

北齐魏收所著《魏志·释老志》中，提及汉武帝时期霍去病讨伐匈奴时，曾得到一丈多高的金人。如果这个金人是佛像，那么公元前 121 年佛教即已传来。不过这应该不是佛像，很可能是匈奴祭天的神像，因为印度塑造佛像始于公元 1 世纪之后。

汉武帝时期，出使西域的张骞就听闻天竺有佛教。西汉哀帝元寿元年，博士弟子秦景宪从大月氏王的使节伊存那里接受口授《浮屠经》的故事，在《魏书》中有明确记载。

不管怎么说，班超率众长驱西域，西域各地战火绵延的时候，那里就已经有佛教存在了。也许在佛教之前，琐罗亚斯德教（即拜火教）就先入主了西域。这也可能是由于西域到伊朗之间交通更加便利的缘故吧。

战争持续得越久，当地人就越希望得到灵魂的救赎，所以一时间，众多信仰都应运而生。公元 2 世纪中期，贵霜王朝的迦腻色迦王大力推行佛教。由于当时贵霜王朝的版图已经延伸到了喀什和和田一带，所以此时的西域也洋溢着深深的佛教气息。

东汉安帝永初元年，东汉王朝放弃了对西域的控制。虽然段禧在班超之后接任西域都护，并驻守龟兹，但毕竟远在千里，西域和洛阳之间极少联络。于是王公大臣奏曰：

西域去洛阳甚远，且反乱频繁。纵有屯田之法，亦难久持。

于是朝廷决定废除西域都护。此时，距班超离开西域尚不足五年。

汉朝退出了对西域的管控，匈奴自然闻风而动。虽然匈奴实力大不如前，但对弱小的西域国家来说，北匈奴依然是强大的敌人。

汉安帝延光二年，班超之子、西域长史班勇率军西出柳中（即吐鲁番盆地）。第二年，龟兹王白英率姑墨、温宿等国加入班勇大军，击退了匈奴。正如后世所说，东汉对西域的管控并不十分牢固，真可谓是三绝三通[1]。

东汉的势力并没有占据压倒性优势，而匈奴更是力不如前。这种情形对西域而言却恰到好处。因为一来匈奴无法征收重税，二来汉使也往来较少，不会给西域带来沉重的接待负担。反之，如果东汉的力量完全从西域消失，匈奴就会借机卷土重来，不利于西域和平，甚至会导致西域产生弱肉强食的无政府状态。

西域各国并没有留下历史记录，这多少有些遗憾。如果他们有历史记录的话，很可能会将公元 2 世纪说成天赐良机。那时，东西贸易繁荣，入住洛阳的西域人何止千万。号称中国佛教首座寺院的洛阳白马寺，也许起初就是驻留洛阳的西域人常去朝拜的地方。

此外，柳中的屯田兵最初都是免于刑罚的罪人，但后来普通汉族百姓也加入了进来。中原战乱时，吐鲁番盆地会有更多的汉人迁移过来。

前面班超所立的龟兹王为白霸，后面参加班勇军队的龟兹王为白英。其实，龟兹王室大多都是白姓，或者是帛姓。这是因为龟兹当时使用的是接近于希腊语、拉丁语的吐火罗 B 系语，不可能和汉字沾边儿，所以"白"或"帛"正是汉字音译。

唐代的史料中也多有将龟兹王名写成汉字的用例。据近代学者冯承钧研究，唐史中的"苏伐勃䭾"的龟兹语为"Suvarna puspa"，即"金花"的意思；"诃黎布失毕"的龟兹语为"Hari puspa"，即"狮子之花"的意思。两个国王姓名中的"puspa"都为"花"之意，汉

---

[1] 指东汉从西域撤退三次，又统一西域三次，表达了统一的来之不易。

字音译过来即为"白"或"帛"。如今龟兹的白姓来源，也以冯承钧说最为有力。

据《坏目因缘经》所说，印度的阿育王将国土的一半分给王子法益，而龟兹和于阗正好被包含在内。阿育王在位时间为公元前273年～前232年[1]，适逢中国战国末期，几乎和秦始皇（公元前259～前210年）同时。阿育王所刻的摩崖文中尽列佛法弘扬之地，但却未见龟兹和于阗的一纸半字。

阿育王时期的摩崖文、火石柱文并未提及龟兹和于阗，所以龟兹是否包含在其统治之下，或者说那里是否曾有法师宣扬佛法尚无定论。不过阿育王曾派人直接或间接地到西域地区和希腊周边传扬佛教的可能性极大。

关于和田建国的传说，玄奘法师在《大唐西域记》中讲道：西方阿育王将犯罪大臣流放在那里的同时，东方皇帝之子也因罪发配至此。后来，这两股势力展开斗争，东方获胜，但西方势力也因此安居下来。

作为东西文化的中心，流放、逃亡者曾经在西域的发展进程中发挥着重要的作用，而这个故事也充分印证了这一点。

在西域各地中，吐鲁番盆地在接纳自东而来的移民中贡献最大。西汉时期，这里就是戊己校尉府所在地，汉族人曾在此长期屯田垦荒。

东汉末年军阀混战，三国时期群雄并起，中原人民广受战火的荼毒。无奈之下，他们纷纷走上了西迁之路。公元3世纪初期，广袤而肥沃的吐鲁番盆地最终成为中原移民避祸乐居的天堂。

《三国志》中的《魏志·倭人传》对东海岛国日本有详细记载，

---

[1] 一说阿育王的在位时间为公元前268～前232年。

而且这些材料已经成为近些年日本国内关于"邪马台国论争"的重要依据。然而令人感到不可思议的是，虽然西汉以来中原王朝对西域多次远征，并设置了都护和校尉，《三国志》中竟然没有提及，更没有西域诸国的相关传记。不过依据《三国志》而创作的史书《魏略》中有《西戎传》一节，我们可据此得知三国时期对西域的概括。

　　尉梨国、危须国、山王国，皆并属焉耆。

　　姑墨国、温素国、尉头国，皆并属龟兹；

　　桢中国、莎车国、碣石国、渠沙国、西夜国、依耐国、满犁国、亿若国、榆令国、损毒国、休修国、琴，皆并属疏勒。

　　且志国、小宛国、精绝国、楼兰国，皆并属鄯善。

　　戎卢国、扞弥国、渠勒国、穴山国，并入于阗。

可见，西域诸国分属若干集团，而焉耆、龟兹、疏勒、鄯善、于阗等国作为区域霸权国，是各国的领头羊。这时，西域数十国已经没有了汉王朝和匈奴这两个超级大国的威胁，他们自然不需再匍匐拜倒。

03

关于吐鲁番盆地，史书说"车师界戊己校尉所治高昌"。虽然吐鲁番盆地在车师国版图之内，但戊己校尉特设于此，也说明了吐鲁番在西域的重要地位。

魏取代东汉之后，魏文帝曹丕于黄初三年（公元222年）二月，鄯善、龟兹、于阗纷纷遣使来朝。

是后，西域遂通，置戊己校尉。

《三国志·魏志》虽有上述记载，但并未说明戊己校尉由谁来担任。此外，虽然曹丕已经篡汉自立，但蜀汉丞相诸葛孔明尚在，所以曹魏政权根本无暇染指西域。在当时的背景下，魏、蜀、吴三国纷纷将有才能的贤达之士召入各自政权内部，自然也不会遣使入西域。所以，当时的戊己校尉很可能由吐鲁番盆地颇具才能的汉人担当。对此，胡三省所注的《资治通鉴》就有下面的描述：

今虽置戊己校尉，亦不能如汉之屯田车师。

当时，天下纷争后三国鼎立，成为西域名义上的领导者。而三国同时遣使西域，很明显也是共同商议的结果。而对西域来说，中原是他们货物交易的主要所在，因而也觉得有必要表示臣服。

三国已代汉，故宜结好中原新皇，方可保我商队通行。

最初并没有遣使中原的焉耆，也在五年后的太和元年（公元227年）十月，将王子送入魏国。

焉耆王，遣子入侍。

将儿子派送到魏国皇帝身边，其实和作为人质并无两样。紧接着的太和三年，大月氏国王波调也遣使入朝。

魏国是个短命的王朝。公元 265 年，司马炎趁机取代魏国，建立了晋王朝。和公元 317 年偏安南京的司马氏东晋政权相对，史学家称之为西晋。西晋太康元年（公元 280 年），车师前部"遣子入侍"。三年后的太康四年，鄯善国亦遣子入朝，其后又过了两年，龟兹和焉耆也派出了入朝的人质。这是出自西晋王朝的诏命还是始于西域诸国的自愿，当然不得而知。

由此可见，从东汉末年到魏晋时期，中原政权虽然并不十分强大，但和西域之间的沟通往来却异常之好。

这时，佛教已经遍及西域各地，虔诚的佛教徒开始努力在新的土地上传播佛法，而佛教传播的第一要务就是佛典的汉译。

东汉末年，安世高和支娄迦谶二人便开始在洛阳倾心于佛典译注。前者据说是安息国的王子，后者则生于大月氏。月氏顾名思义和月支相同，支娄迦谶也以"支"为汉姓。此外，魏晋时期的昙柯迦罗、康僧铠、帛延、支谦、康僧会、竺法护、竺叔兰登都是西域译经名僧。

从姓氏判断，帛延应是龟兹人，也有人说他是龟兹王子，曾译《首楞严经》《须赖经》等。此外，西域僧人帛尸梨蜜多罗译有《大灌顶经》《孔雀王杂神呪经》等密教经典，《梁高僧传》中说他的身份也是王子。如果真如《梁高僧传》所说，那么根据姓氏来看，他也应该是龟兹人。

除译经僧外，中国佛教史上声名远播的佛图澄也俗姓帛，所以他应该也是龟兹人。他曾在克什米尔学习有部派（佛教部派）的小乘佛教，后经敦煌来到洛阳。

佛图澄到洛阳六年后，西晋灭亡。司马氏皇族中的一人仓皇出逃，在南方建立了偏安一隅的东晋政权。与此同时，华北地区出现了五胡十六国，塞外民族在此争斗不休。来洛阳时，佛图澄已经年近耄耋，为了弘扬佛法，他打算奉献余生的光和热。

后赵的建立者乃是匈奴羌渠部的族长石勒，他和前赵军的激战简直残酷至极，手下将士几乎与野兽无异，那时的华北就像是一幅惨绝人寰的地狱图景。

看到这样的场景，佛图澄决心以教化之法救济众生。他的言语感动了石勒的部将，也获得了石勒的信赖。后赵也因此广建寺院，引得万余弟子入其门下。其中，道安和安令首这两位中国高僧就曾受教于他。虽然他没有翻译佛教经书，但却身体力行，将现实中的众多苦难者从地狱中救赎了出来。从西域到洛阳，很多僧人都慕名前来拜会他，而龟兹人自然也不在少数。

据说佛图澄具有神力，后赵皇帝石勒及其养子石虎对他言听计从、尊崇至极。传说他曾以一己之力救醒了已命归黄泉的石虎。还有一个怪异故事，说他左乳下方有孔，平时都用棉花堵上，夜晚便拔掉诵经，这时孔洞就会发出奇妙的光，照亮整个房间。有时候他会行至水边，将腹中脏器取出清洗，然后再安放回去。陕西省澄城县西边就有一条洗肠河，据说就是佛图澄清洗脏腑之所。

要在黑暗混乱的世道中广施救济，就必须了解当权者的心思。所以，佛图澄可能也使用了一些奇术吧。早些时候，西域就有很多善用幻术的方士奇人。

佛图澄以一百一十七岁的高龄寿终，他的弟子道安在他之后正式开山立宗。公元 379 年，前秦皇帝苻坚攻陷襄阳，就是为了将高僧道安及其百余弟子吸入彀中。在苻坚的盛情邀请下，道安前往长安一边注释佛典，一边竭力发展佛教信众。洛阳陷落时，道安的弟子中有一个没有前往长安，而是南下庐山，他就是慧远。

中国的佛教经佛图澄——道安——慧远这一脉络绵延发展，后又传至日本。通过佛教传承的纽带，日本和佛图澄的故乡库车也结下了深深的缘分。

之后，鸠摩罗什将这个缘分进一步升华。以《妙法莲华经》为首，《大品般若经》《阿弥陀经》等在日本广受佛教徒诵读的经典，都是以鸠摩罗什的汉译为蓝本。说得极端一点儿，日本的佛教几乎就是鸠摩罗什佛教。

04

关于鸠摩罗什的生卒年，学术界众说纷纭，大体上在公元350～410年。鸠摩罗什的父亲是印度贵族，母亲是龟兹王妹。出生于库车的鸠摩罗什七岁出家，九岁便前往克什米尔，十二岁时复归库车途中在疏勒停留了一年，接受了佛教的衣钵大化。他在克什米尔师从小乘佛教泰斗槃头达多钻砺小乘之学，后又拜须利耶苏摩深研大乘佛法。

也许是当时鸠摩罗什的父亲已经回到印度的缘故吧，有一天，鸠摩罗什的母亲决定丢下孩子前往印度寻夫。临行之前，她问孩子：

方等深教，应大阐真丹。传之东土，唯尔之力。但于自身无利，其可如何？

鸠摩罗什回答说：

大士之道，利彼忘躯。若必使大化流传，能洗悟蒙俗，虽复身当炉镬，苦而无恨。

天才鸠摩罗什的名声很快在西域传开，不久又传到了前秦皇帝苻坚的耳朵里。前秦乃藏族一支建立的王朝，以长安为国都。当时，占卜师太史向皇帝觐言："臣观星宿亮于他国，其地必有大智者也。若得之，可辅佐我皇帝业。"

听了太史的话，皇帝心想："朕闻西域有鸠摩罗什其人，莫非彼乎？"

据《晋书·鸠摩罗什传》所言，苻坚为了迎接这位大德高僧的到来，曾派骁骑将军吕光率七万大军讨伐龟兹。在出发前，苻坚命令吕光："若得鸠摩罗什，速命驿卒传之于朕。"

不过《晋书·苻坚传》中却说是因为车师前部王和鄯善王来长安请求出兵，苻坚才派吕光率军征伐西域："请天朝仿汉例设西域都护，然后讨伐诸逆。如此，我等愿为导向。"

公元 383 年正月，吕光从长安出发。其实就在那时，苻坚已经做好了和东晋决战的准备。对此，他动用了步兵六十万、骑兵二十七万，号称大军百万。远远望去，旗鼓遮天蔽日，军队绵延千里。既然要率大军南下，就需要预防西边掣肘，所以苻坚大概也是从攻防有备的角度考虑，才有了命吕光西征的诏命。

设置西域都护和恭迎高僧鸠摩罗什也许是前秦一统天下的"副产品"，而不可能是其出兵远征的最终目的。

面对苻坚的执意南下，已经归顺前秦的吕光曾苦谏于他，但苻坚并没听从。他认为：若天下统一，则可解民众之苦难。流离于江南之人亦可回归故土，正顺乎天意民心。

前秦大军八月从长安出发，十月即到达淝水，但不料被谢玄率领的东晋军队所败，苻坚本人也身中乱箭，仅率千骑，负伤奔逃。出征时的九十七万大军，回到长安时已不到十万。经此大败，前秦政权也即将面临灭亡的命运。几乎与时，吕光率军穿越流沙进兵西域。焉耆不战而降，但龟兹负隅顽抗。鸠摩罗什遣使送信给龟兹王白纯：吾国衰弱，今又逢强敌，只可恭顺从之，莫可逆鳞而行。

龟兹王没有听取鸠摩罗什的劝言，于是吕光采取了围而不攻的战术。对此，龟兹王只得以重金珠宝换取狯胡王的援军。被重金收买的狯胡王派出其弟的十二万人马，并纠集温宿、尉头等国兵，总计七十万和吕光展开激战。面对这样的严峻形势，吕光依然赢得了最终的胜利。龟兹王白纯逃走，吕光随即进入龟兹城。史书记载：

城如长安市邑，宫室甚盛。

龟兹当时的富庶情况由此可见一斑。此外，《晋书·四夷传》中关于龟兹，也有如下描述：

王宫壮丽，焕如神居。

既能获取产品交易的利益，又没有超级大国的榨取，所以龟兹是一个物阜民丰的国家。也许正是如此，国王白纯才有胆量和长途跋涉、穿越流沙的吕光大军一决雌雄。

据说当吕光率军到达位于吐鲁番盆地的高昌时，才听说前秦大军意欲平定江南的消息，于是，他便决定暂时留守高昌等待诏命。但部下杜进建议他"应继续进军"，权衡利弊之后，吕光听从了部下的建议。据《晋书·吕光传》记载，吕光是在高昌才听说皇帝要平定江南的消息的，这着实有点儿不可思议。按道理来说，吕光远征西域属于苻坚统一天下的第一步，作为西征军总帅的他怎么可能毫不知情呢？

苻坚曾在太极殿召集群臣议事，问道："朕掌乾坤近三十载，四方皆已平定，唯东南一隅不从王化。今朕欲率雄兵百万御驾亲征，不知卿等以为如何？"

群臣都认为这是千载难逢的好机会，并纷纷赞同。此事发生在吕光从长安出发的三个月之前，也是其兵力人数安排妥当的一个月后。皇帝苻坚所率领的九十七万大军当然不包括吕光的西征大军，而太极殿议事之时吕光也应该在场。吕光麾下部将主要有姜飞、彭晃、杜进、康盛四人，以杜进最为激进。这一点，通过前面他的觐言就可以发现。

前面提到，龟兹王白纯倾国中财宝换来了七十万援军，与之相比，吕光的区区七万（《资治通鉴》中记载为十万）军队岂不是以卵击石？在这种情况下，吕光仍敢摆开阵势，并最终以少胜多，真是不可思议。为了渲染这次胜利，《晋书》说吕光夜晚曾梦见金象飞越城外。对此，吕光认为：此乃佛神离去，龟兹必亡。

在排兵布阵方面，吕光认为"敌众我寡，不宜分兵击之"。于是他将部将招来，商议使用"勾锁之法"。至于"勾锁之法"是何种战法尚不可知，但结果是大获全胜。

以我所见，在龟兹城攻防战中，吕光军队应该不止七万或十万。《晋书》所说之数是他从长安出发时所带的，书中并没有言明兵临龟兹城下时的具体兵力。

之前请求前秦在西域设置都护的车师前部王和鄯善王都曾表示愿做西征向导，他们自然也会提供参战兵力。此外，长安以西有大量前秦军据守的军事要塞，高昌国内还有前秦太守驻扎。所以随着吕光军队的西进，其兵力也在不断增加。据说，焉耆国王甚至"率其旁国请降"。可见，不仅仅是本国，就连自己势力圈内的其他国家也被动员起来，派兵加入了西征队伍。

从发生在公元384年的龟兹攻防战中，我们似乎可以看出一些端倪。龟兹王白纯所依赖的狁胡、温宿、尉头等多在龟兹以西，而吕光阵营的车师前部、鄯善、焉耆等国位于龟兹以东。可见，西域诸国其实是以龟兹为战场，借助吕光的力量展开了一场东西力量的角逐。

为了请求支援，龟兹散出了大量金银财宝，当城破之时，龟兹王白纯又携带大量珠宝潜逃。尽管如此，城内仍留有不少奇珍异宝。龟兹果真是富庶。入城之后，吕光大摆庆功宴。他惊叹于龟兹宫室的奢华，于是命参军段业作《龟兹宫赋》，以讽刺龟兹王的骄奢淫逸。

> 胡人（龟兹）奢侈，厚于养生，家有蒲桃酒，或至千斛，经十年不败。士卒沦没酒藏者相继矣……

05

据《晋书·吕光载记》所说，吕光的军队沉醉于美味葡萄酒者甚多。西域本是葡萄产地，所以对于经年饮用毫无质感的粗酒的东方士兵来说，这里的葡萄酒就好比是琼浆玉液。

后来，吕光立白纯之弟白震为龟兹王。西域诸国惧怕吕光之威名，于是都将汉朝时期汉朝所赐的节符和印绶交给吕光，以此来表示恭顺臣服之心，吕光随后将提前准备好的前秦所制节符和印绶交予他们。

吕光攻陷龟兹发生在公元 384 年 6 月前后。此时，他已经离开长安有一年半的光景。

在淝水之战中大败而归的前秦皇帝苻坚已经丧失了往日雄视天下的气势，而在西域征战中连战连胜的消息无疑给他带来了无尽的欣喜，于是他敕封吕光为：散骑常侍、都督玉门以西诸军事、安西将军、西域校尉。

遗憾的是，由于道路阻隔，这道任命并没有传到吕光手中。长安的西边是一直以来都臣服于前秦的羌族，就在此时，族长姚苌开始趁机谋划独立之事，所以前秦所派出的使者也很难从这里通往西域。

苻坚兵败后为姚苌所杀，姚苌因此于第二年建国称帝，是为后秦。

前秦也好，后秦也罢，当时两者立朝时国号都是"秦"或者"大秦"，"前"和"后"乃是后世史家所为，目的是为了与六百年前秦始皇所建立的大一统的秦国区分开来。

吕光占领龟兹是在淝水之战的八个月后，所以那时他必然已经知道了苻坚战败的消息。他觉得虽然前秦尚未灭亡，但国运已日趋倾颓，也许早已无力顾及西域了。这该如何是好呢？吕光陷入了沉思：眼前已经和长安失去了联系，也该考虑考虑自己的出路了。先前曾命人对龟兹的奢侈之风大加嘲讽，如今这里的富庶似乎又让他感怀。

"莫如在此自立。"吕光心有所动。他觉得自己的军队已经威服西域，无论如何都可以保全龟兹，以享太平。只是在一点上依然有些顾虑，那就是西域诸国虽然臣服，但很可能是因为他们惧怕其背后的前秦朝廷，如果前秦灭亡，有可能会再起干戈。

　　吾既无蓬勃野心，保却龟兹当非难事。

　　吕光思虑再三之后，决定留在龟兹。鸠摩罗什提出了异议：此乃凶亡之地，长居恐不益。向东行，方是福地。

　　龟兹出身的佛图澄曾用神异之法救醒死者，并从乳下之孔掏出脏器清洗。在当时，人们多认为佛僧或能幻化奇迹，或能占卜吉凶，或能预言未来之事。既然鸠摩罗什这样的高僧都断定这里乃"凶亡之地"，吕光自然不敢在这里多做停留，于是带着手下人等向东行去，这里面也包括鸠摩罗什。远赴印度的母亲早就预言鸠摩罗什命中注定要去东方传播佛教大道，所以鸠摩罗什不但不担心与吕光随行会发生什么，反而可能是借恫吓之言让吕光东行，从而实现自己的宏图大志。

　　东归的吕光可谓行囊满载。除两万余头骆驼、一万余匹骏马和各种外国珍宝外，还有奇伎异戏、珍禽异兽千余种；马戏杂耍、异能之士以及中原未见之物也应有尽有。

　　吕光一行从龟兹出发，向东行至吐鲁番盆地。和西域其他地方不同，前秦早已在吐鲁番盆地设置高昌郡，并命杨翰为太守。在到这儿之前，吕光就听说长安形势风雨飘摇。他似乎对吐鲁番盆地起了垂涎之心，这里土地肥沃、物产丰富，完全可以和龟兹相媲美，且吐鲁番以东毗邻甘肃，那里是前秦凉州刺史梁熙的势力范围。吕光和梁熙曾同殿为臣、同食君禄，但如今王朝危如累卵，二人也将成为水火不容的宿敌。

　　"纵使我军不胜，其责亦不在我。梁熙绝非善类，望将军速击之，意图东进。"部将杜进向吕光进言。

这时，凉州刺史梁熙以"未奉皇命，轻易退军"之名首先问罪吕光。吕光则反言其"国家倾颓之际不顾主上安危，且欲阻归还之军"。总之，二人各怀心思，在甘肃玉门展开激战。后来，梁熙兵败被俘，吕光取得了胜利，他以姑藏为中心，成为河西一带的实际统治者。

当然，鸠摩罗什也被带到了这里。吕光对传教布法并无多大兴趣，他最初只是奉命行事而已，如今他却看重高僧鸠摩罗什占卜吉凶的非凡之能。占领龟兹之时，吕光就命鸠摩罗什饮酒，又将龟兹王之女嫁给他。从佛家戒律来说，吕光这么做已经使他破戒，但这样一来也同时开启了他的学者之路。

公元 395 年，吕光在平定河西之后自称"三河王"，实现了从地方政权到割据王朝的转变升级，史称"后梁"。第二年，曾作《龟兹宫赋》的段业举兵造反，后梁国运也逐渐走向衰落。吕光死后两年，即公元401 年，其侄儿吕隆即位。同年，后秦皇帝姚兴率军击破吕隆政权，将鸠摩罗什接到长安。

三十五岁就被吕光带离龟兹的鸠摩罗什，在其五十二岁时才如愿以偿地开始在长安翻译佛经。而在河西之地的十七年，他既没有机会布教，也没有条件译经，几乎可以说那是他人生的空白期，但值得庆幸的是，他熟练地掌握了汉语。

我在前面提到过，当时的库车地区都在使用印欧语系中的吐火罗B 系语。鸠摩罗什的父亲是印度人，而他又曾在印度学习过，所以他自然精通印度语。在后来的语言运用中，他也应该以吐火罗B 系语和印度语为主。虽然东汉曾在龟兹设立西域都护，但时间较短，所以汉语尚未普及。如果说鸠摩罗什在龟兹就接触到了汉语，那么充其量也不过是初级水平。所以换句话说，在河西的十七年间，看似是鸠摩罗什的人生空白期，实际也可以称之为后期大有作为的酝酿阶段。

鸠摩罗什步入中年才真正开始研习汉语，从而翻译佛教主要经典，这反而是一种幸运。那时长安的译经派别众多，但鸠摩罗什的翻译以自己对经文的充分理解为基础，成了群星中最为闪耀的一颗。

后世玄奘的译经以精准著称。与之相比，鸠摩罗什的翻译虽然也有逐字逐句翻译的问题，但他大胆意译的精神在当时堪称绝技。特别是他译的《妙法莲华经》，其译文极富魅力。

高昌与高僧

01

库车（龟兹）留存下来的佛教遗址十分稀少。短短五天内，我只参观了克孜尔、库木吐拉和克孜尔尕哈三个千佛洞。无论走到哪里，解说员都会告诉我"最古老的洞窟为魏晋南北朝时所建"。

关于这些洞窟的年代，目前说法不一。克孜尔千佛洞有石窟二百三十六个，据说年代最为悠久的是第十七窟。以阿尔伯特·格伦威德尔和勒柯克为首的德国探险队员按照各个石窟的特点对相关石窟进行了命名，如"孔雀洞""十六骑士洞"等。1953年，中国政府对这里的各个石窟进行了系统编号（当时总计二百三十五个洞窟，后来又发现了一个）。

对于最古老的第十七窟，有人说是始于三国时代，有人认为不早于西晋，而北京大学的阎教授认为是东汉末期开凿的。不管怎么说，这个画有交脚菩萨像的石窟在公元3世纪末期就已经成型。

出生于公元 4 世纪中期的鸠摩罗什，应该对这个第十七窟并不陌生。作为佛僧，他很可能参拜过这座佛窟。公元 3 世纪时期，佛图澄很可能仍在故乡龟兹，史书虽然没有记录他在那儿的活动轨迹，但那时正好和第十七窟的开凿年代重合。既然佛图澄素怀东方传教之志，并经年日久才从敦煌到达洛阳，所以对佛教如此虔诚的人很可能和这座石窟的建造有着很大的关系。

龟兹四周被荒凉的沙漠包围，即使走到尽头也没有任何别样光景。日本的佛教和龟兹出身的两位佛教巨人有着深厚的渊源，而这种关系时至今日依然在延续。石窟的文化氛围虽然没有原封不动地融入日本，但只要沿着这样的韵味往下探寻，就能感到内中的脉络和承袭关系。

因为没有具体的文献记录，龟兹近边的石窟年代也众说不一。与之形成鲜明对比的是敦煌石窟。据史书记载，敦煌石窟中最古老的洞窟始于公元 366 年，为乐僔所建。此外，敦煌壁画中也有许多年代可寻，而库车的千佛洞只能依据不同风格样式来推测其大概的建造年代。

敦煌石窟皆成排地连缀在鸣沙山的崖面上，看起来清晰流畅，而克孜尔、库木吐拉和克孜尔尕哈千佛洞好似嵌在大山怀中，其地形要比敦煌复杂许多。所以，如果说敦煌石窟是平坦马路，那么库车的千佛洞就是羊肠小道。我多年前曾到过敦煌，对其印象颇深。和敦煌相比，我总觉得库车的千佛洞似乎没有那么引人注目。但我这个外行还想弄清一个问题：到底哪一个年代更久远一些呢？

众所周知，佛教起源于印度，然后经西域传到中原。所以按照一般的逻辑，西边的佛教传播应该早于东边，而石窟建造自然也是自西向东逐步发展。按照这样的逻辑，库车的千佛洞应该早于敦煌，不过这毕竟是外行分析法。其实，西域石窟西起阿富汗的巴米安，东至敦煌，几乎都建造于同一时期。这一点已成定论。

在公元三四世纪时期，库车已经融入了佛教圈，《晋书·四夷传》中的龟兹国部分就有"（龟兹城内）佛塔庙千余所"的记载。如果将当地大大小小的佛塔都计算在内，那么有上千座也并不夸张。

公元 399 年，法显为求取律藏，从长安出发，前往印度。两年后，鸠摩罗什带着律藏来到长安。这不得不说是天意弄人。

法显自长安出发时已是六十四岁高龄。当他到达张掖时，受到了张掖王的款待。据他所著的《佛国记》记载，张掖王为"改业"，其实大概就是"段业"的误写。段业就是那个曾是吕光参军，并随吕光远征龟兹，后来又奉命作《龟兹宫赋》的人。

从张掖出敦煌，然后在鄯善（即以前的楼兰国）停留一个月后，继续往乌夷国（即焉耆）方向行进，然后又在此居住两月余。但由其见闻来看，法显在此似乎受到了冷遇，并言此地之人多不知礼节。后来，他由此出发到于阗，然而他的行记中只提到往西南直行三十五日，而并没有涉及路径及路途见闻。

如果法显到过龟兹那样拥有华丽宫殿的西域大国，那么他的相关著作中就应该会有文字提及，如今却没有发现只言片语，那么就意味着他应该没有途经那里。但从路线判断，他的足迹必然经过龟兹附近。

对于法显对焉耆不知礼仪的评价，《晋书·四夷传》记载如下：

好贷利，任奸诡。
王有侍卫数十人，皆倨慢无尊卑之礼。

吕光西征之际，焉耆不战而降，在讨伐龟兹时焉耆又出兵援助。

也许是两者互为邻国吧，龟兹和焉耆之间似乎矛盾很多。

西晋武帝太康年间，焉耆王龙安"遣使入侍"。龙安的夫人是狯胡国女子，其子单名会。龙安病重卧床之时，将儿子唤至身边，嘱咐道："因龟兹白山之故，父忍辱负重，尔既为吾子，当勿忘以雪耻。"

我们无法得知龙安所说的耻辱具体是什么，但在其死后，其子龙会果然不负嘱托，攻取了龟兹白山，并占领了龟兹全境。后来，他又命自己的儿子龙熙驻守焉耆，自己则亲往占领地龟兹，推行地区霸权主义。据说葱岭（帕米尔）以东，没有不臣服于他的国家。然而龙会恃强凌弱，恃勇而肆无忌惮，虽然他替父亲洗刷了耻辱，但同时又将屈辱强加在他国身上。对此，他并没有放在心上。有一天他出宫外宿，不料被龟兹人罗云所杀。

龙会死后，龟兹重新复国。吕光西征之时，龟兹奋起抵抗，就是因为他们要守护刚刚复国且来之不易的独立。据《晋书·四夷传》所说，向吕光献降的焉耆王乃是龙会之子龙熙，但《晋书·吕光传》却将其写成了"流泥"。龙熙的"熙"应该是颇有中原汉风的名字，而"流泥"则多是当地语言的汉语读音。

西域历史中的类似事件，仅仅记载在中原文献中，西域各国自身并没有留下相关文字资料，或者确切地说，相关资料尚未被发现。

02

如果说西域自身有有关公元四五世纪时期信息的文献，那么就要数由婆罗米系文字写成的史料了。之前我已提到，这种龟兹文献中的斜体笈多文最后被学术界命名为吐火罗 B 语，最早源于 6 世纪。

婆罗米系文字多以石刻碑文的形式留存于世，纸质写本极少，或者说纸质本可能深埋在库车周边的沙漠之下。正是这份对未知的探求，成了到西域巡礼之人的一大期待。

多年后，法显从印度返回，此次他选择了水路。公元 412 年 7 月，他从青州（即山东胶州湾）登陆，公元 420 年前后圆寂。回国后，他分别在南京、荆州两地讲经弘法，圆寂前再也没有踏上长安的土地。一方面是由于南朝治下的佛教界对这位印度归来的高僧挽留再三；另一方面也因为长安局势不稳。那位在他出发后来到长安的鸠摩罗什，已经于多年前往生极乐了。

病重的姚兴于公元 416 年驾崩，后秦政权因此迅速趋于混乱，第二年，东晋大将刘裕直捣长安，后秦灭亡。由于刘裕觊觎司马氏的帝位，所以并不打算久居长安，而是只派了部下驻守，自己则迅速南撤。不久，匈奴赫连勃勃率大军南下，击退了东晋留守军队，自称夏国皇帝，定都长安。

除夏国外，西北地区还有鲜卑族的西秦和南梁、汉族李氏的西凉、匈奴族的北凉等割据政权。后来，这些地方政权都被北魏吞并。公元 439 年，北魏灭北凉，统一了北方。

法显出行时最先到达的西域，在公元 5 世纪的时候是怎样一种情形呢？

公元 435 年，当时西域依稀尚存的弱小政权遣使向北魏国都平成（今山西大同）朝贡。这些国家包括龟兹、疏勒、乌孙、悦般、揭盘陀、鄯善、焉耆、车师及粟特九国。

当时，北魏势力已逐渐渗透到西域地区，所以西域各国也从安全的角度考虑，首先向其表达尊崇之意。不过，九国使节同时入朝自然是他们提前商议的结果。

北魏是鲜卑拓跋部王朝，但他们后来放弃了本民族固有的语言习俗，从根本上实现了汉化。作为中国北方的主要势力，北魏政权延续了约一百五十年。在这期间，北魏曾两度出兵西域。

第一次为公元 445 年的讨伐鄯善之战。

曾以楼兰之名名扬于世的鄯善在十年前和其他西域八国一样遣使北魏表示臣服。在众多入朝的西域诸国中，鄯善离中原最近，所以对旁边的大国多有忌惮畏惧之心。在这之前，鄯善和北魏之间尚有河西地区的缓冲地带，但北凉灭亡后，鄯善再无屏障可依。

北凉灭亡之际，北凉王之弟安周逃往鄯善，并劝说鄯善王说："唇亡齿寒，北凉之后鄯善危矣。"对于他的说法，鄯善王也觉得必须有所行动。往返于西域南路之时，鄯善是必经之地，所以自鄯善向北魏朝贡以来，鄯善国内的北魏使者，也就是国营商队随处可见。这就意味着这些商队经过鄯善时，自然能对鄯善国内部的风吹草动有所觉察。

虽然鄯善称得上是西域南路的大国，但国力依旧薄弱。如果北魏得知虚实，做出"鄯善可一举荡平"的判断时，那么鄯善就会面临灭顶之灾。鄯善王终于决定采纳安周的建议，杀死了北魏的商队人员，堵塞了往来道路，并采取锁国政策，以此来阻止国内消息外露，西域南路也因此中断多年。对北魏来说，这可是有损国威的事情，如果听之任之，其他国家必然难以臣服。于是北魏朝廷派出散骑常侍万度归讨伐鄯善。当万度归率五千轻骑兵逼近鄯善时，鄯善王真达将自己绑缚起来出城献降。万度归见状，解了他的绳索，将其带到了平城。

此后，北魏任命交趾公韩拔为鄯善王，并封其为征西将军、领护西戎校尉。实际上，北凉王之弟安周虽然是逃至鄯善，但他却是率兵前来的，鄯善王反而受其胁迫，已经从根本上丧失了自主权。北凉灭亡后鄯善步其后尘，西域从此产生了多米诺骨牌效应。

韩拔于公元448年被任命为鄯善王，同年，焉耆造反。据《魏书》记载，北魏讨伐焉耆的理由为：

恃地多险，颇剽劫中国使。

此时，已荣升为魏成周公的万度归，再次率军出征。

焉耆王战败，逃往龟兹。当时，焉耆和龟兹是姻亲。万度归继续穷追不舍紧逼龟兹，龟兹丧失二百余名士兵后投降。

所谓"颇剽劫中国使"就是掠夺北魏国营商队，其原因很可能就是因为两国之前就存在交易上的矛盾。万度归二度远征之后，西域和中原之间的贸易之路再次恢复了往日的平静。

公元5世纪时期的西域，最引人注目的就是汉族在吐鲁番盆地建立了高昌国。自汉代开始，吐鲁番盆地就是屯田之所，同时也是戊己校尉的驻地，因此那里汉族居民众多。长期以来，高昌和西域诸国之一的车师前部国以及汉族开拓团在吐鲁番这块土地上和平共存。

西晋时，朝廷复设戊己校尉，并命赵贞任此要职。

"八王之乱"后，西晋政权分崩离析。公元313年，都城洛阳陷落。公元318年，西晋皇族、琅琊王司马睿在南京即位称帝，史称东晋。东晋王朝偏安于江南一隅，所以无力顾及远在千里之外的吐鲁番盆地，戊己校尉因此陷于孤立状态，不得不自立求保。

西晋时期，张轨之孙张骏已经在河西建立起了半独立政权，史称前梁。张骏对西域垂涎日久，然而戊己校尉赵贞并没附逆于他，于是他命李柏征讨但未获成功，无奈之下，张骏率军亲征，终于将赵贞俘虏。

接着，前梁在此设立高昌郡。戊己校尉一职，一直以来都带有殖民的性质，而"郡"则意味着和"本土"一样。

然而，吐鲁番盆地并没有因此长久太平，政权更替依旧频繁。从前梁到前秦，再到吕光建立的后梁，以及后来的西凉、北凉……如果将这种更替的历史一一说来，恐怕会搅晕脑袋。

曾经逃命到鄯善的北凉王之弟安周，不仅侵入汉族的聚居地吐鲁番，而且还继续将祸水西引，于公元450年促发了西域本土政权车师前部国的灭亡。此后，高昌郡变为高昌国，归属安周统治。但仅仅过了十年，北方的柔然（蒙古系，是一个从公元4世纪中期到6世纪中期支配整个蒙古草原的游牧民族）大兵压境，安周兵败被杀，柔然立仰其鼻息的阚伯周为高昌王。

北方政权在争斗中消涨不断。不久，高车（土耳其系）又力压柔然，封听其号令的张孟明为高昌王。说来道去，阚伯周和张孟明其实都是傀儡而已。柔然和高车都选择汉人为傀儡，可能也是考虑到吐鲁番地区汉人众多，游牧民族难以统治之故。事实确实如此，如果没有当地汉人的支持，高昌王就形同虚设。张孟明遭排斥被杀，高车再立汉人马儒为高昌王。马儒和北魏暗中联系，希望当地人能回归中原故土，然而吐鲁番盆地的汉人早已在此历经几代，已无归乡之念。于是马儒也没有逃脱被杀的命运。

后来，众人立马儒的长史鞠嘉为王。比起前两个被杀的高昌王，鞠嘉显然要幸运很多。高昌的邻国焉耆因国内动乱难以控制，故焉耆人也希望鞠嘉兼任其王。对此，鞠嘉遂派次子掌控焉耆政权。这种不费吹灰之力主动献城的方式，使得高昌强大起来。

至唐太宗时期被灭，鞠氏王朝一共持续了一百四十多年。玄奘法师路经此地时，就正值鞠氏王朝统治时期。

不过，高昌的命运也如同一曲悲歌。如果他拂逆超级大国的意志，恐怕一天也无法生存，况且是夹在两个大国之间，更不敢有任何轻动之举。

03

高昌国都为"Qara-hoja"（维吾尔语），即所谓的高昌古城，是全国重点文物保护单位。如今，古城的墙壁、宫殿和寺院早已颓唐零落，而我们也只能据此依稀回忆古城当年的风采。

吐鲁番盆地海拔负一百五十四米，是世界最低的盆地。它像一个巨大的钵盂底部，因此夏季十分炎热，而冬季又极其寒冷，常年干燥少雨。这座残损的高昌古城是用砖瓦建造而成的，距今已有千年，能够保存到这个程度，也得益于这种干燥的气候。

高昌古城中的半圆形屋顶的建筑、带佛龛的寺院以及楼阁式佛塔等都带有浓厚的萨珊王朝时期的阿拉伯风格，甚至让人难以相信这是汉族人建立的政权。

也许是汉族人已经入乡随俗了吧，他们的生活已经染上了西域色彩。也许是因为缺乏木材的缘故，这里的木制建筑很少，即便有，在历经了千年之后也早已荡然无存。当然，也有可能被后世居民当作了燃料。也正是因为干燥，所以这里出土的文物数量众多。高昌古城的旁边，便是阿斯塔那古墓群（高昌贵族墓地），这里的陪葬品被各国探险队盗挖。大谷探险队盗取的宝物存放于日本，而斯坦因盗走的一部分物品则将印度新德里国民博物馆的一间馆室摆满了。

首先，鞠氏王朝先后沿用了重光、章和、永平、建昌、延昌、延和、义和、延寿等颇具中国传统式的年号，并铸造了"高昌吉利"的流通钱币。其次，官制形式以中原为蓝本。除此之外，他们的生活也融入了诸多西域因素。前高昌王马儒就因采取了"回归汉土"的政策，所以遭到了当地居民的反对。由此可见，这里的汉民族俨然已经西域化了。

虽然高昌是汉族王朝，但这只意味着王室全是汉人，而百姓则未必全是。此外还有一部分为数不多的操着吐火罗 A 系语的伊朗裔民族。从阿斯塔那古墓群出土的陶俑来看，既有汉族女官，又有胡人武士。据相关材料记载，这里除了伊朗裔居民外，还有土耳其裔的驻铁勒官员。

毋庸置疑，高昌是一个多民族国家。要统治这样的国家，就不难想象需要借助宗教，特别是佛教的威灵。除佛教外，这里还有祆教（琐罗亚斯德教）、摩尼教、景教（聂斯托里派基督教）。学校也用"胡语"讲授儒学教义，即训读式讲解。不仅是伊朗裔居民需要如此，就是常用吐火罗 A 系语的汉族三四世后代也需要以此种方法来理解儒家经典。总而言之，这里的人们为开辟美好生活而不断开动脑筋。

当然，吐鲁番盆地不仅有这座位于吐鲁番县城东约四十六公里的高昌古城遗址，在县城以西约十二公里的地方，交河古城遗址也清晰可见。

交河古城，顾名思义，就是古城位于河流的交汇之处。城前是交汇的河流形成的天然护城河，城后的悬崖绝壁笔直而陡峭，确实是一个易守难攻的险阻之地。不过和高昌古城相比，这座宽度只有三百米，长度也只有一点五公里的城池就会显得狭小很多。

比起在开阔之地建立的高昌城，身处要塞的交河城在军事统治上更具优势。也许正是这个原因，唐太宗在消灭了鞠氏王朝并将高昌纳入大唐国土时，才有意将安西都护府设在交河城内。

交河城虽然比高昌古城小许多，但由于废弃时间相对较短，所以遗留下来的建筑遗迹较多。高昌古城除了残留的城墙和城中的宫殿、寺院外几乎一无所有，而交河城中的普通民宅依旧有所保留。每所宅院中都有一处呈红褐色，那正是家家户户烧火做饭的灶台位置。

法显去印度时并未经过吐鲁番盆地，他在焉耆获得了符公孙的资助，才得以直接取道于阗。而同行的智严因在焉耆遭到冷遇，所以只得再到高昌求取一些行旅物资。去往印度如果要绕行至高昌，那么最终还得折返，但对当时的求法僧来说，为了能够获赠一些旅途所需，有时也会走一遭这条"之"字线路。

在法显来到西域的二百二十多年后，高昌迎来了前去印度求经的玄奘法师。"通伊吾（哈密）之道"，被请入吐鲁番盆地。玄奘到达高昌国的时候正值唐贞观二年（公元 628 年），当时的高昌国王为麴文泰。从第一代高昌王算起，麴氏王朝已历七世。麴文泰对年轻的玄奘赞赏有加，故而想让其留在高昌，但玄奘取经之意坚如磐石，以绝食明志。高昌王无奈，只得许从。但两人同时立下约定：

归来再过高昌，在此供养三载。

玄奘本想履行盟约，但当他十六年后再来到此地时，高昌国已经不复存在。贞观十四年，唐太宗命人消灭了高昌，而麴文泰则死于破城前夕。关于高昌灭亡的来龙去脉，从头说起也许更易理解。当时玄奘虽然顺利通过了高昌，但在他之前的法显却显然没有选择同一路线。玄奘通过"伊吾之道"进入吐鲁番盆地，法显则走鄯善（即"楼兰之道"）

绕过了吐鲁番盆地以西的焉耆。

"楼兰之道"在玄奘时期已经无法通行，所以"伊吾之道"就成了连接中原与西域的主要道路。商队往来频繁，高昌因交通之利而富庶繁荣。

此时，焉耆向唐朝朝贡，请求恢复旧道。此路一开，焉耆就会成为丝绸之路上的十字枢纽，其优势地位自然胜过只作为漫长道路上一个停靠点的高昌。如果商队分成"楼兰之道"和"伊吾之道"两条，那么这将为高昌带来巨大损失，其获利就会减半。为了阻挠旧道再开，高昌联合实力强大的西突厥攻袭了焉耆。我在前面曾提到过，高昌本来就有土耳其裔铁勒使者居住，他们借在突发之时负责协防高昌的安全为由，专责从交易中抽取渔利。

西突厥也属于铁勒的一支，如今在利益攸关的危急时刻，高昌当然会借助西突厥的力量阻止焉耆重开旧道。

然而，焉耆也早已和唐朝秘结。面对高昌和西突厥的联军，焉耆随即向东方大国唐朝求援。对此，唐中央先是派出了使者问罪高昌，高昌王表示愿意悔改前错。面对大国的时候，西域小国往往谦柔以对，这一点唐朝自然心知肚明，于是唐朝要求高昌王亲自到长安"入朝觐见"以证其诚，但高昌王以病为由未曾前往。

至此，唐太宗决定征伐高昌。贞观十三年（公元639年），太宗任命侯君集为交河行军大总管、薛万均为副大总管，大军于第二年8月直抵高昌城下。也许是因胆战心惊而忧虑成疾吧，未等唐军进攻，高昌王鞠文泰便一命呜呼。鞠文泰死后，其子鞠智盛即位，成为鞠氏王朝最后一代君主。

04

在当时的情形下，高昌的盟国西突厥有什么动作呢？他们陈兵可汗浮图城，摆出一副要救援高昌的样子。但那里在交河城以西一百八十公里，所以，与其说是救援，莫如说是声援。也许唐军只分兵少数进攻西突厥，但他们深知唐军实力，所以未曾迎战便撒腿西遁。此时，孤立无援的高昌只得献城投降。在经历了九代皇帝，国祚延续一百四十二年后，高昌灭亡。

唐朝宰相魏征曾向太宗进言，建议在高昌扶植一个傀儡王，对高昌实行间接统治，但唐太宗未采纳他的建议，直接将高昌改名西州，将其置于唐中央政府的直接管辖之下。这样一来，唐中央政府就直接任命官员管理吐鲁番盆地，并将安西都护设在交河城。最后一任高昌王鞠智盛被唐军带回长安，受封左武卫将军、金城郡公，当然，这都是没有实权的闲职。

唐朝远征军中，行军大总管侯君集因对当地的掠夺默认不管，同时自己也将相关宝物中饱私囊，副大总管薛万均和高昌女子私通，两人均受到言官弹劾。结果，二人同时被免去军功，但并未被问罪。高昌城演绎了多少兴亡故事，如今皆被时光冲洗而去，高昌和交河古城的土黄之色映衬在西域蔚蓝的天空之下，显得格外醒目。

后来，西域地区全部伊斯兰化，地上的佛教遗迹几乎丧失殆尽，只有石窟保存下来了。

　　吐鲁番盆地的石窟分布广泛，但要数柏孜克里石窟群最为有名。该石窟群位于吐鲁番县城东北五十多公里，即火焰山中木头沟河岸，共计石窟五十七个，分佛窟和僧窟两类。其中，普通僧侣所住的僧窟中没有壁画，带壁画的石窟只有二十多个。遗憾的是，精致优美的壁画已经在二十世纪初期流失到海外了。

　　德国探险队掠走的壁画被收藏在柏林民族博物馆。第二次世界大战期间，有一部分壁画因空袭而被烧毁，但其中大部分因保护及时而幸免于难。斯坦因从这里带走的壁画和他在阿斯塔那古墓群盗走的文物都被收藏在新德里国民博物馆。阿斯塔那古墓群的文物常常公开展览，但柏孜克里石窟的壁画却很少公开展览。

　　一般来说，如果要欣赏柏孜克里石窟的精品壁画，最好去柏林或者新德里的博物馆。不过我倒觉得石窟壁画还是应该去石窟里面观赏为妙，因为博物馆里的所见所感自然无法和身临其境相比肩。

　　和库车附近的石窟群远离县城一样，柏孜克里石窟距高昌古城也有一定的距离。来到这里，也许是信仰使然，也许是出于对美的眷恋。走过遥远的险路，嗅着脚下的土味，炎炎烈日当空，我们在石窟前一边吃着西瓜和哈密瓜，一边俯瞰着木头沟河缓缓流过。欣赏壁画的喜悦之情，让我深深感受到了此行的意义。

　　柏孜克里的意思是"饰满绘画的地方"。这里的石窟最早建于公元6世纪末的隋朝，比敦煌莫高窟要晚两百多年，每个石窟都有编号，其中的第二十五号石窟建造时间最为久远。

　　20世纪初期，来到此地的外国探险队因一时难以将众多壁画全部盗出，又担心后来人将其运走，于是就将泥土涂在壁画上加以隐蔽。因为僧窟没有壁画，所以并没有发生这种闹剧。然而后来再没有外国探险队进入新疆，所以涂泥的壁画就原样保存了下来。近年来，专业人员去掉了壁画上面的"泥衣"，这绝妙之美才得以重见天日。当然，也有部分因黏着日久而担心剥泥会伤害壁画，故而暂留未动。建于宋代的第三十七号窟就是如此。

柏孜克里石窟是我最早见到的石窟，那是在去敦煌前两年的1973年夏天。根据观赏者所在方位的不同，柏孜克里石窟后的黄色沙山有时会像隆起的乳房，有时会像平伏的胳膊，有时还会像尖锐的三角……仅仅这些，就足以让我难以忘怀。虽然壁画因人为的破坏和岁月的剥蚀而略显惨淡，但周围的景色却多少让我感到一丝慰藉。

第三十九窟始建于宋代，该壁画画有外国使节，充分反映了丝绸之路的国际性特征。

05

柏孜克里石窟附近的火焰山之名曾在《西游记》中出现过，相关故事也可谓耳熟能详，饶有趣味。虽然我觉得《西游记》的作者不可能来过这里，但火焰山的名称他必然听过。对于妖魔鬼怪各显神通的《西游记》来说，火焰山自然是不可忽视的绝佳舞台。

现实中的火焰山山体呈红色，侵蚀而成的沟壑纵排相连。烟霭升起时，山上就像燃起了飘舞的火焰一样。特别是盛夏时分，这里40℃以上的高温连日不断，从盆地低处望去，那红色的山体最易让人联想到熊熊的火焰。在这种酷暑难耐的山上营建信仰之地，也许正是为了证明信仰是一种不可动摇的力量。

回国后，玄奘完成了《大唐西域记》。在西域见闻中，他从阿耆尼国（即焉耆）开始写起，却没有将高昌列入介绍范围，那是因为当时高昌已经在唐朝建制之下。他在提到每个西域国家时，都会清晰地表明该国是信奉小乘佛教还是尊崇大乘佛教。虽然没有关于高昌的记载，但毕竟他在高昌受到了热情招待，临别之际，他向该国信众讲授了《仁王般若经》。由此可以推断，高昌应该信奉大乘佛教。

因为高昌汉人众多，所以该国有很多来自中原的汉译佛典，而佛教原典取自印度。有史料记载，《大般涅槃经》就是从印度直接传入的。这种既有自西而来的"顺流"，又有自东涌进的"逆流"，二者集合在一起，形成了佛教文化交流的主流。公元 10 世纪以后，吐鲁番盆地成为回纥的势力范围，即所谓的维吾尔族人控制时代。因此，将佛典译为维吾尔语大为盛行。从目前吐鲁番盆地出土的维吾尔语译佛典内容判断，其主要归属大乘佛教。此外，相关专业学者的研究表明，这些维吾尔语佛典并非直接译自梵文原作，而是借助汉译本转译的。

柏孜克里石窟群中的众多洞窟营造于回纥时代者也不在少数。这些凿洞绘画之人，其信仰也多来自汉译佛典。信仰之外，石窟中随带的佛教美术作品显然既有西来的因素，也有东土的影响。

西域之路并非只是一方通行，特别是曾经汉人居多的吐鲁番盆地，东西往来者比其他地方更加频繁。《北史·西域传》有云：

俗事天神，兼信佛法。

所谓"俗事天神"，很可能是蒙古或土耳其裔人的天神崇拜，也有可能是琐罗亚斯德教、摩尼教或基督教的教义。因为此地民族众多，宗教信仰也五花八门。相比较而言，佛教因其自身的特质，加之当政者的支持，所以发展得更为繁荣。

纵观多民族杂居的吐鲁番盆地的历史，其原住民杀死国王的血腥事件似乎发生了不止一次，然而却没有发现民族之间的暴力冲突，这也许就是佛教这条纽带的作用吧。

此外，吐鲁番盆地还有胜金口、吐峪沟等几处石窟群。虽然同是西域文化的中心，但除了喀什境内的"三仙洞"外，其他地方已经没有什么像样的佛教遗迹了。

以塔克拉玛干沙漠为中心，西域可以分为五大文化圈。

塔克拉玛干沙漠之南被称为西域南路，以鄯善为中心的罗布泊一带是我们熟知的"楼兰文化圈"，另一个就是"于阗文化圈"。

与之相对，塔克拉玛干沙漠以北被称为西域北路。西域北路上，天山山脉横亘其中。而天山南北又被细分为天山南路和天山北路。吐鲁番、库车和塔克拉玛干属于西域北路，以天山为基准的地区即天山南路。这两处分别是吐鲁番文化圈和天山文化圈。此外，兼有两个文化圈特征的喀什自成一体，一般认为它是独立的文化圈。当然，之前也有人将喀什列入于阗文化圈之内。

寻找失落的文明

01

喀什既是两个文化圈的交汇之处，又是西出帕米尔高原的起点，从帕米尔高原一方来看，这里又是崇山峻岭的终点。这种包含多重特征的地方，带给人们许多难解的神秘。

三仙洞位于喀什市西北十八公里处。和其他地方的石窟大多建在河两岸的崖壁上一样，这里的石窟也都建在恰克玛克河岸边。我 10 月份到访这里的时候正值枯水期，恰克玛克河河水很浅。站在河滩仰望三仙洞，只见洞窟位于绝壁之上，离地大约四十米，没有工具断然无法攀行其上。即使使用梯子，也必须多个相接方可，着实危险。过去曾有身轻如燕的年轻人借助悬梯攀爬上去，但近年来几乎无人涉险。

三仙洞的开凿年代据说是在公元 3～4 世纪。洞如其名，直立的崖壁上只有三个小小的石窟飘零孤悬。石窟群又通称千佛洞，大概是因为洞窟众多的缘故。千佛洞的维吾尔语是"Ming Öy"，即"千间房屋"

的意思。而三仙洞只有三个洞窟，当然不能冠以千佛洞之名了。

三窟之中，左侧的石窟有壁画但没有供奉佛像；中间的石窟壁虽然已经被涂成了白色，但没有壁画，只有下半身佛像残留安放；右侧可能是个僧窟，里面空空如也。

在一千几百年前开凿这座三仙洞时，绝壁悬崖断然没有现在这么高，因为悬崖下靠近河滩的地方，肯定经过了严重的冲刷。若如现在这样，石窟断难建成。石窟的正下方有许多方孔，是专门夹塞木料的地方。因为最开始时，石窟前也曾建有堂宇。三仙洞中间的那座石窟壁被涂成白色却没有壁画，由此可以推测，这很可能是一个中途被放弃而未完成的石窟。据说 20 世纪 40 年代时，三仙洞对面的几处石窟因河流泛滥而惨遭毁灭。三仙洞附近还有三个小石窟，但每个石窟只开凿了洞孔，里面一无所有。这也可能是在营造途中因故被搁置使然吧。

作为佛教盛行的土地，现如今所剩遗迹屈指可数，让人看来极为孤独。1906 年，二十八岁的保罗·伯希和来到喀什三仙洞。他雇用了很多人，后来发现绝壁石窟内空间较小，只能屈身进入。通过勘察，三座石窟内部相通的事实得到了印证。

玄奘取经返回时曾途经喀什。喀什在汉代时被称为疏勒，玄奘《大唐西域记》中称其为佉沙国，《新唐书》中疏勒、佉沙同时出现。不过，新旧《唐书》中都有这样的记载：

俗，祭袄神。

看来新旧《唐书》是把喀什当作了琐罗亚斯德教（即袄教）国家。对此，玄奘又有另一番体验，他认为喀什是信奉小乘佛教的国家：

淳信佛法，勤营福利，伽蓝（寺庙）数百所，僧徒万余人，习学小乘教说一切有部。

虽然喀什也有琐罗亚斯德教教徒，但通过实际见闻而发此言论的玄奘之说应该可信。玄奘也好，新旧《唐书》也好，关于喀什，他们都有"文身绿睛"的记载。看来这里的人喜好文身，而且都长着碧眼，给人以十分野蛮的感觉。不过，如今的喀什居民好客温顺。

玄奘之后，西域进入了民族大迁移、大融合的时代。所以说起西域历史，我们更应该以历史唯物主义的眼光来审时度势。据《隋书》记载："（疏勒王）手足皆六指。产子非六指者，即不育。"真是十分奇怪。

唐玄宗天宝十二年（公元 753 年），疏勒王裴国良亲赴长安谒见，后被授予折冲都尉，赐紫袍冠带。

虽然东汉时代的疏勒城并非佛教遗迹，但也是喀什市东南方仅存的历史遗产。

葱岭，即帕米尔，自古以来就是东西交易之道，也是佛教传来之路。然而，这里却没有留下任何佛教遗迹。法显和宋云都曾路过这里，玄奘在取经归来时也曾穿越葱岭。当时葱岭中的揭盘陀国就是现在的塔什库尔干·塔吉克族自治县。北魏时期，西域九国前往平城朝贡，其中就包括揭盘陀国。总体来说，揭盘陀国扼守东西交易的利害。

敬崇佛法，伽蓝十余所，僧徒五百余人。

玄奘法师在《大唐西域记》记录如是。这里和喀什一样，都是佛教国家，而且都信奉小乘佛教。

如今，塔什库尔干地区主要是塔吉克族。他们是雅利安人后裔，这在新疆也不多见。他们使用的语言并非像维吾尔语那样的土耳其系，而是属于印欧语系。

公元 9 世纪上半叶，西域地区的居民还都在使用吐火罗语，其土耳其化源于公元 9 世纪后半叶。那么吐鲁番、库车、喀什等地先前的"胡人"都去了哪里呢？其实，这里的民族迁移并非互相排斥，而是以融合的形式产生了变化。20 世纪初期，外国探险家就将这里称为土耳其斯坦或东土耳其斯坦，即土耳其裔的居住地之意。不过，居住在帕米尔山中的塔吉克族避开了土耳其化的影响，这一点在语言方面表现得尤为突出。另外，他们还吸收了一部分来自塔克拉玛干以北的移民。

西域的民族大迁移也带来了宗教上的变革。11 世纪初，维吾尔人建立了喀喇汗王朝。

喀什市以东约三十五公里的罕诺依古城遗址就是喀喇汗王朝某些君主的驻跸之地。除了建筑物的土基还依稀可见外，已看不到任何称得上是文物的东西。不过，这座遗迹却是西域由佛教圈转换为伊斯兰教圈的见证者。据说，用土耳其系语写成的最古老的文学作品《福乐智慧》（优素福·哈吉）就于 1069 年成书。

总而言之，佛教就退出了西域的历史舞台，留下的只有曾经辉煌的遗迹。如今我们很难在西域探寻到佛教的遗迹，大概就和当时的信仰更替息息相关。

帕米尔山中似乎没有修建石窟，或者说尚未被发掘。因为只有石窟才残留有佛教的遗迹，所以要在塔什库尔干有收获，当然是天方夜谭了。

塔什库尔干县城并没有城墙，宽阔的马路两旁的政府机构、招待所、电影院或运动场等并排林立。不过在县城附近，却有一个古城遗址。

02

西域最为奢侈的东西就是土地的使用。自家房子也好，村落也好，甚至是被称为县城的稍具规模的地方也好，只要陈旧一些或者感觉住得不舒服，他们就会果断地放弃，另觅新所，频繁地更换住地。不过，因为古时候都要修建城墙，所以住地并不会出现随意更换的情况。那时候他们要么用城墙将城市围起来，要么将居民收容到城堡之中，而塔什库尔干——古代的揭盘陀国应该属于后者。既然搬家不易，那么干脆将所在的城堡多多加固、加高。

可能是担心敌人来袭，所以他们才将城修得很高，或者是直接利用山势。如今塔什库尔干县城附近的古城遗址就是一座用土、石在平地上建起来的高城。《大唐西域记》对此解说如下：

国大都城基大石岭，背徒多河。

在我看来，这座古城似乎并没有因势利行。后来当我问过当地文物管理所负责人后才知道，现在的古城遗址表面是六百年前增建的，表层下面还有更加久远的痕迹，而且分属多个时代。代代增建加高，才有如今的这个样子。

站在高大的城堡上，周围境况尽收眼底，如果敌人来犯，也可提早侦知。因为这座古城跨越了整个伊斯兰时期，所以称得上是名副其实的历史遗迹。这座城同样在告诉我们，人类为了在艰难的环境下获得生存，就会努力发挥自己无穷的智慧。而我们参观这处遗迹的最大收获，也在于感受这份执着的努力。

在离县城不远的地方，曾经商旅留宿的住所被当作历史遗迹保存了下来。以前的驼队一天内行进三十公里左右，所以大约每隔三十公里就有一处砖瓦改成的宿处。虽然是遗址，但也不到百年。其实这些居所都经历了好几个时代的增补。驼队商旅的住处必须有水草，而在西域，这样的地方是非常有限的，所以即使原始的居所已经残破，而新居也必建在原址上。由此推测，最早的商队居所应该跨越了千年的烟云。

玄奘将经文放在象背上经过此处，不想遇到了山贼。山贼出没，也印证了这里的商旅行人往来频繁。那么这里当时就必然已经有了专供行路人休息的居所。

游牧民族的帐篷也可以称为"居所"，但帐篷多用毛毡制成，而行旅商队所住之地一般都用砖瓦砌成，无法移动。这些固定居所可以容纳三十人横躺着，并有做饭的地方和排烟孔。如今我们都是坐车穿行，自然无须入住这些居所，但这些居所顶部的烟囱就像交河古城中普通民众家中的灶台一样，使人感受到浓浓的生活气息。

当在遗迹中感受到这些生活气息的时候，我们脑海里的某种固有历史观似乎在不经意间开始动摇。

法显和宋云从莎车进入喀什，玄奘则是西出喀什前往塔什库尔干。这一段路上被皑皑白雪覆盖的高峰多在七千米以上，有时令人畏惧，有时令人神驰。

玄奘遭遇山贼后，驮着经文的大象受惊逃跑，溺亡在盖子河中了。回到长安后，玄奘将自己的经历告诉弟子，弟子们随即记录了下来。

当我们来到盖子河畔时，不禁联想起了一千三百年前的这段往事。被记录下来的有据可寻，那么一路上未经记录的浪漫和悲凉还有多少呢？

03

我们将话题暂时拉回到库车上来。鸠摩罗什随吕光军队东行后，当时的龟兹国是怎样的一番情形呢？具体细节实不可知。

吕光拥立的白震成为龟兹王，开始治国理政，那么逃亡的前王白纯行迹如何呢？和西域诸国一样，龟兹也没有书写本国历史的习惯，所以我们无法得知其中的细节。

西域各国和中原王朝的接触在那时也比较频繁。比如，北魏太延元年（公元 435 年），西域九国遣使入朝，龟兹便是其中一员。但好景不长，后来北魏讨伐焉耆，龟兹再次被卷入战火。短暂的光明之后，黑暗再次来临，对此，我们不妨继续探索。

中国史料记载某年某国朝贡之类的事情较多，但对某地的佛教变迁似乎没有多大兴趣。三藏法师在《大唐西域记》中关于龟兹记录如下：

伽蓝百余所，僧徒五千余人，习学小乘教说一切有部……

读到这里，我不禁有些愕然。就在玄奘到此之前的两百多年前，龟兹有一位高僧大德鸠摩罗什，他专攻的应该是大乘佛教。在鸠摩罗什的影响下，该国大乘佛教盛极一时。但据玄奘的记载，鸠摩罗什离开龟兹后，这里却成了小乘佛教的天下。莫非是该国后来又出了一位杰出的小乘佛教高僧？其中原委，我们着实难以参透。

虽然玄奘说龟兹信仰小乘佛教，但龟兹周边的石窟壁画多以《佛本生经》故事为主题，带有浓厚的大乘色彩。而一向被认为是尊崇大乘佛教的高昌却出土了小乘经典《杂阿含经》，让我理不清头绪。

玄奘来到龟兹时，周边各地的石窟建造已经风生水起，但《大唐西域记》中却没有关于石窟的只言片语。莫非是他将石窟算在"伽蓝"之中了？即便如此，他也应该对石窟中的曼妙壁画心有所感吧？然而即便他后来在印度看到过阿旃陀石窟中的壁画，但却没有留下只言片语，这着实令人惊诧。

《大唐西域记》中的昭怙厘伽蓝就是距库车县城二十公里的苏巴什古城，如今已是自治区文物保护单位。古城城墙外残留的全都是寺院的遗迹。想来城外是以伽蓝为中心的，而给寺院供给物资的商人或者工匠的住所都规划在城内吧。"接山河，隔一河水，有二伽蓝"的地形，除了苏巴什古城别无其他。所谓"一河水"就是指库车河。流经库车以西的渭干河又叫西河水，而库车河正好与之相对，又名东河水。西河水中有一座巨塔的残破遗迹，据辨认，塔上有壁画的痕迹。如今为了保护巨塔，专家正在对其进行修复。东河水边的情况基本大同小异，只不过那里的圆屋顶建筑较多。

由于库车河季节性涨水时很难通行，有时只能到西河看看。据说比我们一行早两个月的樋口隆康先生就没到东边的库车河畔。我们十月份到这里正好适逢枯水期，所以乘坐的小汽车轻而易举地便穿过了库车河。在参观完回去时却不幸陷入河中动弹不得，幸亏同行的吉普车用绳索牵引我们的车，才得以脱险。

我们所看到的西河周边地势开阔平坦，发展空间无可限量。但东河对面还有一条河流，两河相夹形成地理位置上的制约。依我看，苏巴什古城并非是因为扩张而形成的两座佛教城市，而是刚开始营建的时候就横跨了库车河两岸。那么当时为什么会如此安排呢？我想这是支配水流的需要吧。

在西域，有水就有了一切。没了水，人们就得离开原来的土地迁往别处安居。除河水外，那种通过人工水渠收集高山融水的"坎儿井"也有很多。据说古时候，这里的人有了钱就会投资修建坎儿井。有钱人一般既是地主又是"水主"，而贫苦的农民只有将仅有的一点儿钱拿出来从"水主"那里买水。如果说大寺院同时也是"大水主"，那么他们修建"跨河伽蓝"就不足为奇了。

在离苏巴什古城不远的地方，有一个规模浩大的人工水渠。这条水渠并非像坎儿井那样埋在地下，而是用于灌溉农田，被称为"林基路大坝"。林基路是这条水渠的督造者，广东省台山县人，年轻时曾留学日本，1938 年归国后赴任新疆。他出生于 1916 年，当年主持修建这条水渠时刚满二十二周岁。后人为了纪念他，以他的名字命名了这条水渠。他在新疆工作了五年，于 1943 年受刑而死。

当时，盛世才在新疆几乎手握独裁大权，因为有苏联在背后撑腰，他一手遮天。当纳粹德国以势如破竹之力横扫苏联时，盛世才觉得苏联将难以依靠，于是对国民政府的态度由蔑视对抗变为百般讨好。为了向国民政府表达归顺之心，他派人将驻守新疆的三名中国共产党干部逮捕杀害。这三人分别是陈潭秋、毛泽民（毛泽东之弟）和林基路。

乌鲁木齐郊外有一座烈士陵园，三位烈士的墓碑赫然屹立其间。墓志由董必武题写，每个人的生前事迹都分别由汉语、维吾尔语、哈萨克语和蒙古语四种文字写成。这样的安排也充分体现了新疆的文化特色。

在新疆期间，共产党员林基路致力于将"大水主"手中的水收回到政府手里，然后由政府统一调配给农民。林基路大坝就是为了不让水渗透到地下，特意用石头铺设而成的水渠。

在维吾尔语中，"Su"为水，"bashi"为"头"。"Subashi"（汉语为苏巴什）这一地名在新疆随处可见，意为"水源"。从塔什库尔干越过帕米尔通往喀什的路上，有海拔四千七百米的苏巴什山，翻越者必须体检合格后方可通过，以防高山缺氧。

玄奘所说的"昭怙厘伽蓝"自古以来都是重要的水源地，这一点从寺院跨越河流两岸便可知晓。我觉得寺院的水源应该和它旁边的林基路大坝一样，多数情况下都是向民众开放的。佛教之人讲究慈悲为怀，这么做再正常不过了，只不过我对自己此次的推测不十分自信。

西河水中的巨塔还残留着依稀可见的壁画，这一点我前面已经提过，但在1978年的时候，有人在这座塔的下面发现了古墓。据说墓穴当中有木质棺架，棺架上摆放着一副双重棺椁。当然，我们到的时候墓中之物早已被搬离，看到的只是空空的墓室。

04

棺架的木材被送到了北京的一家科学院，经过科学手段研究证实，古墓距今已经有一千五百多年，也就是说这座古墓早于唐代，在北魏以前。

棺内的尸骨头枕北腿向南，几乎被完整地保存了下来，但墓主人的身份却无从知晓，有可能是建造这座塔的和尚。由于墓室窄小寒酸，也有可能是为祭祀巨塔落成而被活埋在水下的人的墓。颇为引人注意的是，死者的头盖骨显得与众不同，他的头盖骨因前后受到挤压而呈扁平状，并非死后外力所致。如果是死后才受到挤压，那么头盖骨就会破碎，很明显，生前就已如此，就是在头骨还比较柔软的幼儿期就受到木片之类的东西前后夹封，是一种人为的畸形化。这可是一大惊人发现，因为玄奘在《大唐西域记》中对库车的某种风俗就有所记述：

> 其俗生子以木押头，欲其匾匾也。

"匾匾"即扁平状。这真是一种令人匪夷所思的风俗。此外，中原地区从宋代开始就让女子用布裹足，也算是奇事一件。难道是将头前后夹封后的扁平模样更能体现气宇轩昂？玄奘不仅提到了库车，喀什也是如此。在到这座古墓之前，西域地区的相关史料或者实物无法印证这样的风俗是否存在。库车有数百座石窟，石窟中的壁画更是不计其数。壁画中的人物都穿着库车当时的衣服，体现出一种写实的风格，但却没有一个头部畸形的画像。就连在超强立体感的塑像中，也没有发现这样的特例。这种习俗其实也并非玄奘亲眼所见，而是采信了当地的传闻，以至于后世怀疑这种奇习是否真的存在。然而，这座古墓的出现，彻底证明了玄奘记载的真实性。

离龟兹古城约二十公里的地方有一座伽蓝都市，和王城保持了不远不近的距离，这让我想起了平城京和比睿山延历寺的关系，或者说这体现了一种王佛分离（即王道和佛道分开）的关系。

> 僧徒清斋，诚勤励。

对于这里的僧侣研习小乘佛教并严守戒律的情形，玄奘给予了肯定。

苏巴什古城的维吾尔语写作"SUBEXI KONA XƏHIRI"，但玄奘并没有将其称之为"城"，而是以"伽蓝"之名谓之。《大唐西域记》在讲述完这座伽蓝的故事后，紧接着又说了"大城西门……"要知道，这里的城并非是指苏巴什古城，而是库车的国都。

据说大城西门外路两旁都有佛像，其高九十余尺。唐代的尺和现在的尺相差无几，那么当时的佛像就应该有三十米左右。敦煌莫高窟有两尊弥勒菩萨像，其大小与之相仿。但敦煌的佛像在石窟里面，而玄奘所说的库车西门外的巨型佛像没有堂宇，直接展露在道路两旁。据说当地每五年举行一次大施会，会场就在路旁的佛像前。

在举行大施会的时候，九十余尺的佛像是如何展露呢？玄奘并没有写明。不过，从佛像的整体高度来看，一定十分雄伟壮观。也许还有金箔、银箔及各种彩色料子装饰其上，让人叹为观止。

克孜尔千佛洞的第七窟前曾经立有佛像，如今只有脚踝部分保留了下来，而且多数时间都埋在沙中。但从脚踝大小判断，完整的佛像即便没有数十米高，也要比普通佛像大许多。

如今漫步在库车县城周边，昔日佛教王国的面影早已荡然无存，天山南路的晴空下，只有屹立在库车大寺的伊斯兰寺院中的塔。

《大唐西域记》中说：

会场西北，渡河至阿奢理贰伽蓝。

所谓会场，就是刚才提到的五年一度的大施会会场，有大佛像矗立其间。关于"阿奢理贰"这一寺院名，玄奘只是作注说"唐言'奇特'"。

其实，"阿奢理贰"应该是梵语"āscharya"的音译。翻开词典，英语解释为"matter of wonder"，意思即汉语的"奇特"。那么这座"奇特寺"具体在哪里？玄奘只是概括地说在会场西北，渡河可至。据后世学者多方考证，认为它在库木吐拉千佛洞对岸。

在那里，有烧毁后残留的遗迹。保罗·伯希和还在那儿发掘出了书库，获取了大量婆罗米系文字的书籍。从库车去奇特寺确实得渡河，但行进方向并非是龟兹古城西北，而是正西。会场在西门外路，所以还得往南走。所经之河名为渭干河，就是我们前面提到的西川河。奇特寺建在渭干河西岸，如今早已化成了废墟。

庭宇显敞，佛像工饰。

寺中的庭院和堂宇宽敞明亮，佛像装饰精巧。对此，玄奘做了专门记录。不过昔日的鲜亮已经无法再现，留存下来的只有保罗·伯希和从地下发掘的古籍。与之相比，东岸悬崖上的石窟群却很幸运。

需要补充的是，库木吐拉千佛洞中的"库木吐拉"一词系维吾尔语译音，意为"沙漠中的烽火台"。在西域回纥化（或者说维吾尔化）之前，库木吐拉应该有对应的吐火罗 B 系语名称，或者作为佛寺它还有梵语叫法。因为玄奘只提到了渭干河西岸的奇特寺，却忽略了东岸的石窟寺，所以如今这一切只能凭空揣测了。

库车县城西边三十多公里处的库木吐拉千佛洞有一百六十个石窟，是全国重点文物保护单位。因为紧邻渭干河，在河水泛滥时，低处的石窟会被淹没。因为离千佛洞不远的渭干河上游修有大坝，所以千佛洞附近的水位要比古时候高出许多。1976 年，渭干河河水泛滥，冲坏了多座石窟。对此，中国政府于次年斥资三百万修建了防护堤。

据推测，库木吐拉千佛洞中的第二十四窟和第四十六窟建于南北朝，即公元 5 世纪，是众多石窟中历史最为悠久的两个。

由于第四十六窟位置较高且地势险要，所以才没有被破坏，成为库木吐拉千佛洞中保存较为完整的一个。1978 年，相关部门修建了专门的参观道路。那座洞窟中，有我十分喜欢的交脚菩萨画像。画像中，菩萨的胳膊只勾勒出了三分，颇似近代西洋画中的立体主义。

龟兹往事

01

玄奘并没有记载库木吐拉千佛洞的事迹，但库木吐拉千佛洞却留下了玄奘的印记，因为据说"唐僧"曾到过此地讲经说法。

在西域，要说起唐僧，大家都会想起玄奘。为了等待天山上的冰雪消融，他在库车待了整整六十天。据说当时的库车境内也有数十名高昌人修建了专属于自己的寺院，玄奘就住在那里。大概是因为他觉得小乘寺院非己所长，而高昌人建造的大乘寺院才更适合自己的缘故。这里所说的高昌人就是汉人。

从第六十八窟到第七十二窟，五座洞窟由回廊连成一个整体，当地人称之为"讲经堂"，据说是玄奘讲经的地方。

这五座洞窟周围的布置和喀什的三仙洞十分相似，洞窟前似乎曾建有堂宇。方形的石孔分布在石窟周围，也许就是搭建的讲台，善男信女坐在台上，便可专注地聆听玄奘的讲释。当时的佛教圈通用梵语，那么，玄奘到底是用汉语弘法，还是用他擅长的梵语讲授，我们也只能揣测一二。

在第六十九座石窟的正面，"法轮常转"四个汉字勉强可以辨认。第四十二座石窟中除了有"南无□殊□利菩萨"（□代表残缺）几个汉字外，还有一些我们无法识别的龟兹文字。

唐朝立国之际，龟兹王遣使入长安庆贺。那时派遣使节并非是一种臣属关系的表现，而是想保持睦邻友好。

玄奘在离开天山南路的两年后，高昌王鞠文泰亲赴长安。他是汉人，所以国内民众对他前往中原并没有反对。同年，即贞观四年（公元630年），据史料记载，库车曾向唐王朝进献骏马，这大概也是托高昌王所为的吧。据唐朝文献记载，当时的西域诸国都想通过高昌王"遣使入贡"。唐太宗本想应允，但宰相魏征以"不以蛮夷劳弊中国"之言劝谏，太宗只得作罢。

只是高昌王一人前来，唐朝朝廷就会花费大量钱财。虽然入朝者会带来贡品，但唐朝会回赠多于其数倍的财物，以彰天朝大国之繁荣。此外，每个随行人员也会收到赠礼，所以魏征觉得不应为塞外蛮夷劳民伤财。若入朝者有十国之多，其随行人员必有千余人。西域诸国若入朝献贡，一国随员就有百十人，这是普通定制。如果是商旅往来的话还好，但招待来使确实靡费过甚。况且大唐立国不久，民生多艰，不应以此来撑起国家的体面。唐太宗可能也考虑到了这一点，于是接受了魏征的谏言，拒绝了西域诸国遣使入贡的意愿。

鞠文泰之父鞠伯雅于隋大业五年（公元609年）入朝，受到了隋朝的隆重款待。所以虽然唐朝依据当时自身的国力对鞠文泰礼遇有加，仁至义尽，但和隋朝的礼遇比起来依然有天壤之别。

鞠伯雅入隋，是在日本使者持国书（国书开头为"日出处天子致书，日没处天子无恙"）来中国朝见的前一年。

当时的隋朝正值隋炀帝当政时期，朝廷上下奢侈成风。大业六年（公元610年），隋炀帝召集外藩诸王、首长齐聚洛阳端门街，欣赏盛大的杂耍表演。据说当时整个会场方圆八公里，从晚上到第二天清早一直灯火通明。坊市里的商品堆积如山，就连卖菜者的坐垫都是精美的龙须席（用龙须草编织而成的席子），街旁的风景树装饰着丝绸，在酒肆用餐也不用花钱。

对于用餐不用花钱的事情，衙门特意做了提醒，以此来向外邦炫耀隋朝国力之雄厚、谷物之充盈。其实在这些外邦骑马或坐轿来到洛阳之前，他们也看到过许多苍凉之景，洛阳的流光溢彩遮挡不了艰辛岁月中的贫苦大众，用丝绸包裹的景观树也掩盖不住那食不果腹、衣不蔽体的饥饿百姓。

虽然外国的酋长、使节都看穿了为这种演出所做的太平粉饰，但他们依然对隋朝倾力铺张中展现的国力敬畏由衷。回国之后，他们将隋朝令人惊叹的繁华景象传达给了国人。

二十年后，鞠文泰来到了唐朝国都。由于唐朝初期实行与民生息的简朴务实之策，所以他并没受到想象中的盛大礼遇，大唐的境况显然和他父亲口中的隋朝差之千里，也和当时跟随他父亲远赴朝阙的侍从所说无法相比。

"唐朝国力落后隋甚多矣，大可不必在意。"

鞠文泰心想。但是对于隋亡的原因，他却似乎充耳不闻。

十年后，高昌和西突厥结盟袭击了焉耆。虽然鞠文泰知道焉耆和唐朝的关系，但依然断定唐朝尚无实力向西域派遣远征军。然而注重实效而轻视浮华的唐朝在十年间到底积蓄了多大的力量，鞠文泰却一无所知，这注定了高昌即将面临悲剧性的命运。

高昌灭亡后，唐朝在交河城设安西都护府，对其实行直接管辖。这样一来，焉耆的内外情势就变得错综复杂起来。之前两国曾亲密无间，但由于高昌灭亡后唐军势力扩展到吐鲁番一带，焉耆开始对此感到惴惴不安。西域的另一个国家龟兹，也面临同样的境遇。

因为焉耆国王之女嫁给了西突厥重臣之弟，焉耆也相当于攀附上了另一个超级大国。为了强化和西突厥的同盟关系，焉耆甚至决定停止向唐朝纳贡。这种苗头被安西都护郭孝格发现，他自然不能坐视不管，于是亲赴长安建议朝廷采取强硬措施。

对于臣服大唐还是依附西突厥，当时的西域各国基本都分成了水火不容的两派。焉耆因国王之女嫁到了西突厥，所以自然形成了一股亲西突厥势力，与之对立的是国王之弟颉鼻叶护和栗婆准等代表的亲唐派。后来亲西突厥派占据上风，亲唐派骨干担心受到迫害，被迫逃亡到唐军管控下的安西都护。看到这种情形，唐朝中央断定焉耆国内已经发生内讧，于是接受了郭孝格的谏言，决定出兵征讨焉耆。

02

贞观十八年（公元644年），郭孝格率军攻破焉耆，国王突骑支被擒，夫妇一同被送往洛阳。那一年，玄奘正在回国路上，正行走在西域南路的和田或者楼兰一带。

此时，龟兹承担了焉耆的后援工作。因为龟兹国内的亲唐势力微弱，西突厥的影响十分强大，龟兹几乎可以称得上是西突厥的属国。龟兹王派兵支援焉耆和唐军的战斗，唐朝和龟兹的关系也急剧恶化。

焉耆灭国过程中经历了诸多繁复的插曲。郭孝格俘虏了焉耆国王突骑支后的第三天，西突厥援军进入焉耆。郭孝格扶植亲唐的栗婆准代为摄政，但在西突厥的兵势之下，失去了援助的栗婆准政权也成了昙花一现。西突厥又随即选择了听命于自己的阿那支为王，并将栗婆准送往龟兹。栗婆准和龟兹国之间似乎曾有过什么过节，不久便被处死。

龟兹处死了亲唐派的栗婆准，唐朝和龟兹的关系因此雪上加霜。不过，唐朝此时正忙于征伐高丽，唐太宗御驾亲征，所以并没有立即发兵龟兹，也根本无暇顾及西域事宜。

其实在这期间，龟兹国内一直战战兢兢。三年后的公元 647 年，龟兹国王苏伐叠去世。他曾向唐太宗进献宝马，也曾在玄奘进入该国时热情相迎。对于苏伐叠，玄奘在他的《大唐西域记》中评价如下：

智谋寡昧，迫于强臣。

也就是说他智谋短浅，为人暗弱无能，常常被实权派大臣所左右。

龟兹国以前王苏伐叠之死为契机，谋求缓和与唐朝的对立关系，所以将一切罪责都推到了已故的苏伐叠身上。同年，龟兹二度遣使向唐入贡。龟兹政权的继任者未免过于天真。高丽之战结束后，唐朝命左骁卫大将军阿史那社尔为葱山道行军大总管，并整合安西都护郭孝格所辖将兵，总计十万大军，讨伐龟兹。

阿史那社尔本为东突厥处罗可汗次子，有过和西突厥作战的经验。贞观十年（公元 636 年），归顺唐朝的阿史那社尔被封为左骁卫大将军，并迎娶太宗之妹衡阳公主为妻，唐朝对他的荣宠也由此可见一斑。侯君集为行军大总管远征高昌之时，阿史那社尔便是其军中的一名主将。

当唐军兵进焉耆时，曾经迫害过亲唐派的焉耆王阿那支弃国逃至龟兹境内。唐军继而攻破龟兹，阿那支被俘后枭首。

龟兹国内以国王诃黎布失毕为首，宰相那利亲统大军五万御敌。两军在龟兹都城五百公里外的碛口展开会战，结果龟兹大败。龟兹人本想退守国都，但唐军并没有给他们留下喘息之机。无奈之下，国王离开国都向西逃窜。阿史那社尔在占领龟兹城后，命郭孝格镇守此处，自己则率精兵追击龟兹残余势力，最终逼降了潜入拨换城的龟兹军。国王诃黎布失毕被掳，宰相那利侥幸逃走。

那利逃走后，借来了西突厥兵勇进攻郭孝格镇守的龟兹城。一时间，箭如雨下。郭孝格亲自率军在城外和那利军激战，而此时龟兹西门的战斗最为悲壮。顺便要说的是，当时西门有一座接近三十六米高的巨型佛像。表面看起来来势汹汹的那利军其实只是困兽犹斗而已，当三千名士兵横尸龟兹城下时，那利不得不下令撤退。即便如此，那利仍旧没有死心。后来他又集结了北山地区的龟兹人万余众，再一次发起攻袭龟兹城的战斗。此次战斗，那利军惨败，军士死亡八千余人，他单人单骑仓皇鼠窜。可笑的是，这次他并没有那么幸运，那利被生擒并被送到了唐军阵前。

就这样，龟兹成了大唐的势力范围。阿史那社尔奉命拥立龟兹王之弟叶护（并非人名，而是官职名）为新王。此人缺乏统御全局的能力，导致后来的王位纷争此起彼伏。无奈之下，唐朝将俘虏的前王诃黎布失毕及宰相那利等人送回了龟兹，让其重掌朝政。

唐朝拥立的焉耆国王婆伽利死后，焉耆民众向唐朝请愿，希望焉耆也能像龟兹一样迎接前王突骑支复位，唐朝中央政府准许了这一请求。此事发生在唐太宗驾崩之后，高宗永徽二年（公元 651 年）。

复位之后的龟兹王于高宗显庆元年（公元 656 年）赴长安谒见。然而，留在龟兹国内的王妃阿史那氏和宰相那利趁机私通，龟兹国内的派系斗争也因此持续不断，两派公说公有理，婆说婆有理，也都分别派遣使者到长安游说正名。

对此，唐朝命那利到长安澄清此事，趁机抓捕了他，并将龟兹国内的军权交给国王诃黎布失毕。然而，那利一派的大将羯猎颠勾结西突厥，阻止了国王还朝的计划。国王被困在龟兹东边的泥师城，进退维谷。见此情景，唐朝派左屯卫大将军杨胄率军救援。此时，虽然国王已死在泥师城中，但杨胄还是借机消灭了羯猎颠一党，并立诃黎布失毕之子素稽为新王。显庆三年（公元 658 年），唐朝将泥师城改名为龟兹都督府，让龟兹王素稽兼任都督一职。

同年五月，唐朝将设在吐鲁番交河城中的安西都护转移到龟兹。自此，唐朝管辖西域的中心向前方推进。

武则天统治时期，有人曾以"沙碛荒绝"为由建议废除安西都护府，但并未获准。

03

安史之乱期间，大唐的西域经略受到了严重影响，但西域都护府却未曾中断。贞元六年（公元 790 年），北庭都护府因吐蕃的攻袭而覆灭，节度使杨袭古携残兵败将逃到了西州（即吐鲁番）。后来他想重整旗鼓，夺回北庭，却不幸又遭惨败，后被他的同盟颉干迦斯出卖而死。

在这种背景下，龟兹境内的安西都护府也和唐朝失去了联系。至于安西都护府何时被撤销尚无可稽考。吐鲁番也好，龟兹也好，就连攻占它的吐蕃也好，都没有留下相关记载。

在公元 790 年之前，安西都护府还存在。照此粗略算来，安西都护府延续了一百三十多年。在这期间，唐朝以龟兹为中心西越帕米尔，极大地扩充了国土范围。后来和西方大国阿拔斯王朝的战争，也是以龟兹为后勤据点。高丽出身的大唐将军高仙芝，也曾多次来到这里。

纵观安西都护府的百年历史，无不是以强大的"文化向心力"来辐射四方的。虽然后来在政权更替下，昔日的繁华迹象已经难以寻觅，但仍有不少精美的石窟壁画被保留了下来。

佛教经西域传入东土，来自西方的因素自然凝结成了其中的主流。正如人们经常谈论的那样，比起敦煌，库车周边的石窟壁画更具浓厚的巴米安风格。此外，相比印度、伊朗的影响，克孜尔千佛洞中的壁画风格更有欧洲的韵味。比如，大谷探险队所盗、如今收藏于东京博物馆的著名佛像画就是典型的例子。不过话说回来，成型于唐代的石窟壁画仍然留有很多"唐风"，所以也有专家认为相比克孜尔千佛洞，库木吐拉石窟群的"唐风"更明显。

东西绵延约两公里、拥有二百六十个石窟的克孜尔千佛洞和库木吐拉石窟群一样，都位于渭干河旁边。两者水路相距十五公里，当地人分别将其称为"上千佛洞"和"下千佛洞"。

十五公里并不算太远，但水路可能会因季节影响而无法行舟。如果驾车翻山越岭从库车县城到克孜尔千佛洞则需两个半小时；要是骑马驾驼，就要走上三天左右了。相比较而言，县城到库木吐拉石窟群就近很多，一天之内便可到达。

克孜尔千佛洞和库木吐拉石窟群相比，后者受唐文化影响更为明显，这可能和其所在国的国都距中原较近有关系。

镇守龟兹的安西都护府有三万唐军，汉族人居多，但未必没有其他民族。不过无论怎么说，他们都是唐文化的代表，而他们的文化所波及的范围正好涵盖了一天之内所能到达的地方。

文化是否会带来影响，其影响是大是小，这是一个十分微妙的问题，其判定结果会因人而异。

佛教自西向东传入中原，龟兹就是其中的一个中转站，但即便如此，我们也不能忽略后来自东向西的文化传播。比如，吐鲁番盆地出土的维吾尔语佛典就不是由梵语直译而来，而是由汉语译本转译的。此外，如果说壁画之中有唐文化影响的印记，那么这也算得上是对佛教美术的一大补充。

佛教壁画中，似乎佛本生（梵文音译为“阇陀迦”或“阇多伽”等）题材最多，主要讲述释迦牟尼佛前世的各种经历。此外，包括死后舍利分配在内的释迦牟尼佛生平故事及说法图，天宫伎乐图也不在少数。佛本生故事是种十分优秀的说话文学，其中有许多内容相同的故事都是通过佛教传播的，即从印度经中亚，然后传到包括日本在内的东亚地区。这种超越语言和民族差别的文学题材，已经为我们所共享。

我们在石窟中看到了一幅久违的佛本生故事图——舍身饲虎。舍身饲虎图在库车近郊的石窟壁画中较为多见，和日本玉虫厨子[1]上所描绘的图案也颇为一致。在干燥的西域，确实可以发现一些文化传承的纽带。面对这些壁画，也许还会有人回想起我们的祖先阅读龟兹人

---

[1] 玉虫厨子：厨子，即佛龛，乃安置佛像、经卷的器具。玉虫厨子是安置于日本法隆寺的飞鸟时代佛龛。因其装饰有玉虫之翼，故称之。

鸠摩罗什汉译佛典的场景吧。

在风土人情迥然不同的地方发现共有的文化标识，着实是件令人欣喜的事情。这种文化标识中，隐含着人类深层次的共性追求，而这种共性联系又必然成为深入探讨地域性特征的契机。

04

沿着苏巴什古城一直向北走，就会进入山中，然后再驱车五个小时左右，便会来到一个叫作"龙池"的地方。龙池分大小两个，其实并不是什么历史遗迹，只是玄奘在他的《大唐西域记》中有所提及，所以我们才不惜路远，驱车一看的。根据玄奘所说，大龙池中有多条蛟龙，其变身之后和雌马相交，然后生下龙驹。"龙戾难驭。龙驹之子，方乃驯驾，所以此国多出善马。"这个故事有力地表明了库车自古就是宝马良驹的产地。

关于龙，库车境内还有一则传说。一般人无法骑乘龙和马所生的龙驹，当然更没有驭龙的本领，只有非凡的人才能如此。

近代有王，号曰金花，政教明察，感龙驭乘。

我在前面已经提过，据学者冯承钧研究，唐史中的"苏伐勃驶"的龟兹语为"金花"的意思，他很可能就是龟兹王苏伐叠的父亲。在大唐建国伊始，他便率先入朝敬贺。

在"金花王"苏伐勃驶去世之前，他鞭触龙耳，龙因此而潜隐起来，以至于今日仍未显形。

凡圣贤之人才能驭龙，平庸无能之辈会有危险。苏伐勃驶也许觉得自己的儿子并非明君圣主，所以他有意在自己归西之前让这条可能伤及儿子的龙潜藏起来。他的儿子正如玄奘所说，是一个缺乏智谋却听信权臣、胡作非为的君主。

我想，玄奘在龟兹待了六十天后，他先穿越天山，然后西行再绕道向北，而龙池位于库车正北方，因而他应当未曾亲身到此，他的记述也应多为传闻。龙池周围本来有城，玄奘到达时早已成为荒凉之地，杳无人烟。对此，玄奘记载如下：

城中无井，取汲池水。龙变为人，与诸妇会，生子骁勇，走及奔马。如是渐染，人皆龙种，恃力作威，不恭王命。王乃引构突厥，杀此城人，少长俱戮，略无噍类……

这个故事可以说是一半取自传说，一半依据史实。其中，说当地人是龙和人的混血，这不足为信，他们勇敢强健倒是毋庸置疑。现如今我们透过车窗还能看见骑马挎枪的人，他们并非军人，而是当地普普通通的居民。龙池周边都是吉尔吉斯族的聚居区，他们中的一部分人除了从事游牧之外，还以狩猎为业。古时候，龙池周边的居民经常绕行大山，因此他们的腿脚十分灵便，性格也比较彪悍。

所谓"不恭王命"，就是龙池周边的勇悍居民不服从王权政治，或者是他们被反国势力利用了。

龟兹王苏伐叠昏庸无能，连父亲都不敢将自己的御龙传给他，他也没有实力去征服那些不服王命的龙池居民，而只能借助突厥的力量将其赶尽杀绝。出兵协助的突厥，当然获得了丰厚的回报。

玄奘过境之后，龟兹曾向太宗进献宝马，那时的两国关系还算不错。但后来安西都护郭孝格讨伐焉耆时龟兹暗中相助，这也成了龟兹自取灭亡的导火索，而龟兹的所作所为很可能是西突厥在背后作梗。国王对西突厥俯首恭顺，也许就是因为当时西突厥在镇压龙池居民中有助力之功吧，那时的龟兹俨然是西突厥的臣属之国了。

大龙池美丽洁净，水底的绿藻清晰可见。

虽说惯于游牧的吉尔吉斯族多住在"包"中，但这里却以平房或砖瓦房为主，我们在这里品尝过羊肉、黄油、乳酪等美食。他们的烤串并不是直接放在炭火上烤，而是要离火三十厘米左右，不停地转动，主要依靠热气和烟熏来烤。这样的烤串确实与众不同，别有一番风味。

大龙池海拔两千五百米，氧气比较稀薄，所以观赏时不要急于奔走，除此之外，并没有其他需要去克服的事情。

从库车县城到这里有五个小时的车程。山路行车虽有些辛苦，但沿途的景观却足以慰藉人心。当看到用汉字书写的"红崖"时，我还以为这里的山体都是绵延的红色，但实际上山峦通体都是绿色，只是没有草木的痕迹罢了。此外，还能看到一些小型的露天煤矿。

库车周边矿物资源丰富，玄奘就曾说这里盛产黄金、铜、铁、铅、锡等物。如今那锋利的"库车刀"依然名声不减。由此看来，大龙池周边居民和国王之间之所以发生冲突，也有可能是为了争夺矿产资源。

安西都护终止于何时尚无法断言，但应该是在公元8世纪的最后十年。而且与南边的藏族（即吐蕃）势力有关。

在这之前，西域东北地区的强大势力突厥分裂成东西两支，因而也失去了绝对霸权，其支配下的各部族于是纷纷自立。这期间，维吾尔族在西域强盛一时。

05

公元 8 世纪中期，安史之乱爆发，唐朝借助维吾尔族之力平叛。刚开始维吾尔族被称为"回纥"，后来他们不大喜欢这样的称呼，唐朝便改称其"回鹘"。曾经挽救过大唐危机的游牧民族回鹘，最终也没有逃脱历史的周期定律——内讧。后来，吉尔吉斯族取而代之，成为雄霸蒙古草原的主人。

吉尔吉斯在唐初被称为"结骨"，后又改为"黠戛斯"。公元 840 年，吉尔吉斯十万大军急袭了回鹘，回鹘不敌，其中十四个部族向南逃走，十五个部族向西流落。后来，西去的部族赶走了天山南路的吐蕃势力，成了那里的新主人。

当然，吐蕃内讧也是其失败的一个重要原因。当时，宫廷政变导致吐蕃赞普（西藏藏王）朗达玛被杀，吐蕃因此开始飘摇。敦煌壁画中的张义潮就曾驱逐敦煌当地的吐蕃势力，在公元 851 年被唐朝封为归义军节度使。

西去的回鹘军控制天山南路，这发生在公元 865 年前后。归义军节度使张义潮于咸通七年（公元 866 年）奏报朝廷：

北庭回鹘固俊克西州、北庭、轮台、清镇等城。

西州即之前的高昌，也就是吐鲁番盆地一带。他的奏报中虽然没有提及龟兹，但轮台就位于焉耆和龟兹之间。

就这样，西域迎来了维吾尔族统治时期。维吾尔族中的摩尼教信徒很多，但西域各地的佛教依然强盛。龟兹附近的也好，吐鲁番柏孜克里的也好，都是维吾尔族统治时期建造的石窟。

维吾尔的国都是高昌，还是高昌以北的北庭，史学家还没有定论，因为他们没有书写本国历史的习惯，留下的史料少之又少且不足为证。唐朝和五代之后的宋朝将其称为高昌回鹘或者龟兹回鹘，可见该政权有可能是种部族联合体。

维吾尔西边，土耳其裔的喀喇汗王国开始崛起，西域的喀什、莎车、和田都先后纳入了其统辖范围。12世纪时，天山南路进入西辽版图。西方人称之为喀喇契丹王朝。不过，喀喇契丹王朝对当地的统治仍然是游牧式的，即只要收取了税负，其他的内政一概不管。虽然本朝王室都是虔诚的佛教信徒，但并没有干涉天山南路的伊斯兰教信仰。除了收取税负，他们似乎对其他事情都漠不关心，这为后来西域的彻底伊斯兰化埋下了伏笔。

13世纪，是成吉思汗叱咤风云、四处远征的时代。蒙古族建立的元朝仿佛就是一个世界帝国，他们对宗教信仰也异常宽容。虽然本民族似乎以信仰摩尼教为主，但并没有强制推行宗教一体化。

对于西域来说，他们乐见元朝这个世界帝国的出现，因为强大的政权可以保证交易的安全。此外，蒙古国内人才匮乏，在经济方面，他们常会任用西域人，这一点对西域也是一种恩惠。

元朝之后，帖木儿时代开启，西域在此时陷入了沉潜期。相比陆地，航海技术的发达让东西交易大多选择在了海上。

19世纪的帝国主义列强纷纷崛起之际，西域再次登上历史舞台。

沙俄连续征服了中亚的伊斯兰王国，并本能地图谋南下。企图控制印度的英国，又想阻止沙俄南下的步伐，两大帝国主义势力暗中较劲儿。此外，浩罕汗国的阿古柏侵占清朝领土，一度占领了西域南北两道。清朝虽然想平定阿古柏之乱，但远征军的出发却不及时。由于东南部的台湾风云又起，清军不得不先对付以西乡从道为都督的日本军队。虽然清军后来平定了叛乱，但却因故拖延许久，作为列强中的一员，日本的行动间接影响了西域的政局。

后来，沙俄以动乱为由趁机占领了伊犁地区。在平定了阿古柏叛乱之后，沙俄虽然撤兵，但根据《伊犁条约》规定，伊犁的一部分领土并没有归还给清政府。

月氏迁移、张骞行旅，或许可以说是军队远征、佛教未兴的时代；法显、鸠摩罗什以及后来的玄奘取经是佛教兴盛的时代；然后又经历了伊斯兰化席卷的时代……西域演绎了沧海桑田般的巨大变迁。在两千多年的历史长河中，西域地区迁移不断、融合不断，民族和语言也都在更替中摇摆向前。然而，在西域这条历史大河的底部，还有许多永远不会改变的细流，就像是塔里木河一样，它的根源将绵延不断地在地下悄然流淌。

这一片超越了宗教、民族、语言的西域就像当地守护神一样充满着力量，生生不息。而接近她、感知她，才能让我们体验到发自内心的激越和欢愉。

从东向西，又从西到东，新的文明流入然后又回流。

文明为何物？来到这里，就会面对这个问题，但似乎又不用刻意寻找，因为西域本身就为我们提供了无限遐想的空间和足以共振的灵感。这里让人们向往，让人们留恋再三，也将吸引世世代代的人们来此探究解疑。

西域包罗万象，诸如人的喜悦、悲痛、欲望、信仰……

在我们面前，她如今依旧风采依然，广阔无边。在鸣沙声中，仿佛正透露着极富魅力的问题和隽永深沉的答案。

最后，我愿以小诗一首来结束此文。

葱岭行

故城重叠对苍穹，葱岭连云映彩虹。

一带流沙人世外，三仙石窟在眼中。

后 记

●-------------------

学生时代，天山、昆仑、西域等地名就如同青春的梦想和浪漫的期望一样在我的大脑中萦绕盘旋。起初我本打算去陶瓷之都景德镇，但因故行程突变，接着便开始了毫无准备的西域之旅。虽然之前我就曾有过到敦煌旅行的难忘经历，但魂牵梦萦的西域之行却意外地伴随了太多的疲劳，也许正因如此，胸中积蓄的思绪一时难以猝然迸发。

到北京后，我歇缓了好一阵子，提笔撰文自然也比原计划晚了一些时间。那时候，没有编辑的催稿，好不自在。不过一篇新闻社特派员所托的稿子例外，对此，我也以最快的速度完成了约稿。后来，我在日本大使馆文化专员前野先生家和他轻松愉快地谈书论画，相聚甚欢。我本欲凭自己的力量为中日友好之桥添砖加瓦，但此次之旅却反而更多地受到了两国人民的多方照顾和体谅。

最后，我想敬献拙作五言律诗一首，权作后记结尾。

南指丝绸路，流沙西望开。
于阗隔紫碛，疏勒入黄埃。
瀚海风将起，昆仑尽雪皑。
绿洲杨树茂，戈壁戍楼颓。

一路向西：东西方 3000 年

出版统筹：新华先锋

出版策划：王　铭　木易雨田

特约监制：林　丽

营销统筹：杨文璐

版权运营：曾　丽

策划编辑：海　莲

文字编辑：邵博文

封面设计：吴黛君

封面绘图：吴黛君

版式设计：吕文晓

责任印制：李　静

天猫旗舰店

京东旗舰店

当当自营

微信公众号

投稿邮箱：tougao@cooldu.com

新浪微博：@新华先锋（免费精品好书天天送）